婉约 著

其实
幸福就是好好
过日子

人之所以不幸，是因为他不知道自己
是幸福的，仅此而已。

天津出版传媒集团

天津人民出版社

图书在版编目(CIP)数据

其实幸福就是好好过日子 / 婉约著. —— 天津：天

津人民出版社, 2017.3
ISBN 978-7-201-11448-4

Ⅰ.①其… Ⅱ.①婉… Ⅲ.①散文集-中国-当代

Ⅳ.①I267

中国版本图书馆 CIP 数据核字(2017)第 032838 号

其实幸福就是好好过日子

QISHI XINGFU JIUSHI HAOHAO GUORIZI

婉约 著

出　　版	天津人民出版社	
出 版 人	黄　沛	
地　　址	天津市和平区西康路 35 号康岳大厦	
邮政编码	300051	
邮购电话	(022)23332469	
网　　址	http://www.tjrmcbs.com	
电子信箱	tjrmcbs@126.com	
责任编辑	霍小青	
装帧设计	汤　磊	
印　　刷	高教社(天津)印务有限公司	
经　　销	新华书店	
开　　本	880×1230 毫米　1/32	
印　　张	12.125	
插　　页	1	
字　　数	210 千字	
版次印次	2017 年 3 月第 1 版 2017 年 3 月第 1 次印刷	
定　　价	39.80 元	

序言：安心生活才是最好的功德

王小柔

人生有很多苦，其中就有"求而不得"。

我们往往做了最执拗、最虔诚的香客，于佛前长跪不起，合掌膜拜，一点儿卑微的诉求，在心里被重复了千万次。我们匍匐在地，把胸膛尽量贴近泥土，以证明自己的谦卑。"信则灵"是咒语，将我们的骄傲降服。

耳边常常流传着谁谁谁的八卦，那些人里有些我们认识，有些连耳闻都没有过，可是谁知道我们有一天会不会变。望。这本书里有很多谁谁谁，他们不特立独行，挤在同一个时间段里，他们和我们更多时候是重合的，所以你能看到熟悉，仿佛有人潜伏在你们家楼道里扒着门缝偷听过。这里，有很多"求而不得"的遗憾。

这世界每天都不一样，是我们自己把它生生都过成了一样。

就像挤饺子馅，菜叶子先得剁烂，再把汁液挤得一干二净，待到菜早已魂飞魄散，和上肉浇上佐料，这样的饺子才会好吃。我常常告诉自己,快乐的能力就是一种勇敢。因为在这个被设定好的环境里过日子,让人头疼、让人流泪的事太多了,根本不需要酝酿情绪,但是逆流而上的快乐却是修行的结果,如同那经历过刀俎,搅拌,又下了沸水的饺子,方成美味。

生活很公平,它才不管你是谁,随手扔块石头就绊你个跟头。当你横下一条心,指着天,告诉它,我认了,你还能怎样?说实话,瞬间连地上那块儿石头都会碎了,你倒变成了无所不能的孙悟空。

所以,书里很多的故事不过是我们生活里猛拍过来的风浪,如果你是鱼,你能恨那些风浪吗?天有不测风云是正常的,就像洋流一样正常。

当我无助的时候,也很少去寺庙,因为经历过越多的事,越觉得安心生活才是最好的功德。只有清静简单的内心才会腾出更多的地方装幸福。

作别所有的"求而不得",走着走着,花儿就在心里开了。

目　录

第二辑　上有老的日子是一种修行

其 实 幸 福 就 是 好 好 过 日 子

第一辑
婚姻，有时候不是花好月圆，
而是泪水之花

蜜月旅行变成离婚前奏

如果说，旅行不在于去哪里，而在于和谁在一起。那么，蜜月旅行应该是最浪漫的事了。刚刚步入婚姻殿堂的情侣牵着手走过千山万水，所有的柔情蜜意都仿若身边的云淡风轻，融化在了心底。这样的旅行令人艳羡。不过，"你是风儿我是沙"的缠绵里，走天涯也并不都是浪漫和温馨。或许，会是一场纠结和伤痛。

家故事

对选择去杭州蜜月旅行，雪漫心里很不情愿。她身边的同学和同事结婚后的旅行大多选择国外，像巴厘岛、马尔代夫、法国、意大利、瑞士，单是这旅行的目的地，听起来就很浪漫，更别说那份异域风情的美丽了。可是晓光坚持在国内，他说，论大好河山，哪里也比不过咱自己的家园。还说，上有天堂,下有苏杭,去西湖泛舟不是也很浪漫吗?

雪漫知道,晓光是不舍得花钱。其实一直以来,她都把晓光的"小气"当优点的,毕竟,节俭没什么不好。可令雪漫没想到的是,杭州一行,晓光令她太失望了。

拉开窗帘,阳光熙进来,雪漫催促着睡眼惺忪的晓光:"你快起来,我们吃过早餐去西湖划船吧。"

"度假还不睡到自然醒?"晓光懒懒地答道。

"起来吧,咱们去尝尝地道的杭州小笼包。"

在雪漫的督促下,晓光和雪漫终于坐在餐厅里,热腾腾的蒸包端上来,晓光便嘟囔着说:"这包子也太贵了,再说,味道也不怎么样啊,还不如咱家门口小店的味道好呢。"

"我觉得挺好的,这里的环境多优雅,小门市能和这里比?"

"你呀,就是虚荣,要我说,不如在门市买几个包子吃来得实惠。"

雪漫看了看晓光,说:"我知道你会过日子,不过既来之,则安之嘛。"见晓光不说话了,雪漫问:"去西湖坐几路车?"

"不知道。"

"那咱今天怎么安排?"

"你不是说去划船吗?"

"我想听听你的想法。"

"都听你的,你说去哪儿就去哪儿,你说怎么去就怎么去。"

听了晓光漫不经心的话,雪漫有些不开心,又问:"那你没提前做攻略?"

"做什么攻略啊,自由行,随心所欲多好。"

雪漫是一个做事比较细致的女子,去一个陌生的城市旅行,她总是会提前做功课,然后制定旅行攻略,这样既节省时间又玩得丰富。这次蜜月旅行,她没有做任何准备,她以为两个人出来,晓光会安排好一切的。可谁知……

到了西湖,正值荷叶满池,风还是有些热的。还没等站定,晓光便说:"这就是断桥啊?真没什么特色,就是一座普通桥而已。"

"你说话能不能别那么煞风景?"

见雪漫沉下脸,晓光陪笑说:"这是大实话嘛,老话也说过,听景别看景。而且,这天这么热,黏糊糊的,还不如在空调屋看电视呢。"

"要是想吹空调看电视干吗来杭州,在家里多舒服。"雪漫很是没好气。

"本来就是花钱找罪,行了,不说了,咱们去划船行了吧?"

租好船后,晓光先是跳上去,坐在船的另一端,等雪漫上船。他不知道，雪漫自小有些怕水，摇摇晃晃了半天才走上来。坐定后，雪漫噘起嘴："你怎么不扶我一把？"

"你也没说你需要扶啊。"

"这还用说吗，你一个大男人不知道照顾女人啊？"

徐风吹来，碧波荡漾的西湖水，很美，却怎么也吹不进雪漫的心里。几天里，新婚的甜蜜被两人相处的小细节困扰着，她郁郁寡欢。她想要的安全感和被呵护的幸福感，在晓光的粗枝大叶里根本找不到。

那么，结婚到底是为了什么？

蜜月旅行回来，雪漫和晓光都感觉很疲惫。回到家几天了，两个人很少说话。周末的晚宴上，双方父母问起他们的蜜月旅行，他们也是提不起兴致。

"到底怎么了？小夫妻吵架了？"岳母终于忍不住问。

婆婆也在一旁说："是不是晓光做得不够好，你说出来，我们罚他。"

"每天早晨，他都赖在床上，喊很多遍才起床。吃饭的时候，总是说这不好吃，那不划算的，旅行不就是出去花钱的吗？好像出去一趟我多败家似的。"雪漫开口了。

晓光也说："我不是不舍得花钱，但花钱要花得值才行吧？她喜欢吃西湖醋鱼，也不能一次就要两份啊，有这样花钱的吗？"

"我就是喜欢吃西湖醋鱼,谁规定的不能要两份?"

"你这不是喜欢,是虚荣。"晓光低着头说。

"行,就算是我虚荣,没你会过日子,可你一个大男人带着老婆出去玩,一点儿心也不操,就知道跟着我,真没趣。"

"听你的倒是错了?凡事你说了算,我一直陪着,这样不好吗?这样省得意见不一致。"

"这样是你省得费心,是你没有担当。"

"雪漫,别这样说话,人和人总是有不一样的地方,你们俩有一个有主见也没什么不好。"岳母在一旁为晓光打圆场。

"妈,你不知道,我出去旅行从来就没这么累过,身边多了一个大男人,非但没觉得轻松,反倒事事都是我,那我要老公干嘛的?"

婆婆也插话说:"这是晓光不对,他被我骄纵惯了,以后让他改。"

"妈,您别把责任往自己身上揽,她觉得我做得不好我还觉得她太过分呢。有时候玩一天累了,回到酒店,她洗澡的时候,我躺下就睡着了,她偏要我再起来刷牙洗澡,早晨收拾行李的时候,总是说我没有条理。你说我一个大男人能像她女人那样仔细吗?"

雪漫依然不服气地说:"那是你生活自理能力差。一个不会打理自己的人能照顾好旁人吗?"

"一路上你总是这样说,你到底让我怎么照顾你?"晓光的声调有些高。

"你说呢?出门帮我背包,太阳出来帮我打伞,上船的时候扶我一把,吃饭的时候知道给我夹菜,这般照顾自己的老婆,过分吗?"

"你要是这样说,我还真是没话说,你又不是七老八十了,干吗用我给你背包?你吃西湖醋鱼的时候往我碗里夹了吗?我也希望自己的女人照顾我呢。"

"你总是这样,希望别人为你做,你却不会帮别人。"雪漫埋怨着。

"彼此彼此了。"晓光毫不含糊。

话说到此,一家人都僵住了。不过,谁也没想到,雪漫最后说:"我想好了,我们离婚。"

双方父母都愣住了,而晓光似乎也没犹豫,干脆地说:"好吧,我也是这样想的。"

支持方:

有人说,旅行是检验真爱的有效途径。两个人一起远行,可以在旅途中发现对方的待人接物、消费习惯、生活耐心和处理问题的能力等。一个和自己"玩"不到一块儿的伴侣,无法想象能一起相扶相携到老。爱就是爱,不爱就是不爱了,有什么舍不得? 长痛不如短痛,离开了,重新开始都还来得及。

反对方:

人和人不可能都一样,若是因为两人有不同就离婚,那天下还有白头到老吗? 我的同学上个月也和男朋友分手了,理由竟是男孩从没吃过肯德基。同学说,吃是大问题,口味不同无法生活在一起。或许她是对的,可我听来啼笑皆非。婚姻不是儿戏,不能说离就离,你们考虑过父母的感受吗?

婉约贴己话:

忍,是心头一把刀。能否忍受一个人的缺点,尤其当这个人是自己的爱人时,忍受,不仅仅是包容度的考验,更多的是爱的验证。

我们常说,爱一个人就要爱她(他)的全部。然而,现实生活中,爱一个人的缺点是件很难的事。其实,就婚姻而言,也许我们能够容忍对方打呼噜、不爱洗澡,但我们却很难接受斤斤计较和不良情绪。而旅行,恰恰会暴露一个人遇事的真实态度。

　　结婚一年，被称为"纸婚"，意即吹弹可破。人生很短，婚姻如纸，磨合期的把握，归根结底挑战的是忍受度的极限。

　　人都是经历事情长大的，人心也都有底线。若愿意给她（他）机会，那就陪着她（他）成长，一起慢慢变老；若不肯屈就自己的内心，劳燕分飞也没有什么大不了。

　　忍耐、接受一个人，从来不是一朝一夕的事儿，有时候需要用一生的时间。

夫妻 **AA** 制分清的是什么

先看两个关键词：

　　AA 制：AA 是"Algebraic Average"的缩写，意思是"代数平均"。从字面上看出，就是按人头平均分担账单的意思，通常用于饮食聚会及旅游等共同消费、共同结算费用的场合。夫妻 AA 制，则指两个人工资各自管理，债务各自负担，两人各花各的钱，双方各自是完全的"独立经济体"。

　　扶养：这里的扶养是指夫妻之间的一方对其配偶负有提供生活供养责任的法律关系。夫妻之间的扶养既是权利，又是义务，这种权利义务是平等的，也是相互的。根据《婚姻法》的规定，有扶养能力的一方，对于有残疾、患有重病、经济困难的配偶，必须主动承担扶助供养责任。

家故事：

记得刚结婚的时候，妻子董红就提出来了，两个人各管各的工资，各花各的钱，孩子共同抚养，双方父母各自给生活费。原因很简单，齐军家是农村的，生活条件没有董红家富裕，婚后贴补家里自是难免的。董红认为，齐军赡养父母她是理解的，也觉得应该，但自己不能因为嫁给他而降低了生活质量。所以，如此 AA 制，既简单又合理，省去很多不必要的烦恼和纠葛。

起初，齐军是不同意的。自小受传统教育的他认为，夫妻是一体的，结了婚就应该不分你我，共同承担家庭的一切。可是想想董红的话也有一定道理，她是独生女，虽然生在普通家庭，却没有吃过苦，父母也没有生活负担。如果婚后齐军补贴他父母多一些，她难免觉得不公平。或许保持夫妻二人的和谐关系，少滋生不必要矛盾的方法就是 AA 制。

为此，董红还亲自草拟了一份协议，内容包括：

（一）公共费用。家庭所产生的公共费用男女双方各占50%，包括家庭公共积蓄金（每人每月 1000 元 ）、水电气费、卫生费、物管费、房屋维修费等费用以实际使用为准。

（二)房屋贷款。房屋贷款按照男女双方各 50%的原则支付。

(三)子女抚养费。子女所产生的一切费用(含生活费、抚养费、学杂费、医疗费、车船费等),按照男女双方各 50%的原则支付。

(四)父母赡养费。男女双方父母所产生的一切费用(含生活费、赡养费、医疗费、车船费等),男女双方各自承担。

(五)人情往来费、打车费、医疗费及其他可协商支出费用,以共同协商为准。

拿着这样一份协议,齐军知道董红是认真的,想一想,这样也好,省得像身边很多同事那样因为钱闹别扭。

就这样,他们过起了 AA 制生活。有一次,家里的冰箱坏了,齐军认为修修就可以了,可董红偏要买新的。齐军说,那要花钱的。董红说,一人出一半啊。齐军说,可冰箱里大部分都是你的零食。董红不开心了,说,你能保证你决不会用冰箱吗?

还有一次,董红的同学从上海来,他们一起请吃饭,快结束的时候,齐军迟迟不去结账,董红只得自己起身埋单。回到家,他们便吵了起来,董红说,我的同学来吃饭,你不去埋单我很没面子。齐军说,按照协议,这次请客费应该是你出。董红更不开心了,就算是我出,你能不能先做个姿态?

董红原以为,AA 制可以省却很多不必要的麻烦,谁想却是烦心事更多。按照协议办,有时在外人面前会很没面子,不按照协议办,她又有些不甘心。

生活,有时候会和我们开个不大不小的玩笑。

前几天,董红查体时被查出患有子宫肌瘤,需要手术治疗。她很害怕,直到办理住院手续的时候,她还是有些忐忑。好在齐军始终陪着她,鼓励她,让她心安了许多。

手术很顺利,也花了不少钱。除去医保支付部分,自费药也是一笔不小的开销。在董红手术第五天的时候,医院拿来了缴费单。

"您需要交费了,拿着这个单子到住院处办理就可以了。"护士把单子递到床旁的齐军手里。

齐军很自然地转给了董红,董红愣了一下,便不悦地说:"我躺着呢。"

"我知道,不是让你去交,是让你看看。"说着,齐军拿回单子,顺口问:"你的卡呢?"

"在家呢。"

"哦,那我回去拿吧。"

"卡里好像没钱了,你的卡也没带?"

"我的带着了,可这是该你支付的费用。"齐军说得很淡然。

"我都做手术了,你竟然还和我分得这么清楚?"董红眼圈儿红了。

"你别哭啊,这都是你定的协议啊,医疗费属于协商解决部分,住院前你说你自己出,住院押金也是刷的你的工资卡,现在补交不足部分,当然也是你出啦。你要是没钱了,我就先出了,算我借给你的,行吗?"

"齐军,你对我一点儿感情都没有吗?"

"怎么没有?自从你查出这个病,我一直不离左右地照顾你,你自己拍拍良心说,我对你照顾得如何?"

"那你干吗和我计较钱?"

"这真的不是计较,我说过了,感情是感情,钱是钱。咱俩的日子一直都是这样过的,而且这规则也是你定的,怎么到头来倒是我计较了?"

"我真后悔AA制,你太让我伤心了。"

"董红,别这样,你说过的,谈钱不伤感情。"

"是啊,我是说过,可事实是,你伤了我的心。"说着,董红抹了一下眼角的泪水,继续说:"我妈过生日,你买蛋糕的钱也会找我要,我爸去旅游,你开车送他去机场回来也找我要油钱……"

"你不也一样吗?我爸妈在老家盖房子,你一分钱没给;我妹妹考上大学就在咱这个城市,你也没给她花过钱。你说的,要按照协议办。协议中,这些都是我们各自担负的部分,没的说。"

"听你的口气，你怨恨我？"董红问道。

"没有，说好的事嘛，当然要遵守。"

"那好，不说了，我给我妈打电话，你去她那里拿钱吧。"董红赌气背过身去。

这时，一直在旁边却没有说话的护士惊讶地说道："天啊，你们俩是两口子吗？这日子能这么过吗？"

齐军看了看病床上的董红，此时，两个人都在心底想，这日子还能这么过吗？

律师声音：

我国《婚姻法》第二十条规定："夫妻双方有互相扶养的义务，一方不履行扶养义务时，需要扶养的一方，有要求对方付给扶养费的权利。"由此可知，互相扶养是夫妻之间的法定义务，这种义务随着婚姻关系的缔结而产生，随着婚姻关系的结束而终结，法律并没有规定实行 AA 制的夫妻可以免除相互扶养的义务。因而，实行 AA 制的夫妻仍必须互相扶养。

婉约贴己话：

记得有谁说过,夫妻是上辈子的债主、冤家,今生相遇、在一起,是一种偿还。影视剧中也常有情侣幽怨地说,我真正是前世欠了你的。《红楼梦》中也有这样的桥段:黛玉前生是一株仙草,宝玉是神瑛侍者,每日为其浇水。由此才引得黛玉以泪水偿还宝玉的灌溉之恩泽。

可见,夫妻一场是情缘,即便不曾相欠,在一起也是一种情分。而这情分,是剪不断理还乱的,岂是 AA 制便可分清的?

人情往来中,AA 制是一种"互不相欠"的手段,求的是"心安理得"。同在一个屋檐下的两个人,把钱分得太清,事情做得太绝,是伤害,也是自私。

如此不相欠,怎会心安?

我们不得不承认,钱,能增厚感情,也能使感情变浅。然而我们也知道,这世上还有太多的事情,是无法用钱来解决的。

说到底,夫妻 AA 制就是撇清彼此的责任。而婚姻,是要讲责任、讲承担的。

不能说夫妻 AA 制不好,或许它和任何一种生活方式一样,需要习惯和适应。而且,并不是每个人、每个家庭都适用。

古人云:至高至明日月,至亲至疏夫妻。夫妻相处也是各有各道,怎么过,过成什么样子,是亲还是疏,全凭内在的心意。

只有心是暖的,才是前世的恩情,今生的家。

女强男弱的日子磨合着过

　　每个人的性格都不一样,为人处世的原则和方式方法也就有了不同。如果女人很强势,男人有些绵,这样的婚姻组合难免会让人觉得:女人缺乏温柔,男人不能独当一面。其实夫妻相处都是磨合出来的,绵性子不是一天两天养成的,男人也不都是只有阳刚的一面,而女人再咄咄逼人寻求的也不过是安全感。

家故事

　　一个人的时候,武秀常常想,是不是在丈夫眼里自己就是蛮不讲理、粗俗、斤斤计较的女人? 如果不是,那么为什么自己与别人发生矛盾冲突时,他总是站在对方一边呢?

　　记得那一年家里装修到一半儿的时候,包工头找武秀要了五百块钱,说是要买一些零散的用具。武秀当时就给了他,包工头说,买东西后我会把票给你的。武秀丝毫没怀疑,她觉得，既然与这家装修队合作就要彼此信任。

谁知一个星期后，票没有一张，钱也要不回来了。包工头说："本想买些钉子的，后来又不用了，正好你家还欠我们一部分工钱，这钱就充当装修费了。"武秀说："装修费怎么支付咱合同里已经讲好了，即使是我欠了你的钱，你也不能用这五百块钱相抵，一码是一码。"

包工头也振振有词："反正是你欠我钱，这五百块怎么用都是用。"

"那不行，你这样做是欺骗，你必须把这钱还我，该给你工钱的时候我一分都不会少。"武秀的认真劲儿上来了，坚决不退步。就在两个人各执一词，争得不可开交的时候，丈夫李军来了。听明白后，李军不但没说包工头，反而对武秀说："行了行了，不就五百块钱嘛，最后结费的时候少给他五百不就得了。"

武秀狠狠地瞪了李军一眼："不行，这样做人太不厚道了。"最后，在武秀不依不饶的争辩下，包工头不得已掏出了五百块钱。

回到家，武秀就和李军急了："这事明摆着是他想讹钱，你怎么这样没立场啊？就算是我错了，你也不能胳膊肘往外拐呀？你这样不是更助长了他们的威风吗？"

李军说："惹恼了他们不好收场的，其实我也看出来了，是他们手头没钱了,想要点儿钱花,给就给了,别给自己惹不痛快。"

"我最瞧不起耍小聪明的人了,要钱可以直接要啊,干吗耍心眼儿,亏我还总给他们买水果吃,我看啊,就是对他们太好了,他们才如此嚣张。"

"他们那么多人,你一个女人,跟他们争像什么样子?"

"你也知道我这样子不好看啊?那你伸手啊。李军,你弄明白了,不是我找事,是他们没理在先,你知道吗?他们是早就看出你不会吭气,所以才敢这样对我的。"

武秀越说越气:"我就不明白了,看着自己的女人与一帮大男人争论,你一声不吭,他们要是打我,你是不是也无动于衷啊?"

李军被她问笑了:"瞧你说的, 我也是怕和他们闹翻了,影响装修质量。"

"你就知道怕,你怕,问题就不存在了?你知不知道,他们和我吵架伤的是你的脸面?你要是男人,就应该为女人出头。其实你站在我身边说句厉害话,他们绝对就瘪了。"

李军不说话了。

事后,武秀冷静下来想,或许这件事真的可以换一种方式解决,是不是自己太强势了?可是,她又真的是很不喜欢李军的凡事避让。生活中有很多事,不是你躲开了就没有了。

一天,武秀和女儿背着大提琴进屋的时候,李军也刚进门,见女儿嘟着嘴,李军轻声问:"老师没表扬你呀?"女儿摇了摇头。

武秀接过话说:"我今天和刘老师说了费用问题,上个月她不是出去演出了嘛,孩子耽误了两节课,想让她给孩子补课。"

李军有些埋怨地说:"你也真是的,不就是两节课嘛,你这一说显得多不好。"

"怎么不好了?这学费本来就应该按课时算,两节课没上,而且不是咱的原因,她凭什么不给补啊?"

"话是这样说,可没必要让她不高兴,你呀,就是太认真。"

"是我太认真,还是你太弱?刘老师是你朋友介绍的,这事儿本应该你去说。"

"我才不说呢,不就是几百块钱嘛。"

"照你这意思,是我计较了?这不是钱的问题。"

"不是说你计较,我是觉得为了这点儿事让老师不高兴,不值得,你看看连女儿的情绪都受影响了。有句话叫,破财免灾。咱就当是破财了,多一事不如少一事嘛。"

武秀脸一沉:"我就是不喜欢你这种处事态度,总是怕这个不高兴怕那个不愿意的。你是我丈夫,怎么你就不怕我不高兴呢?我算是发现了,只要一有事你就没和我站在一块儿过。就这件事来说,早就让你和刘老师沟通,你一拖再拖,我这才开口问她。反倒是我错了?我真想不通,本来很有理的事,一和你说怎么就变成我没理了?"

"好了好了,不说了,今天我请客,咱们一家出去吃。"

看老婆孩子都心情不好,李军讨好地说:"咱们今天去你们俩爱吃的那个馆子,行吧?"

走进街角的小饭馆,正是吃饭的时间,人很多,服务员迎过来说:"三位是吧?只有那边一桌了,您看行吗?"

一家三口看过去,很靠里的一个小桌有位子,显得有些挤。

"要不,咱换一家吧?"李军有些犹豫地说:"那一桌地方太小了,而且你们看见没,旁边吃饭的人胳膊上描龙刺凤的,这要是一会儿喝多了酒打起来,弄不好会伤着咱,咱还是换一家吧。"武秀在一旁听见了心里直冒火,她最烦李军的胆小怕事了。

"我看就在这儿吃吧,人家吃人家的,我们吃我们的,井水不犯河水,有什么关系?"

听出武秀的话里带刺,但李军还是坚持说:"离这儿不远还有一家,那家的鱼香肉丝做得也挺好的,我带你们去尝尝。"

"老爸,我真的累了,懒得走了。"女儿也反对。

一家人正商量着，又进来几个人，服务员马上说："里边请，最后一桌了。"

眼见着没了位子，一家三口只得出来，武秀和女儿的脸拉得很长，李军忙说："不远，就在马路对面。"

站在烈日下，武秀狠狠地瞪了李军一眼，领着女儿的手说："走，咱娘俩去吃麦当劳。"李军忙问："那我怎么吃？"

"你找个安全地带，随便吧。"

武秀领着女儿扬长而去，扔下李军一个人站在街头，闷闷地想："凡事小心有错吗？"

婉约贴己话：

男为阳刚，女为阴柔。中国人是信奉阴阳的。

那一年去内蒙古，正好逢上草原上的摔跤比赛。当地的朋友告诉我，这不是表演赛，是真正的比赛，有胜负的。他还笑着补充说，现在的赢家会牵走一匹骏马，要是放在从前，就会赢娶自己心爱的姑娘。

那场比赛摔得很原始，却很动人心弦。

再往前说三十年，男人们要买米、买面、扛煤球。这些力气活儿让再文弱的男人做也显得"阳刚"。而越来越舒适的日子里，几乎没有男人彰显本性的领域了，那些健壮、彪悍也似乎只有与野蛮、粗鲁为伍了。

现代社会,"斯文"的男人越来越多,这不能说不是社会文明素质的提升,然而,阴阳失衡的现象也已引起有关专家的关注,甚至提出了在幼儿园、学校增加男教师的建议,希望从小培养男孩子的男人气质。

回到生活中来,其实很多时候,女人也并不是真想让男人为自己"出头",这只是一种心情,要的是男人的一种姿态。因为,在女人的骨子里,男人的霸气总是令人钦慕的。就像男人喜欢女人温柔一样,男人敢作敢当一些,也会获取女人的芳心。

如果说,在这个世界上,男人是阳光,那么女人就是色彩。这个世界因为阳光而存在,因为色彩而美丽。阴阳相和,也是一种美妙的"光合作用",有利于人类的碳氧循环。

我们是不是你的亲人，你为什么不说话

临床医学中，由于神经中枢受损导致丧失口语、文字的表达和领悟能力，被称为失语症。而网络上流行的"失语族"，则与生理上的言语障碍无关。随着现代生活节奏的加快，越来越多的人把"压力大"挂在嘴边，似乎压力大是堂而皇之的理由，殊不知，很多时候你认为的疲累也会是舒缓压力的另一种方式。

家故事：

晚上八点钟，欧阳敲开了家门，妻子和儿子刚刚吃过晚饭，见到他都很是惊喜。

妻子一边帮他挂外套，一边笑着问："今儿怎么回来这么早？没喝多吧？"

"嗯，没事。"

欧阳简单地答应了一句，便坐到沙发上，拿起遥控器拨到了新闻频道。这时,正在上初三的儿子凑过来说:"老爸,我们月考成绩出来了,你猜猜我的排名是多少?"

"多少?"欧阳一边看着电视一边漫不经心地问。

"你猜猜嘛。"显然,儿子考得不错,心情非常好。

"有什么好猜的,又不是小孩子了,说吧,多少名?"

"最后一名,你高兴了吧?没劲。"说完,儿子扫兴地站起身。

"怎么和爸爸说话呢?这样不对啊。"妻子在一旁忙打圆场。

"妈,明明是他不对嘛。天天出去喝酒应酬,总是醉醺醺地回家,今天好不容易早回来一会儿,想和他聊会儿天吧,你瞧瞧他什么态度,就知道看电视。"

"爸爸累了,看电视是休息。"妻子还在为他辩解。

"他累了?咱家谁不累啊?我每天早上六点就出门了,晚上回到家天又黑了,还有那么多的卷子要写。妈妈每天送我接我,上班工作,还要给我做饭补充营养。他干嘛去了?"

听着儿子的"控诉",欧阳忽然一阵心酸,他承认,在这个家里,自己付出的太少了,几乎所有的家务事都是妻子承担的,可是自己工作太忙了,顾不上家。

"别拿工作忙说事儿。"儿子看见欧阳的神态,立即抢白道:"我才不信晚上喝酒也算是工作。就算你是天底下最忙的人,回到家也要有句话吧?我真是想象不出,像你这样在家里几乎不说话的人,在工作岗位上是什么样子。"

欧阳看了看儿子一副愤青的样子,淡淡地说:"少废话,学习去吧。"

"真没劲,和你打架都打不起来。"儿子嘟囔着走进了书房。

"你别和孩子生气,他也是好几天没见你了,想和你说说话。"妻子说:"其实这段时间孩子进步很大,刚刚结束的月考排名提前了 40 名……"沉了沉,妻子又说:"你也是的,孩子想和你交流一下,你就配合一下呗。"

欧阳眼睛盯着电视,没说话。

"生气了?孩子是有口无心的,你别介意。而且,他正处在青春期,说话办事难免不得当。再说了,说深说浅的,还不都是你亲儿子。"

说着,妻子剥了一个橘子递到欧阳手里,说:"对了,今天小妹来电话,说是过年的时候想来咱家,问问咱们有没有外出的安排。我说,一般没有,春节你总是会加班的。是吧?"

"嗯。"

欧阳点了点头。妻子又说:"还有件事,马上就是奶奶的七十大寿了,我和小妹商量着,今年不在家里吃了,想找个好一些的酒店出去庆祝一下。你看行吗?"

"行,你们看着办吧。"

"我和小妹想听听你的意见。"

"没意见。"

见欧阳的眼睛始终没有离开电视屏幕,妻子有些不满:"你们男人啊,尽是关心那些管不了的事,那些国际国内局势离你远着呢,你应该多关心关心家里的事。"

欧阳嘴里吃着橘子,还是没说话,妻子想了想说:"老公,这个周末你陪我去逛街吧,我在一个商场里看上了一件羊毛衫,有些贵,你去帮我参谋参谋,好不好?"

"看上了就买,刷我的卡。"

"我想让你陪我去。"

"我忙着呢,哪有时间?"

"就要你周日一个上午,行吗?"

"我已经够累了。"欧阳的口气没商量。

"那我要是非要呢?"妻子也生气了。自从进得门来,欧阳就像是一个外人,坐在沙发里自顾自地看电视,说话有一答没一答的,眼里根本没有她们娘俩。

欧阳扭过头,看着妻子说:"你怎么也和孩子一样?别给我添乱了。"

"我怎么给你添乱了?我就要你陪我逛逛街买件衣服,就是给你添乱了?你知道居家过日子会有多少事吗?孩子说得对,除了你的工作,你什么也不做。你眼里根本没有这个家。"

"我工作就是为了这个家。"

"如果你心里有这个家,难得回家早,你怎么不与我和孩子亲近?从不主动和我们说话,我们和你交流,你也总是心不在焉的样子。"

"老婆,我累了,懒得说话。"

正说着,欧阳的电话响了,他马上站到窗前接听,可能是工作方面出了些问题,欧阳在电话里不停地说着,语气温和,不厌其烦。妻子在一旁听着,忽然有些伤心,他对一个同事都可以那么耐心,对自己和孩子怎么就这么冷漠呢?

是自己不够好还是他不够爱?

欧阳说:

真是心烦,在外面累了一天了,回家想清静清静,她们娘俩怎么就不理解呢?不是我不愿陪她们,是真的力不从心。她们是我的亲人,在自己的亲人面前难道还需要伪装吗?

话又说回来,我这样舍家舍业的,为了谁?还不是为了给她们更好的生活。这世上没有两全其美的事,要么我在职场做一个强人,要么我在家里做一个模范妇男。

妻子说:

我就不信了,人家在职场叱咤风云的人物在家里都是他那样子?

其实,我和孩子挺理解他的,也知道他干工作不容易,我们也没别的要求,就是希望他每天回到家,多和我们聊聊天,尤其是和孩子多交流交流。或许他真的以为,挣钱才是硬道理。可我和儿子要是能在"挣钱"和"陪我们"中选择,我们宁可生活苦一些,也不愿意看着他这样。

我很担心他的身体。

儿子说:

没什么好说的,我爸这个人就是自私,缺乏责任心。

明年,我就初中毕业了,你问问他:我们班在几楼教室?我的班主任他认识吗?他给我的任课老师打过电话吗?他开过家长会吗?

就算我是他养的一只小狗吧,偶尔也要带我出去遛弯儿吧?

婉约贴己话：

很显然，欧阳或多或少地进入了"失语族"一群。或许，我们可以把欧阳的症状归结为长期的工作压力导致的沟通不畅。然而，我们发现，他在工作环境中没有"失语"，他只是在家庭环境中表现为少言寡语。看来，他把家庭当成了消化情绪的垃圾场。

一位心理学家说，好的家庭是会变形的镜片，可以放大欢乐，缩小痛苦，改变外界事物作用于我们的感觉。其实，欧阳一家是幸福的，工作稳定，家人安好，如果彼此之间再多些关爱，将会更和美。

每个人都会有生活情绪，每一种情绪都需要出口，而情绪出口有很多种。我想，欧阳可以试着与家人聊聊天，问问孩子的成绩、老人的身体，陪妻子逛逛街，看上去这些细碎的小事似乎没有工作重要，只要你用心去做，不但会增进家人之间的感情，而且会缓解工作中的压力。

人生在世，有很多的人和事不能忽略，保持与家人的亲近，家庭才会是温馨的港湾，就像一首歌中所唱：再大的成就，没有人分享也不是成功。

爱家人就是爱自己。

十八个未接电话引发的风波

眼见为实，耳听为虚，这是古话。看见和听见的确有质的区别，道听途说自然不可信，但亲眼所见就真实可靠吗？不可否认，在我们的生活中，也会出现"眼见者未必实"的现象，而如此状况发生在夫妻之间，并不是单纯的信任问题。婚姻中，妥善地处理好情感危机从来都不是那么容易。

家故事：

王林在七点钟的时候敲开了家门，满屋子的菜香扑鼻而来，他高兴地说："还是回家好，还是老婆好啊。"这些年，王林在外做生意，很少顾得上家。妻子小红很不喜欢他把家当旅馆和饭店，不过渐渐地也习惯了。只是每到周末，她还是格外盼着王林回来。

两个人一边吃喝，一边唠着家常。突然，王林的手机响了，他拿起来接听，对方的声音很大，屋里很静，小红清晰地听出是一个女人的声音，"王总、王总"地叫得很是亲切。

"是谁呀？"王林挂了电话，小红便半开玩笑半认真地审问。

"一个客户。"

"女客户？"

一听这话，王林忍不住大笑起来："我喜欢我老婆吃醋，说明在乎我嘛。不过，夫妻之间应该彼此信任，你看看我，我就从不怀疑我老婆有外遇。"

"那是，我是女人，再寂寞也守得住家，不像你们男人，天生花心。"

"那也不一定，天下所有的外遇都是男和女，男人的机会都是女人给的，你说是不是？"

见小红没再说话，王林把手机递过来说："这样吧，我主动接受老婆检查，你看看有没有可疑的短信什么的。如果有，我认罚。"

小红不屑地说："谁稀罕看你的短信，有短信你也早删了。"

王林一笑："不管怎样，我态度好。要是心里有鬼的才不会主动让你查手机呢。"说着，忽然话锋一转："比如你吧，就没我坦荡。"

"我能有什么？我的手机就是一摆设，连你都很少打电话给我,更别提短信了,要不是为了和孩子联系,我才懒得要手机呢。"

"是不敢给我看吧?"王林借着酒意开着玩笑。

"谁不敢啊?看就看,我又没有背人的事。"说着,小红也把手机递到了王林的手里。王林笑着接过来,说:"其实呀我不用看的,我知道我老婆……"

话说了一半,笑容僵在脸上。小红低头吃菜,没看见他的变化,问:"你老婆怎么样?"

"你解释解释吧。"王林的口气一下子冷了。

小红接过自己的手机,一看,也傻了,十八个未接电话,都是老蔡的。她边想边说:"哦,想起来了,下午开会的时候我把电话调到震动了,下班忘了调回来了。"

"这个老蔡是谁?他为什么给你打了十八个电话?"

"老蔡是我的同事啊,我怎么知道他为什么给我打了这么多电话。可能是单位有急事吧,我现在回个电话不就明白了?"

王林看了看小红无辜的样子说:"不用回电话我也明白,能让一个男人给一个女人坚持打了十八个电话的理由只有一个,他们关系暧昧。"

"你胡说什么?"小红一听,脸涨得通红。这么多年,她一个人辛辛苦苦地带着孩子过,为王林守着这个家,他一直是少有关心,没想到到头来竟然还怀疑自己。

"不是我胡说,这是事实。"王林有些激动地说:"小红,其实对这个家,我一直是心存愧疚的,觉得陪你们娘儿俩的时间太少了。我承认,我做得不够好,可是我在外奔波为了什么?还不是为了这个家,为了你和孩子过得更好?你以为我喜欢这样啊?可是不出去打拼我们买得起房吗?孩子进得了寄宿学校吗?我那么累,你竟然做出这么龌龊的事来,你对得起我吗?"

"王林,你太让我失望了,你竟然这样说自己的老婆。"

"这句话应该我来说,是你让我失望才对,我一直以为我的老婆单纯、善良,却原来都是假象。小红,你真的是演戏高手,你告诉我,你们到底好了多长时间了?"

小红声音颤抖,眼泪汪汪地喊道:"王林,你混蛋。"

"是,我是混蛋,我把自己的老婆弄丢了还蒙在鼓里,我是世界上最笨的混蛋。"

看着王林痛苦的样子,小红拿起手机说:"好,我现在就回电话,我给你问个明白。"

电话响了很长时间,对方才含糊不清地接听,小红语气不善地质问道:"老蔡,到底有什么要紧的事,你没完没了地打我手机?"

"打了吗?我没打几个呀,你怎么不接呢?"显然,老蔡也喝了酒。

"你赶快说，到底有什么事？你要是不说就出人命了。"

"人命？有那么严重？小红，其实也没什么事，朋友聚聚嘛，想起你一个人在家怪寂寞的，想喊着你一起吃个饭。打了半天你也不接，我就设置了自动重拨功能……这喝着喝着就把这事儿给忘了……生气了？给你添麻烦了？不会吧？你不是一个人在家吗？"

老蔡正含糊不清地解释着，王林一把抢过电话，大声骂起来："她一个人在家关你屁事？你他妈找揍是不是？"

"喂，你是谁？你怎么骂人呢？"

"我是她老公，我就骂你了，怎么着？我不但骂你我还要打你呢。告诉你，小子，明天你们单位门口见。"

"喂，你这个人太不像话了，怎么这么粗鲁？"老蔡的酒也醒了一半儿。

小红一看，忙抢过电话："对不起啊，我老公喝多了，不过，以后你也别打我电话了。"

小红气哼哼地挂了电话，这都哪儿挨哪儿啊？真是的。王林在一旁冷眼看着她说："这就断了？你舍得断吗？还是怕我明天揍他？看来你心疼了，是不是？"

"王林，你有完没完？刚才还说夫妻要相互信任呢，你怎么能这样呢？"小红的泪出来了。

"别把自己说得那么高尚,你自己做了什么自己知道。从前总有哥们在我耳边说,女人不能晾着,要我小心你有外遇。可我从来都没往那方面想过。我真是傻啊……"

"王林,求你,别这样。如果我有这事,我敢作敢当,随便你怎样。可是,我没有,你这样诋毁自己的老婆,你的脸上也无光啊。"

王林苦笑了一下说:"我早已经没脸了,我王林自以为在外多么辛苦都是值得的,这个世界却和我开了一个大大的玩笑。小红,你对得起我吗?"说着,突然抡起巴掌扇了过来。

小红没防备,被打了个正着,捂住滚烫的脸,她无比伤心地说:"王林,我再和你说一遍,我没有做对不起你的事。今天你喝了酒,说的话做的事有些过分我都可以原谅你。不过,如果你明天真敢到单位去败坏我,那就是把我们的婚姻推上了绝路。"

"你吓唬我是不是?我告诉你,明天我一定去揍那个小子,出出我心头的这口恶气。"

"好,你有种,只要你去了,咱们就离婚。"

婉约贴己话:

夫妻间的信任危机,伤不起。

　　细想想，不信任的根源是情感的缺失。小红和王林的婚姻就像是一床锦缎被面，看上去华丽，摸起来手指微凉。

　　不能说聚少离多的夫妻温暖少，但是，脱离了鸡毛蒜皮的琐碎，给人以美感的距离也会给人以心理上的疏离。生活中，王林没事从不给小红打电话，小红也很少发短信给王林，他们彼此习惯了各有各的空间。若不是这次"意外"，他们可能永远不会意识到自己的婚姻是有缺口的。

　　王林觉得辛苦，为了这个家常年奔波在外，小红也觉得委屈，一个人带孩子不容易。他们都需要另一半的理解和关爱，也都忽略了情感的经营和维护，以至于两个人都潜在地存有抱怨和不满，遇到"导火索"，矛盾便爆发了。

　　人们都说，生活在别处。真是这样吗？

　　我倒是极喜欢画家黄永玉的一句话，他说，美比好看好，但好，比美好。生活本身就是这样的，日子是自己的，那些表面上的光鲜远不如内在的舒适。王林和小红都应该收起锋芒，静下心想一想，经年的锦缎被面，是不是需要亲手绣上一枚花朵？

　　要相信，两颗心贴近了，生活的风景，伸手可触。

半路夫妻凡事莫强求

婚姻，是两个不同成长环境的人生活在同一个屋檐下。从某种角度说，能够和睦相守的不是有多相爱，而是相容相合的刚刚好。当生活将婚姻和爱情合二为一的时候，我们需要足够的耐心去呵护爱情，也需要足够的责任心去修补婚姻。半路夫妻更是如此。一路走过来，不可强求因果，只能学会缝缝补补。

家故事：

刘姐的女儿结婚了，婚宴摆了 50 桌，喜庆、气派、热闹，可她内心里却怎么也舒心不起来。

十多年前，她带着与前夫的女儿嫁给现任丈夫老王。老王是她的上司，对她们母女多有关照。所以，当老王和妻子闹矛盾，一个人搬到单位宿舍住的时候，她也是帮他做饭洗衣的，时间一长，两个人便有了感情。后来，老王也离婚了，他们就组成了新的家庭。

老王和前妻也有一个女儿,比刘姐的女儿大几岁,父母离异后,那母女俩相依为命地生活在一起。前几年,老王的女儿结婚,刘姐忙前忙后的,又是给钱又是出力的,不知道底细的还真会错以为她是孩子的亲妈呢。尽管刘姐不遗余力地付出,可人家并不领情,不但不说"谢"字,还没让她参加婚礼。好在那时老王比较体贴,一再说是自己女儿不懂事,才将刘姐的心哄得有些暖意。这之后的几年,他女儿生孩子、买房,都向老王伸手。老王当然是没话说,可刘姐总觉得这是个无底洞,说不得,也管不了。

这回轮到自己女儿结婚了,那个当姐姐的非但没给一分礼钱,还一直都不露面。你说,刘姐能舒心吗?

宴席开始了,趁着亲戚好友推杯换盏的时候,她对老王说:"要不我给她打个电话吧。"老王没说话,刘姐便当着老王的面拨通了,可对方就是不接。

刘姐的脸色越来越难看了,忍了再忍,终于还是张口抱怨道:"我招她惹她了?她这是和谁较劲儿呢?"见老王仍然不接茬儿,刘姐说了狠话:"要是我亲生的,我早扇她了。"

老王也有些不高兴:"她不来就算了,何必较真儿,又不缺她一个人。"

"缺的就是她,别人谁不来都行,就她不来我堵心。"说着说着,刘姐的眼睛湿了。见状,老王缓和了口气,轻声说:"她还是个孩子,你别和她一般见识。今天是大喜的日子,你就别和自己过不去了。"刘姐不说话了,还能说什么?这十多年了,自己一直都是剃头挑子一头热。

婚宴散场,刘姐和老王回到自己的家。老王喝得有些多,进门就倒在沙发上。刘姐坐到他身边,开始点数礼金。这时,老王的电话响了,只听他含糊不清地骂道:"你妹妹结婚你不到,你真不给你老爸做脸……好了,过去了,不说了……什么?怎么又要钱?等我死了我的钱都是你的……"

一听就知道,是他那宝贝闺女。挂了电话,刘姐赌气地问:"老王,等你死了你的钱都是谁的?要真是你走在我前面,那继承人也该是我呀。"

老王坐起身,借着酒劲儿说:"你别唠叨了,不就是钱吗?以后每月我多给你些就是了。"

"你知道我在乎的不是钱。"刘姐的眼泪又要出来了。

老王没好气地说:"既然不在乎钱,那还计较什么?"

计较?这事到底是谁在计较?看着老王又是一副装聋作哑的样子,刘姐气得甩门走出了家。楼下的一家涮锅店正开张,门脸镜匾上醒目的"寒舍"两个字撞进眼帘,她的头一侧,泪,还是下来了。

寒舍,这两个字生生地刺疼了她的心。再婚这么多年了,就算是一块石头吧,也该焐热了。可老王这闺女,根本不懂得感恩,一想起这些,刘姐整个人都寒凉刺骨。

刘姐说:

一直以来,她都把我当仇人。我和老王刚结婚那会儿,她不和我说话,好像是我抢了他爸爸。其实不是那么回事,老王家的穷亲戚多,老王又是个仗义的人,所以在给亲戚花钱上,他前妻总是和他闹别扭。后来,矛盾就闹大了。能和老王走到一起,也是因为在这一点上,我和他前妻不一样。我们结婚后,他的亲戚来城里看病或是家里有红白喜事,不用老王张口,我都会钱给到位,事做到位。

可能是他女儿也受到些感化吧,虽然她在我面前还总是板着个劲儿,但周末的时候偶尔会来我家吃饭。我知道她工作不太好,挣得不多,所以也总在钱上贴补她。满以为这日子会越过越和气,谁知,在这件大事上,她又给我添堵。

从前,他闺女和我别劲儿,老王还能替我说句话,最近这几年,他越来越偏着他闺女,明知道她做错了还护着,真让人寒心。

都说满堂儿女不如半路夫妻,十多年了,这半路夫妻却还是隔了心的。

老王说：

这女人呐，就是小心眼儿。我的前妻是，她也是。

看上去，她似乎比我的前妻大方些，可那只是表面。女人都一样计较，只是在乎的事儿不一样罢了。就说孩子结婚这件事吧，我给大女儿的是多一些，可那是我的亲闺女。再说了，小女儿这些年跟着我过，吃的喝的用的都比她姐姐强得多。在内心里，我对自己的女儿是有亏欠的。虽然说父母也有选择生活的权力，可那是从理上讲，离婚再婚这件事对于孩子在情上是说不过去的。

人老了，越来越亲近血脉。现在，看着我的外孙，我是从骨子里往外亲啊。我觉着，对自己亲闺女好一些，没有错。她对自己的闺女不是也一样吗？人这辈子，最难还的就是人情，最说不清的也是人情。

大女儿说：

我恨她，恨她一辈子。她对我再好，都白搭。

别听她说得天花乱坠的，事实在那儿摆着：她带着女儿和我爸住在三室一厅里，而我妈呢，孤零零地一个人住在小屋里。逢上冬天暖气供应不太好的时候,家里的冷清让人从头凉到脚。这一切,都是她造成的。

我当然要找我爸要钱。要了,就是我的,是我妈的;不要,就是她们的。

别和我讲什么仁义道德,我只知道,站着说话的永远不懂得腰痛的滋味。

小女儿说:

其实,姐姐没来参加我的婚礼,我并没太在意。毕竟,我们没有血缘关系,就当她是个熟人好了。是我妈太在意了,要我,理她干吗,爱来不来。这些年,我妈在这些事上就是不"给力",总像是欠了她们似的。就算是欠了,也不能一辈子都还不清吧?

婉约贴己话:

老王说,那是我亲闺女。这是问题的根本。血浓于水,亘古不变,和自己的骨血亲近,任谁也拦不住。所以,最好是睁一只眼闭一只眼,给彼此一个空间,大家都能喘口气,空气自然就清新得多。

有人说，经济社会的婚姻是一个利益共同体，半路夫妻更显脆弱。对夫妻而言，无论是老王还是刘姐，都应该将内心的期望值放低些，这世上没有应该的事，更不要有意无意地刺激、挑衅或漠视。这些矛盾看上去是新的，其实都是再婚婚姻的后遗症。

人生一世，我们总会面对选择，有些选择可能会伤害到他人。不管刘姐是不是传说中的"小三上位"，光阴流转了多年，我们是不是要试着学会放下？有些时候，放下纠结不是宽容别人，而是成全自己。

我们常说，生活就是一列不停歇的火车。那么，一路上总会有人上车，有人下车。关于身边的那些相遇与离别，我们最好相信，那都是缘定。

随缘，心也就舒坦了。

给予是爱,接受也是爱

执子之手,与子偕老,是婚姻的美好。然而,生老病死也是我们无可逃避的伤痛。如果生命中的另一半患了绝症,你会悉心照料他到最后,还是抛下曾经的情意离开?这个假设的问题,恩爱夫妻给出的回答总是温暖的。换个角度,如果患病的那个人是你自己,你是与他一起坚强还是选择默默承受?此答案似乎没那么简单了。

家故事:

半夜两点多钟,炳文醒了,翻过身发现爱人不在身边,忙披上衣服走出卧室,看见她正趴在沙发上抹眼泪。

走过去,他温柔地问:"怎么了?有心事?还是哪儿不舒服了?"

她抽泣着说:"我心里难受。"

他笑着揽过她的肩,轻轻抚摸她鬓角的白发:"都50多岁的人了，还像个小孩子，真是把你惯坏了，说说吧，又钻什么牛角尖儿了？"

橘色的灯晕里，她看着他消瘦的脸叹了口气："是啊，你一直把我当孩子照顾着，结婚这么多年，我很少做饭洗衣，总是你把家里收拾得井井有条。如今孩子都出嫁了，咱们两个人相依为命，你是不是能让我帮你分担一些？"

炳文愣了一下，说："我们一直都是相扶相携着走过来的呀。再说了，现在家里老人孩子都很好，工作也很安稳，能有什么事需要你分担呀？"

"老伴儿老伴儿，老来为伴儿，咱俩都过了多半辈子了，什么事都是由你操持，现在你有事能不能也和我说说，别自己憋着。"

"哪件事没告诉你呀？老婆，咱家的事可一直都是你做主的。"他开着玩笑，但是，她没有笑，而是表情凝重地拿起茶几上的一张单子，说："那你和我说说这是怎么回事？"

炳文没接那张纸，笑容却僵在脸上，他知道事情瞒不住了。两个月前，单位组织健康查体，CT 显示他的肺部有阴影，医生建议到上一级医院会诊。两个月里，他一个人承受着巨大的心理压力，拿着片子在几家大医院间奔波。明天，本市最权威的专家要给他制定治疗方案了。她手里拿的正是医院的复诊通知单。

"事情没你想得那么严重。"炳文尽量保持着语气的平静。

"既然没那么严重,你告诉我怎么了?"

"还不是怕你担心、瞎想嘛。"

"你这样瞒着我,我岂不是更担心、更瞎想吗?明天复查,我陪你去医院。"她的口气不容拒绝:"咱俩是夫妻呀,你有病了,我能当没事人儿吗?你想想,换了得病的人是我,你会怎样?"

他笑着说:"瞧瞧你,怎么说着说着又哭了?咱俩不一样的,我是男人,去趟医院还让老婆陪着,多丢人呀。"

"不行,我必须与你一起承受。想想这段时间你一个人承受了那么多,我这心里就不是滋味。"她的声音又哽咽了。

"好好好,明天咱俩一起去,行了吧?那咱也不能坐着等天亮吧,赶快去睡,好不好?"

哄着爱人躺下,炳文却失眠了。怎么办呢?他的病是凶多吉少,明天的专家会诊可能会很残酷。他不想爱人面对死亡,她知道得越少、知道得越晚才好,她是那么胆小、脆弱。那一年,她的母亲生病住院,都是他忙前忙后的,她都不敢看着母亲做针灸治疗。春天的时候母亲病逝,她哭晕了很多次,也对他说过很多次,妈妈没了,只有你疼我了。相守的岁月里,他一直都是她坚实的依靠,他从来都没想过要她为自己做些什么。这个家,他是脊梁,一旦倒了,柔弱的她该怎样走下去?

黑暗里,炳文长长地呼出一口气,不敢想象爱人明天的样子。

而她,也是辗转难眠。这一次他真的是得大病了。或许自己做不了什么,但他是自己的丈夫,在他最艰难的时刻,她一定要在他的身边。

一夜忐忑,早上五点钟,爱人悄悄起床,找出女儿的电话,一接通便哭起来。听母亲哭哭啼啼地诉说了事情的原委,女儿说:"妈,您别担心,一会儿我也赶过去,我们医院见。"

放下电话,一回头,炳文正阴着脸站在她身后,在这个家里,他很少发脾气,见他生气的样子,她有些不知所措。

"你给孩子打电话了?"

她点了点头:"我觉得有必要让孩子知道。"

"让孩子知道什么?老婆,我的病先不能和孩子说,难道你不知道她最近正在竞聘上岗吗?她正处在事业的打拼阶段,你告诉她我的事,不是给孩子添麻烦吗?"

"可是,可是你得病了也是大事呀。"说着,她的眼泪又漫了上来。

"你现在就给孩子打电话,就说我说的,不用她去医院了。"他用少有的口气冷冷地说。

"让她去吧,孩子也很关心你。"

"我知道她关心我，可我不想她去医院。"炳文的声音有些发抖了，她不知道，炳文最怕的不是癌症，是她们娘俩泪眼相望的疼痛。

她也有些不高兴了："你怎么这么倔呢？要打你打，我不打。"

"你不打谁打？明明是你惹的事。"

"怎么是我惹事？咱们是一家人，一家人就应该彼此关心，你干吗这么不通情理呢？"

见炳文不吭声了，爱人缓和了口气说："知道你疼孩子，不过，让她一起去趟医院也耽误不了什么的，孩子已经是大人了。况且——"

"况且我得的是癌症，是不是？"炳文忽然大声嚷道："我就说了，这件事不能让你们知道，知道了只会添麻烦。好，你们都去医院吧，我不去了。"

"你不去怎么行？"她着急地说。

"你和孩子都不去我才去，不然，我不出这个门。"说完，炳文一个人进了卧房，"呼"地一声关上门，留下爱人愣在客厅里，止不住地流眼泪。她不明白，自己关心他怎么就关心错了？自己和孩子在他心里难道只会添麻烦吗？

医生处方：

在国外，面对癌症病人，一般主张将实情告知患者本人和家属，事实证明，这样有利于积极治疗。但是在我们国家，由于人们对癌症的认知水平和接受能力的不同，大多选择隐瞒或逃避。

可以说，对癌症病人告知病情，我们医生是讲究技巧的，这也是我们的职业要求。一般情况下，我们会根据年龄、性别、文化程度以及生活背景等方面的不同而采取不同的告知方式。针对心理素质较好，有较高知识结构和丰富阅历的患者和家属，鼓励他们直接面对；相反，为避免造成患者的恐惧心理，对于心理素质较弱，理解能力较低的病人，我们会委婉告知，并慎重地提出治疗方案。

虽然，被确诊为癌症是一个可怕的打击，但是治疗癌症的方法也在日益进步，从学术上看，癌症病人的存活时间和生活质量较之从前都有了较为乐观的前景。

婉约贴己话：

记得很多电影里都有过类似的情节：正在热恋的一对情

侣,其中一人患了绝症,为了不让对方难过,选择默默地离开或以各种理由决绝地提出分手,任由自己的爱人伤心、难过、误解或猜疑。

在我们的道德理念里,这样的爱很伟大,是不忍对方与自己一起承受痛苦或是想把最美好的记忆留给对方。其实,这样的爱也是自私的。因为,他(她)并没有考虑对方是否愿意承受而单方面选择拒绝接受一起承担。

生活中,我们常说给予是爱,但我们很少思考:接受也是爱。当一个家庭出现困难时,大家一起接受一起承担是每一个家庭成员的责任与义务,同享福共患难才是一个"家"最本质的意义。当然,一起承担的前提也需根据家人承受能力的不同而采取妥帖的方式。

有句话是这样说的:世界不会因你的想法而改变,但是你的想法,会让你的世界发生改变。所以,放下焦虑和不安,应允家人与自己一起面对疾病,或许事情并没有想象的那么糟糕。这样的时候选择在一起,对病人是一种安慰,对亲属是一种责任,对家庭和婚姻来说,是一种不可或缺的温暖。

你若爱我,就别再宠那些猫狗

时下,饲养宠物似乎是一种潮流。无论是走在大街上还是公园湖畔,遛狗的人比比皆是。不管你是否喜欢宠物,都必须承认一种事实,那就是宠物已经实实在在地进入了我们的生活。其实,人类与动物们和谐地相处是大自然的一道美丽风景。只是,凡事要有度,如果生活中的伴侣爱狗猫胜过爱亲人,那么,宠物带给一个家庭的将不是欢乐,而是伤害。

家故事:

周末的阳光照进来,尚红懒懒地伸了一个懒腰,天气真好啊,今天一定要和石锐出去走走,他们已经很长时间没有逛街了。侧过身看看,石锐不在,尚红知道,他出去遛狗了。几乎每一个早晨,都是如此。在爱人怀里被唤醒的幸福,尚红从没体验过,在这个几十平方米的小家里,很多时候她还没有一只猫咪或一只小狗得到石锐的宠爱多。

想到此，尚红自嘲地摇了摇头，和一群猫狗争宠，真是说出来都让人笑话。不过，她时常想，自己在石锐的心里或许真的比不上那些猫和狗。

说来话长，尚红和石锐相识还是一只小狗牵红绳的。去年的夏天，尚红在公交车站等公交，当时下着雨，脚边有一只浑身湿漉漉的小狗看上去格外令人怜惜。正在此时，跑过来一个小伙子，二话不说，从包里拿出一个大塑料袋罩住小狗，并把它抱在了怀里。

"是你家的小狗啊？看好了，会走丢的。"尚红笑着说。

"不是我家的。"那个小伙子答道。

"不是你家的？那你干吗抱着它？"

"我只是觉得它挺可怜的。"

小伙子说得淡淡的，尚红的心却再也无法平静。一个男人对小动物如此怜惜，是多么有爱心啊。聊得多了，尚红才知道，这个小伙子叫石锐，多年来坚持救助收留流浪狗和流浪猫。他还递给尚红一张名片，说："以后你见到街上有没人要的猫和狗，可以给我打电话。"

后来，尚红和石锐成为朋友，常常去石锐的小屋帮助他喂养猫狗。再后来，两人确定了恋人关系，尚红便搬过来与石锐一起照顾这些流浪的动物。

时间长了，尚红发现，石锐对这些猫狗的热爱和关心超乎了她的想象。比如,有只小猫要下崽了,石锐会蹲在它旁边守候一整夜。还有一次,一只小狗偷偷溜出去玩,因为淘气被一个男孩子踢打,石锐看见了,奋不顾身地冲上去护住小狗,并把那个男孩揍了一顿,引来众人围观,差一点儿被拘留。

如果只是这些,倒也罢了,最让尚红不能忍受的是,石锐经常睡觉的时候搂着一只狗。两个恋人之间横着一只狗,你说这觉怎么睡?有时见尚红不高兴,石锐也会放下小狗,但当尚红一觉醒来时,他们之间总会又有一只猫或狗正偎在石锐怀里,一副舒服而惬意的样子。

因此吵得多了,尚红不愿意再多说,她很不明白,就算自己不漂亮,也是一个花季女孩啊,怎么在一个男人眼里还不如一只猫狗呢。

"你是不能和它们比。"有一次,石锐这样说。

"什么?你太侮辱人了吧?"尚红简直难以相信他的话。

"我不是说你不如它们,我是说,你和它们不可比。"

"什么叫不可比?"

"也没什么,反正不一样。"说到此,石锐总是点到为止。他也觉得,这个问题说多了会伤到人,所以不如不说。在他的心里,这些猫狗好比他的命,他自己可以不吃饭但不能饿着它们。而尚红不同,她可以自己照顾自己。换句话说,猫狗更需要他。

正是石锐的这种想法,让尚红很受伤,她觉得自己对他不重要。记得前几天,因为石锐养狗,影响了楼道的卫生,居委会严重警告他,让他要么搬走,要么减少猫狗的数量,还说,这种扰民的行为是不受法律保护的。

于是,石锐准备在郊区租平房,尚红坚决不同意,那样她上班会很不方便,但石锐主意已定,似乎没有商量的余地。为此,这几天两人一直闹别扭。

大约9点多,石锐领着几只狗回来了,屋内立刻叫嚣成一团。这些小狗和尚红也有了感情,每次回来都会缠着她,围着她亲昵。由于心情不好,尚红很生气地训斥着小狗:"走开。"

"你这是干吗?有气冲我来,别和它们撒气。"说着,石锐很温柔地把狗引领到了一旁。

"你还知道我有气啊?我以为在你眼里,我什么都不是呢。"

"瞧你说的,我能不在乎你吗?"说着,石锐搂住尚红的肩膀:"我知道你的心思,不过呢,咱家的猫狗多了,确实对邻居有影响,不是每个人都能理解咱的爱心,你说是不是?虽说在郊区住的偏一些,但对猫狗是好的。"

"你就知道对它们好。"

"谁说的?我也对你好。"说完,石锐吻了吻尚红的脸颊。

这个小小的亲热动作,令尚红很开心,她有些心软了,于是不再坚持,便说:"那你得补偿我。"

"好,你说吧,怎么补偿?"

"今天你陪我去逛街吧,我好久没买新衣服了。"

"买衣服还用逛街?网购就可以了,又便宜样式又多,而且还不用出门。"

"我就知道你不愿意出门,离不开你的那些猫狗。"

"你又来了,对了,我昨晚在网上看好了狗粮,你帮我结算一下啊。"

听到此,尚红的阴郁心情又来了,在这个小家,只有尚红有正式工作,每月能拿到薪水,石锐因为照顾猫狗耗费精力就辞去了原先的工作,而且随着猫狗数量的增多,每天的狗粮也是一笔不小的开销。

"石锐,和你商量一个事,以后咱别买狗粮了,让它们吃剩饭剩菜吧。"

"那不行,那样喂养容易得病。"

"既然这样不行,那就送出去一部分吧,剩下几只养着,行吧?"

"不行,都是我抱回来的,你让我舍哪个呀?"

"这也不行,那也不行,你还是一意孤行是不是?那我问你,你想过和我结婚吗?"尚红质问着。

见石锐不说话，尚红负气说："你要是没想过，那我就离开，你和猫狗过一辈子吧。"

"别生气啊，我怎么不想？可咱现在的条件不够啊。"

"你还知道条件不够啊？石锐，今天咱俩说说心里话，你对这些猫狗有爱心，我不反对，甚至你为了它们放弃了工作，我也接受了。只是你仔细想想，如果你不改变现状，我们怎么谈未来？"

"你不就是嫌我没钱吗？"石锐低声说。

"石锐，我白对你那么好了，我是嫌你没钱吗？若是钱的问题，当初我就不会搬来和你住，没错，结婚需要钱，但婚姻更需要的是安稳。我可以和你一起受苦打拼，但我不能陪着你与猫狗过一辈子。"

"我没想到你这么没有爱心。"

尚红看了看眼前的男人，无限伤感地说："咱俩走到今天，已经不是有没有爱心的问题了，既然你说想过未来，那我问你，未来我们要孩子吗？如果有孩子，和这些猫狗生活在一起，对孩子的健康有好处吗？这些都是现实，如果你爱我，石锐，你醒醒吧，别再沉溺了，和猫狗在一起生活，不是正常人的日子。"

"尚红，你要是想离开我就直说，别拿这些动物说事。"

"石锐，你怎么还不明白呢？只要你能给我正常人的日子,再穷咱们也一起走下去,如果你舍不得你的猫狗,那我们只有分开了。"

"那就分吧。"说完,石锐走向他的一群宠物,在他的身后,尚红泪流满面。

婉约贴己话:

每个人来到这个世上,都是带着使命的。或许有那么一类人,他们的选择不是如常人一样过着按部就班、循规蹈矩的生活。

他们需要与众不同,需要标新立异。或者说,他们也没有刻意要什么,只是大浪淘沙的日子里,他们珍惜的与常人不同。

这不是一个关于爱心的故事,而是"生活是一种能力"的命题。

当一个人沉溺于一种喜好,而这种喜好并不能带给周围人快乐和幸福,比如抽烟、酗酒,比如赌博、花天酒地,比如无节制地宠溺动物。

这时,向左还是向右便成为自我调控能力的试金石。

人与人不同,生活方式也会有不同,但生活内容绝对是分主次的。

一纸婚书不是卖身契

对于婚姻,老人们常说要门当户对,门不当户不对难成幸福。而对于年轻人来说,婚姻是爱情的结果,至于家庭的差异、文化的不同、性格的反差似乎都是可以忽略的。然而,柴米油盐的日子会告诉你:婚姻是爱情的归宿,爱情却不能当饭吃。尤其是你的爱情并没有那么纯粹的时候,婚姻就是一枚苦果。

家故事:

和每天一样,吃过饭,小玉和她的父母便挪到沙发上看电视,王潇起身收拾碗筷。似乎是约定成俗,在这个家里,没有人会和王潇"争"着干家务,好像他所做的都是他应该做的,而他们的安享也是顺理成章的。

水管的水流声"哗哗"地响着,客厅里小玉和她的父母看着肥皂剧说笑着,王潇一边刷碗一边想念起自己的父母。曾经以为，自己大学毕业工作了，成了家，可以多孝顺孝顺父母，谁知，自从结了婚，他就成了另一个家的保姆，妻子小玉自小娇生惯养，十指不沾阳春水。偶尔，他说她两句，岳母岳父会马上反驳说，我家闺女就是在掌心里捧大的。

唉，王潇叹了口气，谁让自己当初势利眼呢。

两年前，王潇还可以有另一个选择，只不过那个女孩不像小玉家境殷实，也没有一个当局长的爸爸，更不可能一结婚就住上三室两厅的房子。人生或许就是这样，选择了少打拼几年的捷径，也就要接受低眉顺眼的日子。

想到此，王潇心里有些酸涩。他也曾和小玉商量，搬出去过两个人的日子，还许诺，可以常常回来看父母。可是小玉坚决不答应，说自小习惯了，离不开父母。最要命的是，岳父岳母知道了他的想法后，竟教训了他一顿，还说，我就这一个闺女，除非你俩离婚了，不然，你们就要在我们身边生活。

其实，王潇也不是那种传统男人，觉得和岳父岳母生活在一个屋檐下低人一等，只不过，小玉和她的父母做事从来不顾及旁人的感受，对他呼来唤去的让人很不舒服。有时候王潇会想，要是自己爹娘知道了这些肯定会心疼自己的。

人心隔肚皮，感情不是要来的，他怎么能要求别人对自己好呢。正思前想后，门铃响了，小玉在客厅里喊道："王潇，去开门。"

王潇抖了抖手上的水，说："我正忙着呢，你不会去
开啊？"

小玉得意地撒娇说："少废话,让你开你就开呗。"

原来是岳母的同事李阿姨来闲坐。一进门，见王潇扎着
围裙便夸奖说："瞧瞧你家的女婿，真是个勤快的小伙子,你
们老两口真是有福气。"

王潇一笑，正要转身去厨房,岳母说："王潇啊,给你李阿
姨倒杯水。"

"我不喝，别忙活了。"说完笑着看了看王潇,轻声说："这
孩子还真不错。"

岳母也轻声说："凑合吧,也就会干点儿家务。"

声音很小，王潇在厨房却听得很清楚。岳母接着说："男
孩子不看长相看本事,我家小玉当初就是喜欢他帅,其实比
他家境好的有的是。"

"你可别不知足,这孩子懂得低头就算是不错,现如今哪
个男孩子愿意洗碗啊？那些条件好的能这么听话吗？"

岳父插话说："说的也是,很多事都不能两全啊。"

"我今儿来就是想托付两位给我家的丫头介绍个对象。"

"什么条件啊？"岳母问。

"也没什么条件,两人有缘就行啊。"李阿姨说。

"王潇,你过来一下。"岳母喊道："你看看你们同事里有

没有合适的小伙子给李阿姨家的女儿介绍一个。"

王潇摘了围裙坐到沙发上，小玉顺势把腿放到了他身上，他一边很习惯地揉着一边谦和地对李阿姨说："我有个同学还没女朋友呢。"

"人怎么样？"李阿姨忙问。

还没等王潇答话，岳母在一旁说："主要是看家庭，家境不好再好也不行，结了婚没房没车的，这生活质量就下降了。"

"对呀，李阿姨，我的一个闺蜜说的特经典，她说，这结婚或许不能攀龙附凤，但最起码的底线是不能低于婚前的生活状况。"小玉在一旁也插话说。

"你的闺蜜也太世俗了，照她那样说，那家境不是太好的男孩就娶不到媳妇儿了？"王潇有些不高兴。

"娶我这样有房有车的呀。"小玉毫不掩饰地笑着。

王潇的脸沉了下来，低声说："别太过分了啊，我家也不差。"

"你家也不差？既然不差，为什么咱们的婚房和你开的车都是我爸妈给的？你娶了我至少可以少奋斗十年，这不是明摆着的事嘛。"

见小玉这样不留情面，王潇又不好发作，站起身正要走，岳母说："王潇啊，去洗些水果吧，我和你李阿姨多聊一会儿。"

"妈，我明天有个会需要准备资料，让小玉去洗水果吧。"说完，径直进了书房。

李阿姨一见气氛不对，简单寒暄了几句便告辞了。李阿姨一走，小玉便冲进书房，大喊大叫道："王潇你什么意思？你长本事了，敢冲着外人给我们脸色看？"

"谁给谁脸色看？我可不敢，按你的思路，我吃你的住你的，我欠你们的。我王潇什么本事也没有，我就是一吃软饭的。"

"谁说你吃软饭了？不过咱俩结婚主要是我爸妈资助的，这也是事实吧？"

"是事实，我也很感激，所以在这个家里我很努力，努力讨好你，讨好你爸妈，可人总要有良心吧？我所做的一切是不是在你们眼里一文不值？只有房子车子才是有价值的？"

"王潇，别把自己说得那么清高，当初我们恋爱结婚，你能说你看上的只是我的人，就没考虑过我们家的背景？"

"考虑过又怎样？那不代表我把自己卖给你们家，给你们当一辈子的奴隶。人都是有自尊的，有些话不要说得那么伤人。"

"王潇，你这话有些伤人啊。"这时岳父走进来，插话说："什么叫奴隶？你见过给奴隶买房买车还安排工作的吗？现在竞争那么激烈,你难道不知道我们为你付出了多少吗?"

"对不起,爸,也许我用词不当。您为我做的我非常感激,不过我还是想和您二老商量,明天我和小玉搬出去住,这样彼此都有空间……"

"你这叫忘恩负义。"岳母也走进来冷冷地说。

"我不搬,我就要和我爸妈住在一起,要走你走,现在就给我走。"小玉任性地喊着。

"好,这可是你说的。"王潇起身走了出去,头也没回。屋里留下的一家三口,你看看我,我看看你,有些不知所措。

旁观者:

走了就别回来,这样他们才会傻眼,这一家人素质真差,也太欺负这小伙子了,其实干些家务倒没什么,但不能瞧不起人。尤其是为人父母,说话办事要厚道,你女儿都嫁给他了,对他好也是对自己女儿好,小瞧女婿其实也是低看自己的女儿。

人活着要学会适应生活。既然你选择了这样的家庭,在接受它带给你的安逸的同时,也要接受它的俗气和傲慢。况且对于老人的言行,做小辈儿的要体谅和宽容。他们有些高高在上是不对，但他们给了你力所不及的物质条件也是事实。

婉约贴己话：

何谓门当户对？

门当户对，不是用世俗的眼光以贫富来划分阶级层次，而是指在学识素养、生活习惯、价值取向等方面相近。这样的婚姻，磨合期短，矛盾少，有利于婚姻的维系和美满。

当然，并不是说门不当户不对的婚姻就不能幸福，而是家庭背景、成长环境大相径庭的人朝夕相处，需要彼此付出更多。

每个家庭都有自己的故事，但婚姻幸福的根基均是建立在互相尊重的基础上。无论是出身寒门还是生在富贵家，爱一个人都是交付真心，而不是凌驾和掌控。

或许，小玉一家人认为王潇是婚姻利益既得者，其实，站在优越感获取方来说，他们又何尝不是在如此的婚姻架构里得到了自己所需要的？

世上有很多事情好比洋葱，经不得一层层剥离，若想不伤人伤己，最好的办法是和缓心态。幸福不是与生俱来的，更不是用物质换来的，夫妻之间多些平等和尊重，婚姻才会多

家有不靠谱顶梁柱

谁是家里的顶梁柱？十有八九的回答是家里的男人。这不单单是千百年来男尊女卑的传统意识，也是一个男人在家庭中应有的担当和责任。然而，在我们的生活中，并不是每一个男人都能担当顶梁柱的角色。这样的男人总有冠冕堂皇的理由为自己开脱，却掩不住他们赤裸裸的自私。

故事一：

小苗真的没想到，上进心也会成为婚姻的问题。

她和爱人靳槐是通过同事介绍认识的，一晃组建家庭已经十多年了，孩子也快升初中了。她清楚地记得当初同事对她说，这小伙子真不错，很有上进心，特别爱学习。

同事说的没错，靳槐真的爱学习，自从和小苗认识那天起，他就没停止过。谈恋爱的时候，他读了一个英语二学历，结婚后，他开始学设计，即使是在她怀孕期间，他坚持去上海培训了半年。孩子出生后,他也很少顾及小苗和孩子的生活,一直攻读在职研究生。可以说,靳槐的时间除了上班都是用来学习的。柴米油盐的日子,他几乎一点儿帮不上忙。有时候小苗累了会想,都说女人结婚是找个人疼,可靳槐满脑子都是自己的事。她也常劝慰自己,随着年纪增长,他总会把心踏下来的,谁知他非但没有停止,还越折腾越厉害了。

是的,小苗认为靳槐的爱学习就是瞎折腾,而靳槐也最烦她这样说。所以,当靳槐再一次提出要去北京读博士的时候,两个人不可避免地吵了起来。

"靳槐,你能为我们娘儿俩考虑考虑吗?孩子马上就该上初中了,我工作也很忙,你去北京读书,我会更累的。而且,万一孩子有个病啊什么的,我一个人应付不来的。"

"怎么我一说学习你就反对?你当初不是很欣赏我有上进心,喜欢我爱学习吗?"

"没错,我欣赏你有上进心,但你的上进心也要靠谱才行。你说你一个即将进入不惑年龄的大男人,本应该多在职场上下功夫,即便你不喜欢自己的职业,也要有自己的一席之地吧?这么多年了,你这么爱学习,这么有上进心,怎么提职的事总是与你无关?"

"我就知道你世俗。"靳槐不屑地说。

小苗在鼻子里"哼"了一声,说:"我也不想世俗,可日子是过出来的，不是在你的书本里躺着的。"

"没文化真可怕。"靳槐还是不屑的样子。

"我没文化？对，我是没你有文化，没你看书多，可有句话叫'学以致用'，你应该比我懂吧？这些年，你没完没了地学习，都学什么了？你的书本里没教你婚姻需要经营，职场需要打拼吗？"

"我就知道你是这个样子，我上次去上海培训你就不高兴。"

"你还好意思说？那次培训有那么重要吗？我挺着大肚子每天自己上下班，你在上海就不担心吗？当时为了你的上进心我做了让步，今天为了我和孩子，你能不能放弃这次学习？"

"老婆，你知道我的梦想就是读到博士。当年因为经济拮据才选择先上班后考研的，你也知道我读硕士时一边上班一边上课很是辛苦，所以我这次才选择了全日制深造。"

"靳槐，还是那句话，你不是小孩了，你做事能不能考虑考虑别人？换句话说，文凭不等于水平，你把工作干好了，把咱这个家打理好，这也是你的精彩啊。"

"那是你的精彩，不是我的。"靳槐嘟囔着。

见他丝毫没有改主意的意思，小苗以最后通牒的口气说："既然你一心想追求你的梦想，那好，今天咱把话说明白吧,虽然我不喜欢你疏于照顾家,若是你坚持业余时间上学,我还是可以忍受的,但你去北京一去几年,我不同意。"

"去北京学习,我也可以周末回家呀。"

"周末回家让我给你洗衣服、改善伙食,是不是?靳槐,这是家,不是旅店也不是饭馆,你不能想来来想走走。"

"那你想怎样?反正我读博的心已定。"

"好,那咱就离婚。"

"你是不是小题大做了?"靳槐很不解地看向小苗,而小苗背过身去,不再说话。

故事二:

放下同学的电话,毛姐的心情糟透了。

自己已经是 50 岁的人了,还要换工作,一切从头开始,想一想,真是没有这个勇气。可同学说的也对,现在干的清洁工作虽然没那么累,但毕竟不是正式工作,最重要的是爱人老李也没有稳定收入,这样的家庭状况不得不让人担忧。

"你说我还换工作吗?"毛姐忧心忡忡地看着老李问。

"你自己的事自己定。"老李似乎并不上心。

"我是想听听你的意见。"

"换不换都行。"老李看着电视节目有一搭没一搭地说。

毛姐看了看自己的男人，有些胆怯地说："其实我不想换工作，新工作还要用电脑，我都不会了。可是你也是临时工，咱俩都没有五险一金，养老是个问题啊。"

听毛姐这样说，老李把目光转到她身上说："谁是临时工？我有自己的事业，只不过不吃公家饭而已。你怎么回事？嫌你老公没本事？这么多年了，你还不了解吗？我是一个不愿意受约束的人。"

"谁愿意让别人管着啊，可为了生计有时候也要委屈自己。"

"我一辈子自由惯了，再说了，我不是也给过你钱吗？我又没白吃白喝你，你瞎叨叨什么呀。"

"还说呢，自从和你结婚，你就没干过正式工作，不给别人当差，咱自己踏踏实实做个小买卖也行啊，你又吃不了苦。你说你挣的那点儿钱哪够开销啊。儿子马上大学就毕业了，如果能找个工作还好，若是找不到工作，以后成家娶媳妇儿都是难事。"

"我发现你真是到更年期了，儿孙自有儿孙福，他找不到工作是他的事，你现在干着急也帮不上忙啊。"

毛姐看着老李，悠悠地说："你倒是想得开，自己饱了谁也不管，我当妈的能不为自己的孩子想吗？就算是找工作帮不了他，也不能成为孩子的拖累吧？等孩子到了谈婚论嫁的年龄,人家女方一听咱家的条件,没车没房不说,两个老人还没有养老保障,这样的家庭状况,谁家姑娘愿意嫁给你儿子呀?"

老李不慌不忙地说:"那有什么,有时候千金难买她乐意。"

毛姐有些生气了:"你要是有闺女你愿意啊?就算是女孩愿意,人家父母能愿意吗?"

"你真是杞人忧天,这事情还远着呢,你瞎操什么心啊,有道是,车到山前必有路,走一步说一步吧。"

"你就是没有责任心。"毛姐小声嘟囔了一句。

"谁没责任心?我还告诉你,人和人的活法不一样,我这个人活的就是'痛快'两个字,像你这样瞻前顾后的,活得亏不亏?"

"是啊,你说得对,不过我要是也像你一样不亏自己一点点,咱这个家还存在吗?"

"你什么意思?照你这话说,我没本事养家了?这个家都是你撑着?"

"难道不是吗?富过穷过暂且不说,你要是能让我安心,我还用50岁了考虑换工作?"毛姐多年的委屈终于化成泪水流了出来。

老李看了看抹泪的妻子,想了想,淡淡地说:"随便你怎么想吧，反正我就是这个样子，你要是不想和我过了，也随你。"

看着老李进了卧室，毛姐一个人坐了很久，然后拿起电话，对另一端的同学说："我想好了，明天我去面试。"

婉约贴己话：

人活一世，有梦想，有追求，活自我，似乎是积极的人生。努力争取高学历，做自己喜欢做的事，于一个个体来说，也是无可厚非的。这是一个个性张扬的时代。然而，人不可能单独活在这个世上，每个人的人生都是与周围人共同来完成的。

于是，有了社会组织，有了婚姻家庭，有了亲朋好友。

当一个人的角色不单单是自己时，生命就是一种承担。负责任，尽义务，是一个人活着不可或缺的内容。这些责任和义务，是负累，也是走向完满人生的必经之路。

你可以"孜孜以求"，也可以"不务正业"，但一个成年人要对自己的行为负责，当你的行为方式影响或伤害了亲人，需要调整的不仅仅是行为，还有思维。

隐婚,绑架了我的爱情

隐婚,是指那些已登记领取结婚证的法律意义上的合法夫妻隐瞒婚姻事实,同居却对外不宣的生活状态。起初,隐婚者多为名人,渐渐地,身边隐婚的年轻人越来越多。虽然隐婚的原因各有不同,相同的是,隐婚带来的某些困扰和纠葛就好像是一副绳索,绑架了原本的爱情,也囚禁了人与人之间的信任。

家故事:

一到周末,小婷就有些犯怵。因为按照生活惯例,她又要和老公江峰去婆婆家吃饭。吃饭本身没什么,只是最近只要一开饭,婆婆也会跟着张口了,没别的,催促他们补办婚礼。

其实,在小婷心里,觉得这婚礼办不办没什么重要的,反正他们已是合法夫妻。从前江峰和她想法一致,不过最近似乎也有所松动,经常有意无意地提起婚礼的事。

小婷不知道，江峰最在意的不是婚礼，而是她和男同事关系密切让江峰很不安。小婷常笑话江峰瞎吃醋："我们都结婚了，你还怕别人抢了我不成？"

"我们是结婚了，可你的同事不知道呀。"

一句话问住了小婷，确实是，公司里没有人知道自己结婚了，那么，保不齐会有男人喜欢自己并有意追求。如果真是这样，也蛮尴尬的。可现在公开，似乎也不是时机。

饭菜上了桌，婆婆的游说开始了：

"小婷啊，上次妈和你说的婚礼的事，你们考虑得怎么样了？"

小婷看了看江峰，江峰一笑，说："听小婷的。"小婷很不满地瞪了江峰一眼，真是够可以的，把球踢出去了，这下自己想回避都回避不了了。

"妈，我想了想，还是觉得不着急，反正都这么久了，我们也习惯了。是吧？"说着，用胳膊肘碰了碰江峰。

"啊，是啊，这样也不错，婚礼就是个形式嘛，小婷已经是我老婆了。"听江峰这样说，小婷笑了，可婆婆的脸却拉了下来。

"那可不行，婚礼是一定要办的，而且要办得风光。咱家有那么多的亲戚朋友，别人家有事的时候你爸和我都是随了厚礼的。"

"妈,原来您是想要回您曾经发出去的份子钱啊。"江峰在一旁打趣。

"去,别打岔,这叫'人情往来',最重要的是,咱必须给小婷一个场面,一辈子就一次的终身大事啊。"

听婆婆这样说,小婷放下了筷子,很认真地说:"妈,我真的谢谢您,我知道您是为我好,不过我也和您说过的,我们公司的竞争非常激烈,很多进修的机会都是首选单身,当初我选择隐婚,也是基于这个原因。年底我们公司就有两个公派美国学习的名额,我正在争取。"

"去美国?你怎么没和我说啊?"江峰在一旁急了。

"我这不是还没来得及和你说吗,再说了,还不一定是我去呢。"

"那个王宇去不去?"江峰追问着。

"江峰,你这是什么意思?"

"停停停,你们俩都停。"婆婆打断他们的问话,问小婷:"去美国多长时间?"

"如果定下来是我去,可能是一年。"

婆婆又转头问江峰:"那个王宇是谁?"

"妈,您别听他瞎说。"小婷忙拦话,却已挡不住江峰的担心和忧虑,江峰很不开心地说:"妈,王宇是她同事,关系不一般的男同事。"

显然，这个答案出乎老人的预料。婆婆定定地看着小婷，等她解释。

小婷狠狠地瞪了瞪江峰，然后不得不缓和了口气，对婆婆说："妈，您别听江峰瞎猜疑，王宇是我的同事没错，是男人也没错，但我们只是一般同事关系。"

"现在是，明天就不好说了。"

"江峰，你能不能别那么孩子气？"说罢，小婷又看了看阴着脸的婆婆，继续说："妈，去美国也就是一年的时间，等我回来就补办婚礼，可以吗？"

婆婆想了想说："这样吧，下个月咱就把婚礼办了，办完了，你去美国，这样江峰就踏实了，我们也不拦着你干事业。"

"妈，这样不行，那我很有可能争取不到进修的机会了。"

"是进修重要还是江峰和家重要？"婆婆的口气像是最后通牒，小婷看向江峰，他也满脸不悦地侧过头，不理她。

真是两难的局面。

周一的早晨，小婷还没完全睡醒，江峰便叫醒她："今天你请半天假，咱俩一起去办房产手续吧，我和房产商定的上午十点。"

小婷想了想，说："哦，不行，我十点有一个策划碰头会，上周就定好的，我们业务副总亲自主持，不能请假。"

"是吗？王宇也参加吧？"

"江峰,你总这样有意思吗？王宇是我的工作搭档,他当然参加,你什么时候变成这般疑神疑鬼的样子？"

"但愿我是瞎猜疑喽。"说着,江峰穿好衣服,临出门说:"那我就全权代理了。"

这个江峰,真是越来越烦人。小婷在办公室坐定后,依然心里疙疙瘩瘩的。这时,王宇拿着煎饼果子走进来,放到她的桌上,讨好地说:"小婷,你的,没放辣子。"

"我,我吃过了。"小婷慌忙站起身说。自从江峰怀疑王宇追求她,在王宇面前,她总是有些不自然,而这份不自然在王宇眼里,又像极了一个初恋女孩子的矜持和羞涩。

"没事,吃了就再吃一点儿,给个面子嘛。"王宇一边整理手边的资料,一边笑着说。见小婷没反应,王宇像是忽然想起了什么,问道:"哦,对了,去美国进修的事,你申请了吗？"

"嗯,申请了。"

"真的？太好了,我也申请了,看来我们很有可能成为美国的同事哦。哇,这个世界真是太美妙了。"

看着王宇开心的样子,小婷沉吟了一下,说:"不一定行的,我,我男朋友不同意我去。"

"你有男朋友啊？"王宇似乎有些失望。

"嗯。"点了点头后,小婷如释重负。没想到王宇转而一笑,说:"没关系,就算你有男朋友,也不能妨碍你进步,更不能妨碍我成为你的好朋友。"

见小婷低下了头，王宇半认真半开玩笑地说："去美国进修是难得的机会，我们一起努力吧。他不同意，还有我哦。"说着，很励志地握了一下拳头。

真是说不清了。这个王宇太闹心了，整个会议中，小婷都有些心烦意乱，其间江峰还打来电话，她只得摁掉，没接。

散了会，电话打过去，谁知江峰说，手续办妥了，房本写的是他的名字。

小婷一听就急了："咱们不是说好了写我的名字吗？"

"可是……可妈说，你要是不去美国，就写你的……我问了，也可以改的。"

"江峰，你们家是不是太过分了？领证时买不起房，我们只得租房子住，这些我并不计较，可刚看上的这套房是我爸妈出的首付款，为此，你妈才说过房本写我的名字。现在却变成你的了，你们这不是诈骗吗？"

"小婷，你别说话那么难听行吗？妈其实就是想让咱们早把婚礼办了，再说了，我给你打电话也是想先和你说一声的，谁知你一直不接……小婷，要不咱就把婚礼办了，其他的，都听你的。"

小婷越听越气，一字一句地对着话筒说："江峰你听好了，美国我去定了，名字也必须改成我的，否则，所有的一切，免谈。"

说完,气哼哼地挂了电话,一转身,王宇正端着一杯咖啡站在身后,问:"怎么? 和男朋友吵架了?"

婉约贴己话:

小时候,特别喜欢"隐身草"的故事,说的是一个人相信一棵草能隐身,于是每天举着这棵神草去店里偷东西,最初人们只当他是个疯子,不理会他,他却以为人们的视而不见是神草效应。于是,终于有一天,他愈演愈烈竟然去偷官印,当场被抓住痛打……

世上的很多缘来缘去都不是无因由的。

我们常说,婚姻是爱情的归宿。成家,中国人历来讲究明媒正娶。这倒不都是缘于所谓的"名分",而是一种昭告天下的监督和保护。

"我们结婚吧。"这不是爱情表白,是一生的承诺。这份承诺里包含了同甘共苦的责任和义务。而隐婚一族偏偏喜欢说:"幸福尚未成功,爱人仍需潜伏。"幸福不是结果,是过程,而潜伏也不是规避风险的方式或借口。好比那一棵小小的隐身草,你以为遮住了事实,弄不好却会伤人伤己。

每一个走进婚姻的人都是寻求幸福的,而无法走在阳光下的幸福,必会大打折扣。

无性婚姻还有爱吗

社会学家说，夫妻间如果没有生理疾病或意外，却长达一个月以上没有默契的性生活，就是无性婚姻。如果以这个标准来衡量，据说中国有三分之一的婚姻属于无性婚姻。谁能想到，看上去的岁月静好里，无性婚姻却大量存在着。这是一个不容回避的事实，也是有关婚姻和爱的又一个命题。

故事一：

回到家，还是一个人。

这些年，肖红似乎习惯了，习惯了一个人上班，一个人吃饭，一个人对着电视哭哭笑笑。细想想，前几年还有女儿陪伴。自从孩子外出上学后，她真正地成了一个人。

如果旁人问起她的婚姻，肖红总是自嘲说自己是单身。哪怕是孩子在身边的日子，她也这样认为。毕竟，婚姻是夫妻档，大事小情，你恩我爱，才是生活的样子。而她的日子里，没有男主角。聚少离多的生活状态，令她时常恍惚，她不知道自己还能坚持多久。

有一次闺蜜聚会，几个小姐妹说起夫妻间的"性福"话题，问到她时，她淡淡一笑说："我都忘了什么感觉了。"她也不知道为什么会这样，他不在家的日子里，她盼着他回来。他回来了，又总是相对无言。夜半时分，同床共枕，也多半是各自睡去。偶尔在一起亲热，也感受不到激情和温暖。时间久了，彼此对性生活都很冷淡。

她从没想过自己和爱人有什么不正常，直到一个学医的小姐妹说："你们这样的情况是无性婚姻，需要心理治疗。"

真的吗？肖红百思不得其解，人到中年性生活变淡了很正常啊，怎么会是病？想来想去，她打通了爱人的电话。

"喂，怎么了？有事吗？这么晚了还没睡。"电话里，爱人的声音平淡，没有一丝暖意。

"没事不能打你电话啊？我睡不着想和你说说话不行吗？"

"哦，有什么好说的，老夫老妻的。"

"老夫老妻怎么了？老夫老妻就不过日子了？再说了，我们老吗？我们才四十刚出头，正是好年纪，总是以老自居，你是不是嫌我老了？"

"你没病吧？火药味那么浓，大半夜的打电话就是和我吵架？”

“我才懒得和你吵呢，我就是觉得你对我不够好。”说到此，肖红忽然眼圈红了。

“想起什么来了？真是更年期了。”爱人依然是不解其意的口气。

“老公，问你个问题啊，你还记不记得咱俩上次亲热是什么时候？”

“问这干吗？真是想起一出是一出，你到底想唱哪一出啊？”

“人生如戏，唱哪一出都需要男女主角，我这一辈子一直都是独角戏，老公，你是不是从来都没爱过我？”说着，肖红的泪流了下来。

“我说你哪根筋不对了？什么爱不爱的？孩子都那么大了，你别总瞎想。”

“老公，我的一个小姐妹说，咱俩的婚姻属于无性婚姻。”

见爱人在电话另一端沉默了，肖红又说：“老公，是不是我们的爱不在了？”

“不是，老婆，我，我也不知道为什么，其实在外面挺想你的，回到家却没什么兴致。”

“你是不是外面有人了？”

“胡说，你能不能不这样无厘头？你不嫌丢人啊，都是奔

5 的人了。"

"这有什么丢人的,咱们都还年轻,如果你外面没人,就是病……"

还没等肖红说完,爱人粗暴地打断她说:"别说了,咱们两地分居都十多年了,你还没习惯吗?你就是不安分,我明确告诉你,我没病,外面也没人。"

听筒里发来"嘟嘟嘟"的忙音,深夜里的肖红睁着一双眼睛,茫然失措,既无辜又委屈。她不知道,是自己错了还是生活偏离了轨道?

故事二:

今天是南飞的生日,一大早,爱人文成便起床买了她最爱吃的煎饼馃子,还亲手磨了豆浆端到南飞的跟前,说:"晚上给你庆祝啊,你想过一个怎样的生日?百分百满足你。"

"真的?"南飞故意眯起了眼睛坏笑着看向文成。

文成忙避开她的眼神,说:"别又胡思乱想啊,你慢慢吃,我先去上班了,今天一大早有个会议发言,晚上见,亲爱的。"说完吻了吻南飞的脸颊,匆匆地走出家门。

南飞一边喝豆浆一边寻思着,今天是自己生日,他一定会对自己百依百顺的, 或许能够就此改变两个人的生活观念。唉，其实也不是什么大不了的事，文成有很长时间对夫妻生活不感兴趣，冷淡了南飞。每次南飞想亲热，他都以各种理由回避。有一次南飞急了，质问他为什么？文成很淡然地说："没什么，只是我们生活观念不同而已，你以为这是很重要的事，在我眼里无关紧要，可有可无。"

"我一定要布置 个浪漫的晚餐，诱惑一下他。"想到此，南飞偷偷地笑了。

快下班的时候，文成打来电话，问晚上去哪家西餐厅吃烛光晚餐。南飞笑着回道："今天在家吃，我亲手给你做。"

文成进门的时候，南飞已经准备妥当，点上蜡烛，两个人相对而坐。文成举杯说："亲爱的，生日快乐。"

南飞一笑坐到文成的腿上："是不是我过生日，所以我提什么要求你都答应我啊？"

文成警惕地说："别耍花招啊，不许提非分要求。"

南飞柔声道："想和你亲热亲热算非分吗？"

"算。"文成的回答很干脆。

"怎么那么煞风景？我都不记得上一次亲热是什么时候了。"南飞蹙起眉头。

文成也皱了皱眉头："我工作那么忙，压力那么大，回到家连话都懒得说，哪有心思干那事。"

"可我们才30多岁，总不能像出家人一样过苦行僧的日子吧?"见文成不说话了,南飞环住他的脖子,轻声说:"我喜欢这样……"

南飞本以为用自己的温柔能打动文成,谁知他虽没再拒绝,却也只是敷衍应付着,感觉到他的冷漠,南飞的心情忽然一落千丈,她起身回到自己的座椅上,闷闷不乐。

"别这样嘛,今天是你生日。"文成有些愧疚地说。

"你还知道是我生日啊?老公,我就不明白了,你身体那么好,也没病,怎么就在这方面不行呢?"

"谁说我不行?我只是不想。"文成辩解着。

"不想就是不行,老公,你这样让我很难堪,我常常想,是不是你不爱我了?"

"老婆,我要和你说多少遍你才相信,我爱你,我只是对这事没那么感兴趣。"

"对这事不感兴趣,你干吗娶我?那我们离婚吧。"

文成不无伤感地说:"老婆,我在生活中关心你、体贴你、宠着你,精心照顾你的饮食起居,难道这不是爱吗?难道少有肌肤之亲就不能做夫妻吗?"

两个人陷入了沉默,心情都很沮丧。

婉约贴己话：

盘古开天地，不管是女娲造人的传说，还是亚当与夏娃偷吃禁果的故事，男和女从来都是情事的双主角，缺一不可。现实生活里，性，是夫妻情感的润滑剂，也需要两个人共同经营，从而获得共同的愉悦。

人类的本能是繁衍生息，男女欢爱也就成了婚姻生活的重要内容。从道德层面说，无性婚姻是一种伤害。这种伤害是生理上的，也是心理上的。

医学专家分析，在30—50岁之间的健康夫妻中，婚姻生活缺乏"性趣"或出现对性爱抵触的心理阴影，多由工作压力大、夫妻常年分居以及居住环境不佳等原因引起。但究其根源，夫妻感情不睦、缺乏沟通和交流才是背后诱因。

性爱，是男女之间最原始、最美好的萌动。婚姻的路上，相互体贴、彼此尊重、加强交流，提升生活情趣都是增进夫妻亲密的良方。比如换一套暖色的窗纱，铺一床柔和的床单，为自己选一件性感的睡衣……这些小小的细节，或许都是性生活的美好开端。

婚姻复合了,伤口还在心底

　　李宗盛曾在歌里唱"见过合久的分了，没见过分久的合",而就在前不久,艺人谢霆锋和王菲复合,引发了众说纷纭。这世上最难说清楚的就是感情了,现实婚姻中,貌合神离者有之,情深笃定者有之,然而这些微妙的情感感受,是极其私人化的。说白了,自己的梦自己解,那些看上去的美好和苍凉,并不是旁观者可以揣测的。

家故事:

　　油条豆浆摆上桌,老万看了看表,然后走到女儿房间叫早后,又凑到任丽的床前,轻声说:"老婆,起床啦,你爱吃的早点准备好了。"

　　任丽睁开眼,懒懒地说:"这么早?"

　　"不早了,一会儿我送女儿上学,你吃好了再睡一会儿。"

　　见老万讨好的样子,任丽竟有些不自在。她和老万在女儿的强烈撮合下,已经复婚两个多月了。两个多月的时间里,任丽发现老万变化不小,不但脾气随和了很多,也勤快起来。在他们过去十多年的婚姻里,老万一直都是油瓶倒了不扶的主儿,可自从复婚后,他人前人后地忙乎着,把任丽母女俩当成宝儿似的捧着,一副唯恐再失去的样子。

这些客套,多少让任丽感觉生疏。是的,是客套,是生疏。事隔三年又走到一个屋檐下,客套多了,亲昵少了,两个人似乎都在努力找回从前的影子,然而时过境迁,总感觉少了些什么。在这个家里,最希望他们复合的就是女儿了。她记得中考那一年,妈妈和老爸闹离婚,老爸似乎是不情愿的,而妈妈不依不饶地要坚决分开。后来听妈妈说,是老爸和一个生意上的伙伴出轨了,还把家里的很多钱都拿给那个女人做周转资金。妈妈一气之下,让老爸净身出户,一个人支撑起这个家。

一晃三年多了,女儿马上又要高考了,日子过得很快,随着日子流逝的那些伤痛,是不是也会被掩埋在滚滚尘烟中呢?

看着女儿牵着老万的手出了门,任丽一个人坐在窗前,思前想后,内心无法安宁。按理说,已经复婚了,一切都安稳下来,又是三口之家的小日子,而且老万和那个女人也断绝了来往,所有的都是她希望的样子,她似乎不该这般依然心存芥蒂。

可是,这世上哪有那么多的应该呢?

老万应该出轨吗?想当年,她陪他白手起家,她为他孝顺公婆,带大女儿,她的全部心思都在这个家上。可老万是怎么对她的? 一边是她的勤俭持家,一边是他为那个女人挥金如土。如果不是自己的闺蜜急用钱,找她开口借钱,她还不知道家里的钱柜已经快被老万倒腾空了。

千不该万不该,是他对不起自己在先,凭什么离婚和复婚的时候,错却都在自己身上?

闺蜜曾说:"当初你就不该一意孤行, 老万已经承认错了,你还坚持离婚,闹得鸡犬不宁的,弄得女儿中考都受到了影响,不然怎么也可以进一所重点高中。"

女儿也说:"妈,你就答应复婚吧,老爸一个人多可怜,再说了,就算是为了我,你们也要在一起啊,有爸有妈的日子才是我想要的。你放心,你们复婚后,我一定好好努力,争取考上重点大学,给你争气。"

一个男同事也帮腔说:"男人嘛,哪有不犯错的,再说了,他出轨你也有责任,那些年你在生意上得意,难免疏忽了男人的心思。既然他知错了,都给彼此一个台阶下好了。别死扛着了,你以为四十多岁的女人再婚很容易吗? "

言外之意,离开老万,她任丽以后的日子就不好过。

想到此,任丽的眼睛湿了,当一件事情已成定局,似乎原因和过程都不重要了,重要的是结果,她是这个结果的决定者,所以,错与对也都转移到她身上了。

为了女儿,为了那些听起来很有理的理由,她选择了复婚。复婚后,她努力调整自己,却总感觉与老万之间隔了一层东西,看不见,却清晰地存在着。

这时,老万回来了,进门就笑着问:"怎么不再睡一会儿?"

"哦,不睡了,10点公司有个会。"

老万一边收拾着碗筷,一边试探地问:"什么会啊?"

任丽很敏锐地看了他一眼,淡淡地说:"下个季度的经营分析会。"

说完,两个人陷入了一阵沉默,老万收拾妥当后坐到任丽身边,语气诚恳地说:"老婆,要不我和你一起去公司吧。"

"你去干吗?"

"我,我想回公司帮你。"

"不用了,我习惯了自己打理一切。"任丽的话斩钉截铁,透着一股凉意。

老万看了看她,低下头说:"你还是不信任我,是不是?"

任丽没说话,心里却升起一丝恨意,这都是他自找的。可她没有像多年前那样和他吵,而是嘴角轻轻一扬,说:"哪有啊,现在公司业务不比从前,没那么多事,人手够用。"

"用谁也不如用自己人啊,要是人工成本大就辞掉两个,我来帮你干。"

听到此,任丽眉毛一扬,心里想,我一直都把你当自己人,到头来你把我这个家都卖了我还蒙在鼓里呢。

老万声音又低了低,说:"我真的和她没来往了,自从咱们离婚后,她就回东北老家了,这几年,我从没主动联系过她。请你原谅的话我已经说的很多了,我知道你心里还有结,不过你要给我机会才能看到我的真心呀。"

"复婚,不就是给你机会吗?"任丽的口气还是很冷。

"我知道,我知道,如果你要是让我回公司工作,我一定好好的,咱们一起挣钱,供养女儿上大学,你要是觉得累了,也可以在家不操心,我会挣钱养家的。"

任丽苦笑了一下,说:"我有那个福气吗?我还敢交给你吗?我怎么知道,那个女人哪天会回来要你的钱?我怎么知道,哪天又会冒出另一个女人来?"

"不会的,你放心,即使谁要钱,我都不会给了。"

"老万,你要是想和我们娘俩好好过日子,你就好好地待着,别耍花心眼儿,公司的事,我是不会让你插手的。"

老万有些急了:"你这么不信任我,咱们还是夫妻吗?"

"信任?这个词,谁都可以说,唯独你没有资格。"

撂下这句话,任丽径直走进洗漱间,关上了门。老万追了两步,拍着门喊道:"你让我一个大男人在家里待着算怎么档子事儿?咱们复婚了,这生意我就有权过问。"

听了这话,任丽打开门,一字一句地说:"老万,咱们可是有言在先的,复婚可以,但钱的事我来管,你不能干涉与钱有关的任何事。"

"我是答应过你,我那不是怕你不肯复婚吗,现在我们又是一家人了,就代表过去的已经过去了。任丽,我们别总活在过去的阴影里,好不好?复婚的这些日子我的表现你都看在眼里了,我是真心想和你过下半辈子的。再说了,复婚时是说好我不插手生意不管钱,可那只是随口一说,不算数的。"

"说好的不算数,你还是个男人吗?"

被任丽这么一问,老万也有些理亏,不过他还是辩解说:"反正我参与家事没有错。"

看着老万耍赖的样子,任丽生气地想:当初真应该让他立下字据。

婉约贴己话:

走过千山万水,我们往往走不过自己。心坎儿,永远是最难跨越的。

这世上的分分合合确实太多了,不过有句话说得好,生命必须留有缝隙,阳光才能照进来。而且,也只有你愿意放阳光进来,那些结了痂的伤痕,才会感受到温暖。

也有人说,复合的婚姻好比摔碎的盘子,即使黏合在一起,裂痕还会在。其实人这一辈子,谁能拥有完美呢?总有一些情感无处安放,总有一些伤害无法弥补,磕磕绊绊的路上,我们总要学会圆融地生活,不为别的,有时只是为了自我保护。

因此,不得已而为之时,婚前财产公证、复婚书面协议,都是明智的选择。或许,一纸证明,一些条款,不能保证他(她)爱你,却能将纷扰和伤害降到最小。

假离婚,却原来是真的不爱了

离婚,从来都是一件严肃的事,"离婚"二字轻易说不得,一出口,伤的就是两个人。即便是假离婚,也不是一场儿戏那么简单。经济社会,假离婚的风险不比楼市、股市的风险小。冯小刚曾经有句名言说,婚姻就是将错就错。然而,鸡飞蛋打,婚离房丢,这样的将错就错似乎并不是婚姻的本意。

故事一:

荣姐的儿子去年大学毕业,顺利进入了一家国企工作,今年春节前还通过相亲结交了一个女孩,两个人感觉都不错。周末的时候,儿子第一次带着女朋友来见父母,荣姐做了一大桌子菜,开心得不得了。

吃过饭,小坐了一会儿,儿子便送女朋友回家了。荣姐一边收拾碗筷一边对爱人石明说:"如果两个孩子都比较满意,最晚明年也就该谈婚论嫁了。所以啊,咱也该给儿子买房了。"

"早点儿吧? 这八字还没一撇呢。"石明说。

"可是不早了,我们同事小王,在他儿子上大学的时候就把房买好了。这几年,房价忽高忽低的,咱也就没考虑买房,我觉得现在是时候了。"

石明把目光从电视上移开,看着荣姐说:"据说现在买第二套房,首付金额提高了,贷款利率也很高。要不咱就用儿子的名字买? "

"那不行。"荣姐马上否定说:"如果用儿子的名字买房,万一婚后有矛盾,会牵扯到财产分割,那就太吃亏了。"顿了顿,荣姐有些犹豫地说:"要不咱俩办个假离婚? 把现在的房产归到我的名下,这样呢,你就是无房户,再买房子就不是第二套了,怎么样? "

石明用疑惑的眼神看着荣姐:"都这岁数了, 还折腾离婚? "

荣姐一笑:"又不是真离婚,为了给儿子买房嘛。"

想了想,石明说:"那咱家的存款得归到我的名下,我不能净身出户啊,要不然,人家还以为我做错了什么呢。"

荣姐想都没想说道:"没问题,反正是假的。"

第二天,两个人便到民政局办了离婚手续。离婚后,荣姐便到处看房子,石明以工作忙为由一直没陪着。终于看上一套后,荣姐给石明打电话说:"你把首付款准备好,明天过来签合同,我都谈好了。"

沉默半晌,石明在电话里吞吞吐吐地说:"我不想买房了……儿子大了,他能够靠自己的能力生活……"

"不想买房你不早说?不买房咱离什么婚呀?"荣姐有些着急了。见石明在电话的另一端又是半天不说话,荣姐气哼哼地问:"你就直说吧,你到底想干什么?你是不是不想过了?"

石明慢吞吞地说:"现在你也有一套房子,儿子也工作了,我,我想过自己的生活。"

"什么意思?你把话说明白了。"

"其实,一直以来我们生活得都不是很开心,为了孩子才……人生就那么几十年,我不想委屈自己了……"

荣姐听明白了,气得有些哆嗦:"原来你早就预谋好了,不想过了可以,把咱家的存款一分为二,你走人。"

"离婚的主意可是你出的,怎么说是我预谋好的?离婚协议上,存款是我的,房子是你的,不过你放心,儿子结婚的时候我会尽一个父亲的心意的。"

"你还有脸说自己是父亲?你的所作所为像一个当爹的吗?"

石明苦笑了一下:"也许你说的是对的,但是我也有选择自己生活的权利。"说完,挂了电话。荣姐一个人站在售楼处的门前,欲哭无泪。她不知道是该责备石明还是该埋怨自己,为了小小的利益搭上了几十年的婚姻,值吗?

故事二:

认识王瑞的人都说他好福气,娶了一个能干的媳妇,买卖越做越大,光房产就有好几处。王瑞嘴上不说,心里却有数。看上去,家里的生意都是老婆小美在打理,其实很多的事情没有他不行。用小美的话说,她是面子,王瑞是内容。

王瑞为人厚道,也觉得夫妻间不必那么计较,小美风光也就是自己风光,所以从不在意旁人怎么说。最近几天,小美缠着自己要卖房子,说是按照 20% 房产税大概估算了一下,将损失一笔不小的数字。

这一天,两个人应酬回来,在回家的路上又聊起了房子。

"王瑞,我觉得还是卖了吧,当初咱俩买房就是投资,这好比是玩股票,现在该是抛售的时候了。"

"咱的生意做得那么好,也不差这点儿钱。"王瑞还是坚持不卖。

"瞧你说的,你用做生意的头脑想一想,卖房子的钱可以用来再投资,我们的生意会越做越好,比留着几处升值空间越来越小的房子强得多。"

见王瑞心思有些活了，小美接着说："咱俩办个假离婚，离婚协议中只给我一套房产，离婚后我按唯一的房产卖掉房子，就可以不缴纳房产税了。然后再复婚，复婚后再离，再卖一套，如此这般，我们这几套房就都不用缴纳 20% 房产税了。"

"这能行吗？为了一点儿利益，还要办离婚手续，晦气不晦气啊？"

"你别那么不开窍，假离婚算什么？不就是一张纸吗？我们挣钱也不容易，听说离婚手续只需要 9 元钱，用 9 元换近百万的房款，傻子都算得出来孰轻孰重。"

王瑞不说话了，他必须承认，在精打细算方面，小美比他头脑活泛。

于是，接下来的两个月里，小美先是拉着王瑞去民政局办了离婚手续，离婚协议上，闹市区的别墅和存款都归在小美的名下，离婚后，小美卖掉了别墅并成功避税；然后，复婚、再离婚、再卖房；又复婚，离婚，卖房，如此离了三次婚，卖房款都归在小美名下，王瑞名下只剩一套住房。整个过程，王瑞并没去想公平与否，反正离婚是假的，多与少都是暂时的。

谁知，在最后一次离婚后，小美并不急于复婚，过了一段时间便不知去向了。王瑞动用了所有的人际关系也没找到小美的下落。为此,他一蹶不振,甚至无心打理生意。他不明白,说好了假离婚的,离了婚,人怎么就不见了呢?

一次醉酒后,老妈实在不忍他的沉沦,悄声问他:"你真的不知道小美去了哪儿吗?"

王瑞睁开醉意朦胧的双眼:"去了哪儿?您知道吗?快告诉我。"

"其实你也没必要知道了,反正你们也离婚了。"老妈话到嘴边留一半。

"我们是假离婚,真的,她说是为了避税的,卖了房子我们就会复婚……"说到此,王瑞忍不住想哭了。

"唉,傻儿子,你就是一块木头,身边的人都知道小美和凤阳的那个老板关系暧昧……"

"不可能,妈,我知道你不喜欢她,可你不能这样诋毁小美,她是爱我的。也许,也许她只是想和我开个玩笑,过两天她就会出现在我面前了。"

尽管王瑞不愿意相信卖房、假离婚都是欺骗,然而,不争的事实是:小美携款走了,再也没有回来。而最让王瑞接受不了的是,所有的这一切都是在自己的帮助下完成的。

婉约贴己话：

买房，为了降低成本，离婚；卖房，为了避税，离婚。当离婚成为获取利益的方式，婚姻就有可能成为一个笑话。

虽然不是所有的"假戏"都会"真做"，但离婚时的诸多顾虑，包括房给谁，钱给谁，这些"权宜之计"不也是对婚姻本身的不完全信任吗？假离婚面前，我们不提爱情，只谈婚姻。婚姻，需要房子，更需要信任、尊重和道德。家庭的粘合度好比爱情的保鲜期，如果没有一些坚守，生活本身就是"走钢丝"。

一家媒体说，假离婚是伪命题。的确，弄假成真，因为其本来就是真的。一方面，假离婚也会产生真离婚的法律后果；另一方面，不爱了才是假戏真做的根源。

有人把婚姻比喻成一个盒子，那么，这个盒子里可以放进去很多东西，而最不能存放的就是欺骗和伤害。

老婆的闺蜜是损友

闺蜜,意即闺中密友,而这个甜蜜的"蜜",也进一步揭示了闺蜜关系的贴心和温暖。闺蜜,是女人生活中的重要角色,两个或多个女人之间无话不谈、分享私密是对友谊的信任和依赖。很多时候,女人愿意把自己的快乐和痛苦说与闺蜜听,闺蜜也习惯为其指点迷津、出谋划策。可以说,闺蜜的话会或多或少地影响到女人的生活质量。

家故事:

高彤敲了很久很久,徐敏才开门,而且全然不顾高彤醉得很难受的样子,继续坐在沙发里和闺蜜洋洋煲电话粥。

趴在马桶上吐了一会儿后,高彤也疲惫地歪在沙发里,不高兴地说:"你怎么不给我开门? 大半夜的,搅得邻居都听见了。"

徐敏挂了电话说:"你还知道是大半夜呀? 要不是洋洋拦

着,我早打电话给你了。"

高彤知道,洋洋是徐敏的闺蜜,两个人无话不说、亲密无间,他们夫妻之间的很多事洋洋都知道,对此,高彤很不舒服。

"你怎么什么都和洋洋说,我出去喝酒她也知道,你是和我过日子还是和她过日子?"

徐敏看了看满身酒气的高彤,皱了皱眉,说:"洋洋说的对,男人啊,就是要淡着,越关心他他越把自己当事儿。瞧瞧你现在的德行,我要是打电话给你,你还以为我多离不开你了。以后啊,你爱什么时候回来随便,我才不理你呢。"

"这都是你那闺蜜给你出的主意?她安的是什么心?她是希望你过得好啊,还是希望咱们俩离婚啊?有她这么挑事儿的吗?"

"我觉得她说得对,每次我给你打电话你不是都不耐烦吗?"

"老婆,日子是咱俩过,你别总听那个洋洋的,不给我开门也是她说的,对吧?我知道,我喝醉酒你不高兴,可也不能这样惩罚我啊,不但影响了邻居休息,万一我有个三长两短的,你后悔去吧。"

徐敏眉毛一扬说:"我有什么后悔的?我还是心软,要是洋洋,肯定让你在走廊睡一宿。她说了,太惯着男人,男人会不珍惜这个家。把家当成酒店和旅馆的男人,就得好好治治,不能惯你这毛病。"看了看眯着眼的高彤,徐敏接着说:"今天你还是睡沙发吧,我和孩子受不了你的酒气。"

高彤还想说些什么,头晕的实在厉害,也就顺势睡着了。等他一觉醒来,发现窗户大开,窗帘被风吹起,地板上洒了一地的月光。如此温柔的夜晚,高彤的心却很冷,他在想,徐敏怎么没给自己盖床被子?这么大的风,她就不担心他着凉吗?从前的徐敏不是这样的,她总是很体贴很耐心,偶尔不高兴耍脾气,他一哄也就好了。

都是那个洋洋闹的,总是给徐敏出歪主意。

这样一想后,高彤又摇了摇头,不能怨别人,也是自己对老婆孩子关心的太少,所以徐敏有怨气才会找洋洋诉苦。想到此,高彤决定,天亮了以后,自己要为徐敏准备早餐,哄她开心。

徐敏一睁眼就闻到了豆浆的味道,走到厨房看见高彤系着围裙在煎蛋,心头不觉一暖。她忽然觉得昨晚自己有些过分了,毕竟高彤是自己的老公。正想着,电话响了,是洋洋。

"洋洋,这么早……好的,我知道了,会议材料我带去……他呀,表现挺好的,正做早餐呢……嗯,我知道了,放心吧。"

挂了洋洋的电话,高彤回过头开玩笑问:"洋洋这么早就和你联系,你们不会是同性恋吧?"

徐敏把头一扬,说:"反正啊,她比你懂我。"

高彤一笑:"是吗?老婆,你尝尝我做的早餐,看看我是不是也很懂你?"

"哼,洋洋刚说了,你今早的表现有力地证明了:以后必须对你严格管理,不给你点儿颜色看看你就不知道女人是需要哄需要疼的。"

看着徐敏一副并不领情的样子,高彤有些不明白,那个洋洋的魔力怎么那么大?她说什么徐敏都会信,而自己无论怎么做似乎都在她们的预料之中。

生活中有很多事情,在女人眼里是大事,而在男人的世界却无关紧要。日子里总有一些鸡毛蒜皮,让人很闹心。

高彤和徐敏的婚姻也是如此,说大不大说小不小的纠葛似乎也算平常,最要命的是,每一次的不开心都会有洋洋参与其中。尽管高彤和徐敏说了很多次,不要把家事,尤其是私密的一些事和洋洋说,可她就是做不到。高彤一忍再忍,直到徐敏离家出走,高彤心中的火山爆发了。

一大早,徐敏发现孩子有些发烧,便不想送孩子去幼儿园了,可她又有个很重要的会议没办法请假,于是她给高彤的母亲打电话,想请婆婆帮个忙。婆婆在电话里说,恰巧老年合唱团有演出,让徐敏下午再把孩子送过来。徐敏为此很是不爽,老年合唱团的演出不就是玩吗? 当奶奶的怎么不疼自己的孙子,只顾玩乐呢?

高彤解释说:"妈当然疼孙子,不过她们的合唱练了好久就为这一个上午的演出,老人也有老人的难处,咱们多理解。"

"我难道还不够理解吗? 你去问问,和我同龄的人有几个自己带孩子的? 就让她管一天都没空,真是够可以的。"

"奶奶管几天都没问题,这不是正好赶上有事嘛。"

徐敏不再说话,却憋了一肚子的气,只得把孩子继续送幼儿园,下午婆婆来接孩子的时候,她对婆婆说,最近很忙,让孩子在奶奶家多住几天。高彤和其母亲都没多想,谁知孩子被接走的第二天,徐敏不见了。

最初,高彤以为她加班,打电话到单位,同事说她休年假了,手机已关机,短信微信都不回,不得已问到岳母家,岳母也不知道徐敏在哪儿。

辗转找到洋洋的电话后, 高彤开门见山地问:"徐敏在哪儿? "

洋洋很镇定地说:"你老婆在哪儿,我怎么知道? "

"我知道你们是好朋友,很多事她都听你的,你要是知道就告诉我,我很担心她。"

"你还知道担心她呀,她多不容易呀,工作很要强,还一个人带孩子,你和你们家什么忙也帮不上。我看啊,她不在也好,你们正好可以体会体会她的辛苦。"

听了洋洋的话,高彤试探着说:"看来,你是知道她在哪儿,或者说,是你给徐敏出主意让她离家出走的,是不是？"

"这不是离家出走, 这叫活自我, 是一场说走就走的旅行。"洋洋很得意地回道。

"好,我知道了,那你转告徐敏,孩子和我都很好,让她好好活自我吧。"

高彤生气地挂了电话,点上一支烟,猛吸起来,有什么问题不能当面说呢,为什么要这么做？正想着,徐敏的电话打了过来:"怎么？ 这回知道我的重要了？"

"老婆,我承认,我不是做得很好,我也承认,你和我父母之间有摩擦,但哪家过日子是风平浪静的？退一万步说,我们都对不起你了,你也不能一走了之啊？ 即便是你想出去走走了,也要和我打个招呼吧？你这样不辞而别是不对的。徐敏,你的那个洋洋就是个损友,你要是还听她的,我们的日子就别想过了。"

"你什么意思？ 洋洋都是为我好。"

"徐敏,你是个成年人了,你好好想想吧,日子怎么过你看着办,我受够了。"

电话一端的高彤气闷前胸,而另一端的徐敏也很委屈。

婉约贴己话:

闺蜜之间的推心置腹是一种美好的情感交流,不过很多时候,女人之间的倾诉只是生活的一种形式,其寻求的也多是倾听或安慰。

如果你是旁人的闺蜜,你最好知道,生活是别人的,不要轻易评头论足和指手画脚,即便是最好的朋友,你需要给她的,也只是耳朵和微笑。在她的故事里,你不能是主角,你的言语可以有雪中送炭的温暖,也可有锦上添花之美,但断不可起推波助澜之功效。

生活中,结交什么样的闺蜜也是一个人的品位。身为女人要懂得,谁的日子谁来过,参谋永远不是决策者,主意从来不是拿来主义,人云亦云的错,缘于自己。

亲子鉴定,闹的是哪样

古有滴血认亲,今有亲子鉴定。当做亲子鉴定不再是什么新鲜事,你有没有想过:每一个亲子鉴定故事的背后都有一个不为人知的秘密?其实,当我们质疑血浓于水的亲情时,故事的细枝末节已经不重要了,重要的是一纸亲子鉴定书在手,伤害与被伤害,会把寒冷推向人心的脆弱。

家故事:

今天的天气格外好,小爱推着婴儿车,哼着歌谣,走在街心公园里,心情也格外愉悦。看着宝宝可爱的样子,她的心里甜滋滋的。回想自己的情感历程,她庆幸自己的选择是对的。那一年,她的初恋男友要到美国深造,她很纠结。她知道,太遥远的相爱经不起日子的磨砺,可放下一段情感真的不是一件容易的事。那时候,现在的爱人大海经常陪在她身边开导她,劝慰她。日久生情,小爱渐渐放下了从前,主动与初恋男友提出分手，并与大海确定了恋爱关系，一年后顺利走进婚姻，又一年后，生下了可爱的宝宝。

对于小爱的情感经历，大海是清楚的，小爱也不避讳他，她觉得夫妻之间应该彼此信任，所以婚后她的初恋男友回国探亲联系她时，她也直接和大海说了，并征求大海的意见。在大海的默许下，她单独和前男友吃了一顿烛光晚餐。

小爱以为，旧人旧事都属于过去了，她的好日子才刚刚开始，却万万没想到，自己的这一段往事并不是她放下了就放下了，或者说，有些事情在有些人心里是永远也放不下的。

小爱推着婴儿车进屋的时候，爱人大海正和婆婆小声嘀咕着什么，见她进来慌忙把一张纸放进了抽屉。

"回来了？"大海的表情有些不自然。

"哦，外面有些热了，我怕孩子不舒服就回来了。"说着，走到抽屉前欲打开，大海忙拦住说："你干吗？"

"怎么了？我拿奶瓶儿，刚才出去带的那一个该消毒了。"小爱一边回答一边打开了抽屉，突然呆住了。她拿起一张纸，问大海："这是什么？"

大海支支吾吾地躲闪着说："小爱，你别介意，其实也没什么。"

"没什么？你这是什么意思？亲子鉴定，你是怀疑孩子还是怀疑我？"

　　见大海有些羞愧地低下了头，小爱大声地喊着他的名字："汪大海，你今天不说清楚，咱们没完。"

　　这时婆婆走过来帮腔说："小爱啊，其实你用不着生那么大的气。这结果已经出来了，孩子是我们老汪家的骨肉，什么问题都没有了，一切都过去了。"

　　"都过去了吗？你们过去了，我可过不去。凭什么？你们凭什么怀疑孩子不是大海的？你们有什么证据？就那么轻描淡写的一句，就都过去了？你们也太欺负人了。"

　　说到此，小爱的泪落了下来。

　　"老婆，我们不是故意伤害你的。"大海还是垂着头说。

　　"你说对了，你们这是伤害，知道吗？伤害我的人格，我的自尊，伤害你们老汪家的脸面。"

　　婆婆又搭腔说："小爱啊，其实你也不用太在意，亲子鉴定的事你或许有些难以接受，但毕竟帮你澄清了事实，证明了孩子和我们的关系，换个角度讲，这也不是什么坏事。"

　　"哼，不是坏事？那好，那我倒要问问，如果我公公怀疑大海不是他的儿子，要求去做亲子鉴定，你会怎么想？"

　　"小爱，你别胡说。"大海阻止着。

　　"我胡说？我只是假设说说，你们就受不了了？那你们凭什么给我的孩子去做鉴定？"

　　婆婆拦着大海，接着说："小爱啊，妈和你不一样，妈这么多年就交往你爸一个男人,所以你的假设不存在。可你就不同了……既然你这么说,那我就和你说明白。我们家几代单传,我不能让我的孙子不明不白的。我必须要确认。"

小爱感觉自己要崩溃了,她抹掉眼泪,紧盯着婆婆的眼睛问:"我怎么不同?我是在外面胡疯啊,还是不顾家了?你问问大海,自从和他结婚,我是不是全身心地扑在这个家上?"说着,转过脸,她又冲着大海一字一句地说:"汪大海,你必须明明白白告诉我,我到底做错了什么,让你这么无情地对待我?"

"老婆,其实,其实……"

"我来说吧。"婆婆见大海很为难的样子,接过话说:"其实我们也不想怀疑你,不过你和你的美国男友感情那么好,而且,前年你们又见了一面……"

听到此,小爱的泪又出来了,她凑近大海的面前,伤心地说:"汪大海,我和你认识前就和他认识,我从没瞒过你,他回来联系我,我也没瞒你,我对你是如此信任,你却一点儿也不信任我。"

说着,她又转头对婆婆说:"亲子鉴定的事你们可以轻描淡写地说过去了,可我的从前也过去了,你们为什么还揪住不放?"说完,小爱从婴儿车里抱出孩子,欲冲出家门。大海忙拦住说:"老婆,是我错了,你别生气,孩子还小,我们的日子还长着呢。"

"大海,你太让我失望了。"小爱说着挣脱大海的手,又欲走。

这时,婆婆说话了:"行啦,闹的差不多就行了,大海一个大男人,你还要让他给你跪下啊?要怪你就怪我吧,是我坚持要做亲子鉴定的。"

"小爱,原谅我们吧。"大海在一旁继续求着。

"大海,这件事对我来说就像是一根刺,扎得我太疼了,这样吧,我们都冷静冷静,我先回我妈那儿住几天。"

婆婆明显不高兴了,沉下脸说:"杀人不过头点地,大海这样求你,你别不依不饶的,话又说回来,你的前男友也不是我们凭空杜撰出来的。"

"妈,您就少说两句吧。"大海乞求着。

听了这话, 小爱冷冷地看了看婆婆和爱人, 坚定地说:"既然你们容不下我的从前,那我们就不要以后了。大海,我们离婚吧。"

"小爱,老婆,你就当这是一场误会,好吧?孩子还那么小,需要咱俩一起呵护着他长大,不看我的面子,也要看在孩子的份儿上,他是我们爱情的结晶啊。"

"你现在这样想了? 晚了。"

"小爱,给我们一个重新开始的机会,好不好?"

见大海一直在求小爱,而小爱一脸冷若冰霜,婆婆又忍不住插话说:"你想回娘家住几天也好,至于离不离婚是你们俩的事,我不管,也管不了。不过,孩子姓汪,必须留下。"

一句话激怒了小爱,她狠狠地撂下一句"儿子是我生的",便头也不回地抱着孩子冲出了家门。

"你还不去追?快把孩子追回来。"

任凭当妈的怎么催促,大海就像是霜打的茄子,呆呆地发愣。

旁观者:

这事太气人了,简直就是侮辱,他们家不拿出诚意道歉,决不能原谅。

这事是有些欠妥,不过也没必要太纠结,事实胜于雄辩,鉴定结果已让他们无话可说了。坚持不原谅,对彼此都是更大的伤害。

婉约贴己话:

亲子鉴定,判断父母与子女是否为亲生关系的方法,是科学,是隐私,是人与人之间的情感密码。

人来到这个世上,都是缘于一种牵系,因而没有故事的人几乎是不存在的。只不过,有些故事隐藏在最深的角落,并已结痂。如若有人旧事重提,并对此大做文章,好比撕开尘封的伤口,再往上面撒了一把盐。

尤其是以亲子鉴定的方式来明断一份感情,无疑是一种伤害。伤害的背后是不信任、不尊重引发的情感危机。

每个人都是活在当下的,事已至此,无论是大海还是小爱,需要思考的不是忏悔和原谅的问题,而是必须扪心自问:爱,还在吗?

每个人都会犯错,如果爱还在,就不要再去猜疑和痛苦。如果发现回不到过去了,便不是信任和尊重的事儿了。清楚地看懂自己的心,并顺应心的选择,才是正确的。

至于婆婆在此事上的推波助澜,不是主要矛盾,只要夫妻两个人的心贴近了,回暖了,亲子鉴定引发的伤痕,终会沉

我女儿的婚礼,不允许她爸参加

　　婚礼,是走进婚姻殿堂最庄重的时刻。在西方,新娘的父亲会牵着女儿的手走向新郎,并深情祝福。在中国传统的婚礼上,岳父也要接受新人的敬茶和谢恩。如此温暖感人的画面,有的父亲却无法参与,不是因为他不想,而是离异后的母亲依然不能释怀过去。似乎,只有这样决绝,那些经年的郁结和恨意才会在岁月的云烟里散去。

故事一:

　　"婚礼庆典圆满礼成,请亲朋好友入席,酒宴马上开始。"

　　随着司仪主持的一声结束语,人们纷纷入座,刘洋又擦了擦眼角的热泪,也站起身,与身边的亲家一起走上前,准备和新郎新娘照全家福。

　　正在此时,人群里跑过来一个中年男人,大声说:"等等,还有我呢。"

他是谁？

在亲家和新郎的诧异目光中，刘洋走过去，低声说："你怎么来了？"

"我女儿结婚，我当然要来。"

"现在知道是你女儿了，早干吗去了？"

"刘洋，都过去这么多年了，就算是我对不起你们娘俩，也不能不让我参加孩子的婚礼啊，这是她一辈子的大事，爸爸缺席不合适。"

刘洋冷冷地看了看这个男人，说实话，她已经很久没有认真地看过他了。自从十几年前，他扔下她们母女另娶，刘洋就发誓，没有爸爸，孩子也一样会健康长大，没有丈夫，她也一样会和孩子幸福地生活。这些年，他们几乎没有来往，孩子结婚，刘洋更是从没打算告诉他。在她的世界里，这个男人已经不存在。

"你还是回去吧，我和女儿晶晶说了，就当是没有爸爸。"

"你怎么能这么和孩子说呢？我明明一个大活人在这儿，晶晶明明是我的亲骨肉。刘洋，你做事不能太绝了。"

"是谁做事太绝？"刘洋多年的气一下子又被勾起来了："我们离婚的时候，晶晶才五岁，你考虑过她的成长吗？你考虑过我的承受能力吗？你只知道你自己的感受，一句'不爱了'就算你对我们感情的解释，这是一个男人的作为吗？"

“我说过了,就算是我的错,可那些都过去了。”

“就算?听你的口气你还很冤枉是吗?你说过去就过去了,在我的心里,一直有伤疤,这些年,没有人知道我用怎样的辛苦来填充、弥补我内心的空洞。现在女儿长大了,我刚刚过得好一些,你跑来装好人了,少来这一套假慈悲。”

“刘洋,想不到过去这些年了,你还是那么恨我。”

“我不恨任何人。”

“你嘴上说不恨,可你不让我参加女儿的婚礼就是在惩罚我。”

“如果你认为是,那就是吧。”

“刘洋,我们现在都是 50 岁的人了,过去的就让它过去吧,我知道你这些年很辛苦,一个人带孩子不容易,看在孩子的份儿上,让我和你们照个全家福,可以吗?”

“不必了,晶晶一直没有爸爸。”

听刘洋的口气没有丝毫商量的余地,中年男人也加重了口气说:“你不能这么武断,这是孩子的终身大事,要听听孩子的意见。”

“我妈的意见就是我的意见。”不知何时,晶晶走过来,站在刘洋的身边,斩钉截铁地说:“爸,谢谢你来这里,不过妈说的没错,我们习惯没有你了,全家福没有你,我也不介意。”

两个女人都是冷冷的,令中年男人一时语塞,想了想,他伤心地从兜里拿出一个红包,说:"晶晶,这是爸给你的贺礼,你收下吧。"

"不用了,这么多年我们没要过你一分的抚养费,这礼钱也免了吧。"

说完,刘洋挽着晶晶的手一起走开了,她们的背影像一把刀,刺痛了为人父的愧疚。

故事二:

请柬都已经发出去了,酒席也订好了,一切安排妥当,杨梅的心总算是踏实了。想着女儿梦梦马上就结婚了,她真是又喜又悲。

喜的是,孩子长大了,也很懂事,找的女婿也很让她这个丈母娘满意。悲的是,梦梦是自己不幸婚姻的结果,幸好和梦梦爸分开后又遇到了老靳,两个人虽然是半路夫妻,但也算和睦,最重要的是老靳对梦梦很好。有时候,看着梦梦和老靳在一起很亲的样子,杨梅内心有一种说不出的滋味,是欣慰,也是辛酸。

正想着,有人敲门,梦梦去开门,叫了一声"爸"。杨梅以为老靳回来了,忙从沙发上站起来说:"回来了?我去做饭。"

一回头,却是自己的前夫,梦梦的亲生爸爸。她立马冷下脸："你来干什么？"

"孩子马上结婚了，我来看看，有没有需要我帮忙的事。"

"谢谢爸，您进屋坐吧。"说着，梦梦又沏了杯茶递过来。

杨梅的脸一直是不开晴的样子，淡淡地说："不用你操心，梦梦有爸爸。"

"瞧你这话说的，我知道老靳对梦梦不错，可梦梦身上流的是我的血。"

"那又怎样？"

"我还能怎样？自从离开你们母女后，我能做的也就是每月的抚养费了，唉，我知道我这个当爹的做得不够好，梦梦马上就成家了，我很高兴，昨天，我和她孟姨商量了，给孩子五万块钱，算是我们的一点儿心意。"说着，从手包里拿出一个红包。

"爸，不用了，我的钱够用。"梦梦说。

"拿着，梦梦，这钱是他当爹的该出的。"杨梅一副并不领情的样子。

梦梦爸一笑，把钱放在茶几上，说："你妈说得对，这钱是爸该出的。而且啊，婚礼上我和你孟姨会再给你和新郎一人一个红包的。"

"停，打住，你刚才说什么？婚礼？我们没邀请你参加婚礼。"杨梅的口气又冷又硬。

"我是孩子亲爸,还用邀请啊？她孟姨说了,这婚礼上有孩子给长辈敬茶的环节,一定要准备红包的。"

梦梦爸刚说完,杨梅"蹭"地一下站起来,情绪激动地说道:"你这人是不是没长脑子啊？别在我面前张口她孟姨闭口她孟姨的,我这个妈活得好好的,有她什么事？梦梦是我闺女,她算哪根葱啊？还想着给长辈敬茶？她是谁的长辈？谁认识她啊。真是不知道自己吃几碗干饭。"

"杨梅,你别激动,我和小孟也是好意,希望孩子的婚礼能够圆满。"

"你们别给我添堵,婚礼就圆满了。"

"杨梅,你的心情我理解,可这是孩子一辈子的大事,我这个当父亲的应该在。如果我不在场,对孩子不公平。"

"不公平？你现在和我讲公平了？当初孩子正读高三,多紧张的时候啊,你为了那个女人和我闹离婚,你考虑过孩子的未来吗？如果你心里真有孩子,你难道不应该压抑一下你的私欲,多为孩子着想吗？你有没有想过,你当初的行为对我和孩子,对这个家都是不公平的。"

杨梅连珠炮似的发问,令梦梦爸有些难堪:"杨梅,过去的事咱不提了,我不奢望你能原谅我,我只请求你让我参加孩子的婚礼,尽一个父亲的责任。"

"别和我提责任,你没资格和我说这些。婚礼我是不会让你参加的,长辈席上坐的是我和老靳,梦梦父母双全,你就别费心了。"

"杨梅,你怎么还是这样不讲道理?"梦梦爸有些急了。

见父母又要吵起来,梦梦忙说:"妈,要不就让爸爸和孟姨,您和靳叔都坐在长辈席,行了吧?"

"你这孩子有病啊?爸妈不嫌多是吗?今天我把话撂这儿,婚礼上有他就没我。"说完,杨梅愤愤地进了卧室。

婉约贴己话:

电影《后会无期》里有一句台词是这样说的:我们听过无数的道理,却仍旧过不好这一生。

的确,这个世界的很多事,都是懂得容易做起来难。宽容和放下,不是事过境迁就可以做到,不是潮起潮落就可以忘记,不得不承认,有些伤痛是一辈子的。

不过,用一辈子的时间去恨一个人,真的很傻。在这份傻里,藏着一些曾经温软的东西,外人是看不见的。即便是一起生活的男人也未必懂得一个女人坚强背后的脆弱,否则,不会有伤害。

其实,宽容和放下是相对论。她若不肯放下,不如他遂了她的任性,这是一种比给钱更好的情感补偿。生活里的事未

必都有泾渭分明的"应当"和"不应当",适时、适当的退让,反
而是爱的表现。

钱钱钱,伤不起的难言之隐

俗话说"有嘛别有病,没嘛别没钱",老话也说,人穷志不能短。可现实生活中,没钱是真的没底气。不要说亲戚朋友交往需要钱,就是夫妻之间,手里有钱没钱都会不一样。婚姻的围城里,如果钱成为人情冷暖的晴雨表,那么,家还是家吗?

故事一:

进得门来,还没坐稳,妻子小芬就盘查上了:"喂,年终奖发了多少?"

张民一边换鞋一边回答说:"工资卡都在你手里,我哪知道啊。"

小芬半信半疑地看着张民问:"你们领导没给你发 '小金库'?"

"干吗给我发?难道就因为知道我是'妻管严'?"

"'妻管严'怎么了?'妻管严'是爱,是为你好。我妈常说,男人有钱就变坏，所以这一辈子我爸手里的钱就没超过十块。你看看，老两口过得好着呢。"

张民看了小芬一眼，不屑地说："那叫好？弄得你爸连个朋友都没有，人家退休了都和老同事一起出去旅游，你爸呢？就知道在家蹲着看电视。唉，不这样也不行啊，出去就要花钱，老头一辈子也没花过钱啊。"

"你什么意思？你瞧不起我爸是不是？我还告诉你，我家就是这种管理模式，我妈对我爸那样，我对你也是一样。"

"别别别，老婆，我可不敢瞧不起老丈人。我是说，一代人有一代人的活法，现在时代不一样了，你别管我管得那么死，男人都是要面子的。"见小芬没有再咄咄逼人，张民试探着说："老婆，今天领导找我谈话了，年终评先进首选我，决定奖励我一千元。这钱虽然是发给我，但工作也是大家干的，我想着，等发了钱请大家吃一顿，也算是谢谢大伙儿的支持。"

"不行。"小芬断然拒绝，冷着脸说："奖励是给你的，凭什么你请客，我还想着过年给儿子换个手机呢。"

张民本来挺高兴的事，看小芬又是一副不容商量的样子，心情一下子跌落了，极其不耐烦地说："你怎么总是这样？整个人都掉到钱眼儿里了，我一个大老爷们花个钱还要向你申请，我就够本分了，你别逼我太甚啊。"

"呦，瞧这话说的，逼你？那是为你好，你懂不懂男人有钱就变坏的道理？我看我妈还真说对了,这刚给你发一千你就想着喝酒吃饭了,你要是手里有个万八千的,是不是能在外面包养一个女人啊？”

“你别无理取闹啊。”张民很生气。

“谁无理取闹了？说我掉钱眼儿里了,我掉钱眼儿里了还不是为了这个家,为了你和儿子的好生活。”小芬从来都是有理的。

“好生活？亏你还知道好生活,穷过富过咱不说,这心过得舒坦,那才叫好日子。我一个大男人,花一分钱都找你要,我憋屈得慌。就拿上个星期的事说吧,我们单位小苗结婚,大家一起随份子,人家都当场就掏出钱来了,我还得撒谎说,钱包忘带了。惹得同事们都吃吃地笑,那表情,真是伤自尊。”张民很是郁闷。

“那是你死要面子活受罪,让他们笑去,谁的日子谁自己过。”

“你说得容易,你不是男人你不懂男人的心思。行了,不管你怎么想,反正这一次啊,我做主了,这钱不能给你。”

小芬没想到,张民没有像从前那样服软,反而敢公然和她对抗,她索性气哼哼地相要挟：“你一定是外面有人了,不然你不会这样对我的。行,你有种,咱俩离婚。”

“又来了,一沾钱你就这样,总拿离婚吓唬人,你要是真想离,咱就离,这样的日子我也过够了。"

"张民,你敢欺负我。"小芬没想到张民的态度会如此强硬。

"结婚这么长时间,到底谁欺负谁呀？"张民点上一支烟,不理不睬,自顾自地闷头抽起来。他想好了,这一次决不妥协。

故事二：

很多人都羡慕全职太太的悠闲,可田静却不这样看,很多时候,她觉得要是自己有份工作就好了,那样也不至于落个凡事向别人张口伸手的日子。虽说这个别人也不算别人,是自己的丈夫,但这滋味真是说不出来的不舒服。

昨天闲来无事逛街,看上了一款连衣裙,想了想还是没张口。在她和李强的婚姻中,她这个看上去的'内当家',其实没有财权。去年,她的弟弟贷款买房,首付差了两万,想找姐姐、姐夫借钱补上。李强硬是一分都没给。

田静心里明镜似的,结婚这些年,李强确实是强势的,每个月给她固定的零用钱,用来买菜做饭。偶尔添置衣服什么的,需要张口要。用李强的话说,我养着你,你想要的我去给你买。可事情并没他说的那么简单,囊中羞涩常会引发尴尬。

有一次,田静去超市购物,因为买的东西多了些,不想挤公交车回家,便招手喊了出租车,等到了地方才发现,手里的钱不够了，只得找小区保安借了 10 元付了打的费。她这个窝火啊,这事和谁说啊？说了,谁又会信啊？

今天李强在外面吃饭应酬,田静私下寻思着,等他回来一定要让他同意自己的想法。

大约九点多,李强一身酒气地敲开门,田静迎上去帮他脱了外套,轻声说:"怎么才回来？"

"不会是又要钱吧？不是刚刚给了你这个月的采买钱吗？"李强敏锐地问道。

田静怯怯地说:"那是基本生活费，我说的不是这个,我是想,下周是我妈生日了,往年都是弟弟操办,今年我想承办一次,她老人家一辈子不容易,今年 66 岁了,要好好庆祝一下。"

"那就买个蛋糕吧。"

"蛋糕是要买的，我还想请妈的一些老友和亲戚一起坐坐,妈老了,常常念叨他们。借着过生日,我攒个局,大家一起聚聚,妈肯定开心。"田静说着帮李强放好了洗脚水。

李强把双脚放进温热的水里，斜着眼看了田静一眼,阴阳怪气地说:"行啊你,长本事了,还攒个局,你拿什么攒局？"

田静低眉顺眼地说:"这不是和你商量嘛。"

"没得商量,买个蛋糕就不错了,想请客找你弟要钱去,我没有。"

听李强口气不善,田静想了想说:"算我借你的,行吗?"

"借?真是可笑,你挣钱吗?你拿什么还?亏你说得出口。"看李强一副瞧不起人的样子,田静生气地说:"你能不这样居高临下吗?我是你老婆,我给我妈过生日,是孝顺,也是给你脸上贴金。你应该高兴支持才对。"

"我没那么好,别给我戴高帽。"李强油盐不进。

沉了沉,田静又鼓足勇气说:"老公,结婚这么多年,我没求过你,就算我求你了,这一次咱给妈办得体面些,好吗?我会感激你一辈子的。"见李强闭眼不语,田静往前靠了靠说:"老公,这件事我想了好久了……"

田静还要说下去,没想李强"啪"地一下踢翻了洗脚水,喷着酒气吼道:"你想管屁用?这个家我挣钱,我说了算。"

"你,你太过分了。"看着满地的水,田静再也忍不住,吧嗒吧嗒掉起了眼泪。她真的不明白,在这个家里,自己到底算什么?

婉约贴己话:

经济控制是家庭暴力。

其实这不是一个法律问题,是道德领域的情感观。爱一个人,就是与之和谐相处,而不是掌控她(他)。夫妻之间,当钱成为掌控的理由和手段,婚姻伤不起。

想起一个小故事:小白兔去钓鱼,第一天,没钓上来,第二天,也没钓上来,第三天,小白兔刚来到河边,一条大鱼露出水面说,你再用胡萝卜当诱饵,我扁死你。

你给的日子,不是她(他)想要的生活,你以为的对也会是错。所以,永远别说"我是为她(他)好,为了这个家才这样"。掌管家庭经济,情感比智慧更重要。

婚姻中两个人的关系就像是拉皮筋,拉得太紧会崩断,放得太松会无度。

诚然,身边也有幸福的"妻管严"、快乐的全职太太,究其根源,无论其是否安于被管控,管控一方的张弛度,必定是刚刚好。

我还能拿什么奉献给你

"我就像是一块抹布,把你身上的泥土擦干净了,把你擦得像个城里人了,你就把我丢掉了。"这是网络上很红的"抹布女"的台词。"抹布女"就是指那些爱得无怨无悔,为了爱情宁愿牺牲自己的事业、青春,全心全意帮助爱人成功,最后却被抛弃的悲剧女性。不要以为这样的故事只是在电视剧中,其实就在我们的身边。

家故事:

认识刘健的那一年,小雅刚刚 20 岁,技校毕业,在一家工厂里当打字员。刘健大学毕业,比她晚工作一年。刘健在进厂培训班上知道,那个面目清秀,有些腼腆的女孩是厂长的女儿。后来,经车间师傅介绍,他们确立了恋爱关系。两年后,结婚、生子,刘健也从一个小技术员渐渐成长为技术能手、车间主任,最终当上了厂长。

　　在这期间,小雅的父亲退了休,小雅也把生活的重心转移到家庭上,全力支持刘健搞科研。在外人眼里,刘健的进步和小雅,甚至和小雅的父亲是分不开的。但刘健觉得那是自己有才气,肯吃苦,在任何环境里都会出类拔萃。曾经有一段时间,刘健应酬特别多,经常醉酒回家,小雅很是不喜欢,偶尔和刘健抱怨,他义正辞言地说:"现在是什么社会?竞争那么激烈,要都是和你一样对自己无要求,何谈发展?"

　　每每说到此,小雅就无语了。确实,和刘健比起来,她没有上进心,一直是个小文员。在孩子 6 岁的时候,也曾有过进修的机会,她让给了别人。在她心里,孩子的成长更重要,刘健的事业更重要,自己一个女人,有个基本工作,吃穿不愁的,已经很好了。况且,那时父亲还没退休,她也不想因为自己的岗位调整对父亲有负面影响。

　　很多朋友都说,小雅一点儿都没有娇养女的样子,朴实得更像是进城的打工妹。不知道刘健最初是怎么看小雅的,不过最近他似乎很不满意,要么说小雅越来越不会生活,要么说现在的小姑娘多么多么会穿戴。言外之意,小雅已经落伍了。

　　开始时,小雅听了总是淡淡一笑,女人嘛,人到中年,青春不再,不能和那些小女生比。男人嘛,年富力强一枝花,眼里有花开也是难免。只是,刘健似乎越来越不满意,不单单是对她,好像整个家都让刘健不开心。

直到刘健提出离婚,小雅才真正意识到问题的严重性,彻底崩溃。

小雅打了好几个电话,刘健才接听,而且很不耐烦。小雅冷冷地说:"如果你今晚还不回家,就别想离婚,永远也别想要自由。"

果然如小雅所料,刘健在晚上 10 点钟回来了,一身酒气和寒意。

"说吧,什么条件?"刘健开门见山。

小雅忽然觉得悲哀,自己辛苦经营了十多年的婚姻,竟沦落到谈斤论两的地步。她强压内心的委屈,说:"条件都好说,我只想知道原因。"

"不是和你说过了吗?我们没有共同语言。"

"哼,你说得轻巧,没有共同语言,当初你为什么追我、娶我?"

"当初是当初,现在不一样了。"

"哪里不一样了?别以为你当个小官就了不起,没有我这么多年辛辛苦苦地做你的后盾,没有我爸当初对你的赏识,你能有今天吗?"

刘健本能地反驳道:"别拿你爸说事儿行吗?我有今天的成就那是我积极努力的结果,就算当年你爸扶持过我,那也是因为我有能力,如果我是烂泥巴糊不上墙,他还会支持我吗?还会同意你嫁给我吗?"

"你这样说真是没良心,难道说当初我们的付出都是不值一提的,现在所有的一切只是和你自己的努力有关?"

"小雅,这个问题我们不争论,好吗?我承认,你和你们家都对我有恩,但这并不代表我会依然爱你。感恩不是爱情。"

听了这话,小雅的泪"哗"地一下就流了下来:"老公,你说我哪里不好?你说出来我改,只要别拆散这个家,就算是为了孩子,求你了。"

刘健皱了皱眉,说:"小雅,你看你又来了,我说过了,这不是你好不好的问题,是我们两个没有共同语言了。"

"还是你嫌弃我了。"小雅可怜兮兮地说。

"小雅,你冷静点儿,这样和你说吧,这些年我一直在不断地进修,而且和这个社会紧密地联系在一起。而你呢,每天除了上班那一点点文职工作,就是带孩子,也不学习新知识,你的思想和知识水平已经远远落后于这个社会,所以,我们说不到一起,我感兴趣的你不懂,一个屋檐下的两个人不能琴瑟和鸣,何必在一起。"

"说来说去,你就是陈世美,你恩将仇报。"小雅的情绪陡然激动了。

"小雅,话别说得那么难听,陈世美怎么了?陈世美和秦香莲就是没有共同语言,谁规定的为了当初的恩情他就该死守一辈子的婚姻?要我说,这事不怪陈世美,怪就怪那个秦香莲只知道持家带孩子,不提高自己。走着走着,两个人自然就远了,散了。"

"你歪曲事实,你在给自己找理由,你告诉我,是不是外面有人了?"

"这是两回事。"刘健很淡定的样子。

"怎么两回事?你就是抛妻弃子,忘恩负义,喜新厌旧,刘健,你拍拍良心,这些年,为了你,为了这个家,我工作上从不争强好胜,生活上省吃俭用,连同学聚会都很少参加,为了让你干出大事业,为了免除你的后顾之忧,我任劳任怨地一心扑在这个家上,到头来,你却倒打一耙,说我不提高自己。如果我要是和你一样上进,谁管孩子,谁照顾家,你还能有那么多的精力去干事业吗?"

"说来说去又回来了,小雅,别总拿你的付出说事,别总说是为了我,其实那是你自己的人生,是你自己的选择。"

"你混蛋。"小雅的声音嘶哑了。她太委屈了,自己奉献的青春、事业、爱情,在刘健的眼里根本不值一提。难道自己真的错了吗?

"你要是总这样胡搅蛮缠不讲理,我们就没得谈。这样吧,你先冷静一下,等你冷静了我们再谈,或者,或者我们法庭见。"

"你滚。"看着刘健淡然地走出家门,小雅声嘶力竭喊出一个"滚"字,便无力地瘫软在沙发里。她的心伤透了。

男人说：

每个人都有追求生活质量的权利,男人花心是再正常不过的事。站在男人的角度,一个只知道做饭看孩子的老婆确实会让男人不喜欢。但是,是男人就要有责任心,尤其是当你拥有了事业、地位和前程,就越要对家、对婚姻有担当。

女人说：

陈世美就是陈世美,别找理由。我要是小雅我偏不离,我为你付出的时候你怎么不说没有共同语言?女人啊,就是傻,全心全意为了孩子和家,到头来却丢了自己,输了婚姻。当你付出了你的所有,男人就不需要你奉献了。

婉约贴己话：

婚姻完满的基点在于：两个人能够保持精神成长的

同步。

当婚姻出现问题,尤其是婚姻中一个事业有成,一个默默奉献的状况,人们总会谴责那个"负心汉",同情那个"痴情女"。

其实,付出不是婚姻的本钱,保持自己的不可替代性,才是幸福的密码。

一个女人最大的成功不是另一半有多优秀,孩子有多可爱,而是懂得"好好爱自己"。

特别欣赏这么一句歌词:"爱你就像爱自己。"是的,人只有先爱自己,才会去爱别人。爱,不是一种本能,很多时候更是一种艺术。一个选择自我放弃的人,一旦遭遇情感变故,生活会如碎了一地的玻璃,很痛却拾不起。

爱自己,就是在照顾家、工作之余有属于自己的生活,坚持经济独立、人格独立、情感独立。爱他,却不沉溺,不依附。我就是我,独立的我,原本的我,你认识的那个我。你爱我,我们执子之手、与子偕老,你不爱了,挥挥手,生活依然精彩。不管爱与不爱,我都是从容的。

只有人格平等的婚姻,才更有可能书写爱情的不离不弃。

男人醉酒晚归女人躲不开的烦扰

有句话是这样说的:这个世界是男人的,女人通过征服男人来征服世界。似乎,男人与女人之间就是征服与被征服的关系。其实,在柴米油盐的婚姻里,男女之间更多的是妥协和体谅。很难想象并不完美的两个人相守一生而没有磕磕绊绊,面对千头万绪的琐碎事件时,是较劲儿还是让步,不是爱不爱的问题,而是生活的智慧。当矛盾妥善解决后,也不是谁征服谁的问题,而是日子总要过下去。

家故事:

又是午夜了。

安然的心又开始忽上忽下地跳着,这日子真是过得揪心。爱人赵阳自从升任业务部经理后,经常醉酒晚归,有几次甚至醉得不省人事,直接被送去医院输液解酒。事后他似乎也觉得有些丢颜面,但那只是一刹那的想法。没过几天,他便满血复出，依然是只要一坐到酒桌前就格外亢奋，绝对有一股不醉不归的架势。

安然最担心的就是他这一点，最不理解的也是这一点。

她曾经问赵阳："如果说你从前在职场喝酒是一种不得已的话，那么现在你已经是部门经理了，怎么还那么拼命？"

赵阳一笑回道："你正好说反了，正因为我已到了这个位置，我才更要表现突出，这样才对得起老板的信任，也给下属做表率。"

"那照你这话推理，升职要喝，不升职更要喝？"

"你们女人家不懂男人的场面。"

"就算我不懂，可你已是人到中年，身体是自己的，把健康搭进去，值得吗？"

"别小题大做，哪有那么严重，喝酒还能把身体搭进去？"对于安然的担心，赵阳一直的态度都是这样不以为然。

"如果这酒避免不了，那我只有一个要求，别喝那么多，好不好？每晚10点前回家，可不可以？"

"老婆，这场面的事谁说得准，喝得高兴难免会晚些回家，你别管那么严，行吗？"

看赵阳有些不高兴，安然也不便多说，但自此以后，一到晚上10点不见赵阳回家，安然就会打电话给他，他要是接听，不管能不能马上回来，安然都略微放心些。偶尔，怎么打也不接听,安然就在屋里打转,心提到了嗓子眼儿。

有一次,打了很多遍赵阳也没接,正着急的时候他回来了, 进门就不高兴地说:"以后我出去喝酒你别总打电话,弟兄们都笑话我怕老婆了。"

"我是担心你才打电话的,和你一起的人都是单身吗?他们没家没老婆孩子?"

"人家老婆都懂事着呢,从不给老公打电话,知道给老公留面子。"

真是不识好歹,安然一赌气,赵阳再出去喝酒再也不给他打电话,可是不打电话,就像这个人失联了一样,那种担心和纠结真是无法说清。只要赵阳出去喝酒,安然就睡不着觉,直到他醉醺醺地回来,她才能躺下。

看来今晚又是如此了。

正焦虑着,安然的电话响了,见是赵阳的号码,她赶忙接通了,谁知是一个陌生人的声音:"嫂子,赵经理喝得有点儿多,到你们小区找不着门了,您告诉我哪个门,我送他上楼。"

安然说出门牌号后穿好衣服等他们, 大概五分钟的时间,楼门的门铃响了,接着就是跌跌撞撞的声音,打开房门,见两个男人扶着赵阳爬上了楼。

"嫂子,不好意思啊,打扰了。"两个男人的舌头也有些打卷。

"怎么让他喝那么多？"安然的表情极其不悦。

"嫂子，不是我们让赵经理喝多的，我们是一个战壕的。"

"还战壕呢，听你们这口气，你们把酒场当战场了。喝成这样也不嫌丢人，还把自己当英雄了。"安然一边嘟囔着，一边在两个男人的帮助下扶着赵阳躺到了床上。

"老婆，这是我两兄弟。"说话含糊不清的赵阳强睁开眼给双方介绍着："兄弟们，这是你们嫂子，很贤惠，就是小心眼儿，别介意啊。"

"谁小心眼儿了？你喝成这样回家，我还不能说说了？"

"我都喝成这样了，你也不打电话问问，一点儿都不关心我。你看人家小刘的媳妇儿，催了好多次了。"这世界真是男人的，明明是他不喜欢老婆打电话，这不打了还怪罪了。

"喂，问问你们两个稍微清醒的男人，在外喝酒，我们这电话是打还是不打呀？"

两个男人以调侃的口气笑着说："报告嫂子，该打的时候打，不该打的时候不打。嘿嘿，我们完成任务了，我们先走了啊。"

"都大半夜了还不回家，不走还想我再陪你们喝两盅不成？"安然真是生气了。

"嘿嘿，谢谢嫂子，改天，改天我们一定专门拜访，不醉不归。"

"对对对，把咱家私藏的五粮液拿出来，咱们接着喝。"

躺着的赵阳听到喝酒又来了精神，安然狠狠地瞪了三个大男人一眼，她真不明白，喝酒非要喝醉才是感情，这是什么理论？

送走了两个男人，安然开始给赵阳脱衣服，怎么拽也拽不动。气得她恨恨地说："你下次要是再敢喝成这样，我就不给你开门，你愿意去哪儿去哪儿。"

"我哪儿也不去，我回家。"

"你还知道回家啊？我把门锁上，看你怎么回。"安然这样说着，也是这样想的，她忽然觉得自己太好说话了，赵阳出去喝酒她在家担心，他不让打电话她就不打，她不打电话他又说她不关心人，他想什么时候回来就什么时候回来，他考虑过老婆的感受吗？这也太不把自己放在眼里了，看来呀，必须要给赵阳立规矩了。

想到此，安然看了看沉沉睡去的赵阳，得意地一笑，哼，你下次再这样喝醉试试，我非要治治你，咱俩看谁厉害！

男人说：

男人，是最好面子的，所以女人必须懂得给男人留面子。喝醉了，不能劈头盖脸地数落；被人送回家，切不可对朋友冷脸,这样男人会在朋友圈抬不起头;至于不给开门,说句不厚道的话,你敢不开门,我们就敢在外面留宿。如果闹出什么事儿来,吃亏的还不是你们女人。所以,对于男人喝酒这件事,除了理解和体谅,还是理解和体谅。

女人说:

关于喝酒,男人强调的是不得已,是场面,是需要女人理解。而女人,最关心的是男人的身体。或许,有时女人的表达方式有些不恰当,但你们男人喝酒晚归就是恰当的行为吗?如果真不给你们开门,喝醉了就要另找地方睡,你们还会那么无所顾忌地畅饮吗?不要欺负女人心软,过多地醉酒不仅伤男人身还会伤女人的心。

婉约贴己话:

有个故事是这样说的:

三嫂想惩罚三哥醉酒晚归,就制定了晚上 11 点不回家便锁门的制度。结果,第一周奏效,第二周三哥的老毛病就犯了,三嫂按制度不给开门后,三哥干脆就不回家了。后来,三嫂又把制度改成:11 点你不回家我就开门睡觉。从此,三哥再也没晚回家过。

故事的结论说,制度遵守不在于强制,在于核心利益驱动。

那么，我们不妨从情感角度来分析一下婚姻的核心利益：

爱与在乎是成正比的,爱有多少在乎就有多少。透支与储蓄是成反比的,身体健康透支越多,情感之路的储蓄会越少。因此,男人尊重女人内心的在乎也是爱惜自己;提升婚姻质量的核心,不是谁征服谁,而是呵护共同的利益——日子安好。

明白了这一点,男人不苛求女人的理解,多从约束自身做起;女人也不必怨天尤人,学会打理心情。婚姻就是这样的,彼此完善一点点,日子就会好很多。

其 实 幸 福 就 是 好 好 过 日 子

第二辑
修行
上有老下有小的日子是一种

家庭不是竞技场，尽孝不必比短长

老话讲，多子多福。所以，中国人历来都把儿孙满堂视为家族的美好愿景。当今社会，有多个子女的家庭，父母都已步入老年，而儿女也大多是 20 世纪六七十年代出生的中年人。尽孝，成为这种家庭的重要内容，有时也会成为滋生矛盾的竞技场，似乎每一个儿女都是选手，为父母做得多与少，孝与不孝，好与不好，都会是一种评定结果。

故事一：

这段时间，沈兰的心情一直不太好。

自从老爸去世后，她就把老妈接到了自己家，这样照顾起来比较方便，也免得老人一个人孤独。起初，她并没有计较得失，只是觉得自己是长女，尽孝是应该的。与老妈一起生活的日子里，也是其乐融融的。前两年，老妈身体还好，帮她料理家务，接送孩子，周末的时候，还会一起出去郊游。

很长一段时间里,老妈已经融进了这个家庭,沈兰也习惯了有老妈在。

可是前几日,老妈忽然患病,尽管无大碍,却让沈兰意识到,老妈老了。出院的时候,小妹沈静也在,对于老妈出院后还是住在姐姐家,似乎并无太多的想法。沈兰本想说出以后老妈在两个女儿家轮流住,张了张口却住了口。毕竟,老妈身体好的时候,照顾她们一家,现在病了,她要推出去,似乎不合人情。

就这样,老妈还是和往常一样,住在沈兰家,不同的是,她很少下楼了,步履也慢了下来,看电视的声音很大,经常会吵到正在读高三的外孙。

尽管沈兰尽己所能地照顾着老妈,但心里总是会想到妹妹沈静。偶尔觉得累了,她会打电话给沈静,说说老妈的情况,埋怨她不为自己分担。沈静是一个建筑工程师,一年大部分时间出差在外地,要么就是在工地上加班加点。对于老妈,她不是不惦记,但比起姐姐来,的的确确付出的少一些。

不过,沈静是老妈的骄傲,从上学到工作,一直都是出类拔萃的那一个。提起小女儿,老妈总是喜上眉梢,她经常对外孙说,要向你小姨学习,考个重点大学。

每每听到老妈这样说,沈兰心里都是酸酸的,有时她也会半开玩笑半认真地说:"妈,要是都像小妹那样只顾忙自己的事，谁在身边照顾您？"

"她是干事业，我们作为亲人要多理解，多帮助。"老妈很是偏心的样子。

"妈，我也有自己的工作啊，忙起来也是很累的。"

"妈知道，你孝顺，从小就是当大姐的样儿，知道让着妹妹，照顾妹妹。"

"唉，这在家当老大真是吃亏。"沈兰脱口而出。

老妈看了看她，脸色暗了下来："妈知道，是妈拖累你了。"

"妈，我不是那个意思。我是说，小妹太安心了，什么事都不管，就连您住院也指望不上她。"

"她不是拿来一万块钱吗？"

"妈，如果给钱就是尽孝，那也太简单了。"沈兰继续嘟囔着："这人和人就是不一样的命，从小她就不受累，大了连孝道都省了。"

听了这话，老妈不无伤感地说："妈知道，你为妈做了很多，你伺候妈也很精心。妈心里有数，你做得多一些，不过小静也有她的难处，你别怪她，你和她就像是妈的五指，咬哪个妈都疼，缺了哪个都不行。"

"可五个手指确实不是一般长啊，妈，您说，是不是我比小妹更孝顺？"

"你们两个都孝顺。"

"要是必须选一个呢？"

老妈看了看沈兰，忽然叹了口气说："你最孝顺，行了吧？"

似乎是要来的一个认可，沈兰心里却舒坦了很多，其实她知道，自己并不是不愿意照顾老妈，只是与小妹沈静比起来，她很是不平衡，为此耿耿于怀。

故事二：

生日宴会上，孙大妈格外高兴。三个女儿两个儿子都是兴高采烈地来祝寿，还都买了礼物给自己。大儿媳妇先拿过一个礼盒："妈，这是我们给您买的脑白金。我们祝您身体健康，寿比南山！"

"嗯，这东西很贵的吧？我都这把年纪了，吃什么也年轻不了了，以后别花这冤枉钱。"

"妈，给您花钱我们舍得。"大儿子在一旁也讨好地说。

一旁的三女儿接过话："妈，大哥大嫂孝顺您，您只管享用就是。"说着，从身后拿出一副羊绒护膝，笑着递过来："妈，我知道您膝盖怕凉，眼看着冬天来了，把这护膝套在腿上，您会感觉很舒服。您摸摸，可柔软可暖和了。"

孙大妈的眼睛立即笑得眯成一条缝："嗯，我三闺女最贴心了，也最孝顺。"

"妈，您别偏心啊，我也孝顺啊。"小儿子在一旁搭话了。

"是是是，你们姐弟五个人呢，都对爸妈很好，都是孝顺的孩子，不过呢，还是我三闺女和老儿子做得最多最好。"

听孙大妈这样说，大女儿有些不高兴："妈，我们在家行老大的可没少付出，从小就得疼妹妹让弟弟的，到头来您还表扬他们俩。"

"就是，大姐说得对，我们哪里不如他们了？他们就知道卖乖。"二女儿也插话说。

孙大妈听了不急不躁不慌不忙地说："你们还真别不服气，就拿上次我住院来说吧，每顿饭都是我三闺女送，做各种检查都是我老儿子陪着我去做。"

"妈，当时我正在外地出差，不是不想陪您，实在是走不开。"大儿子解释说。

大儿媳也说："是啊，妈，您大孙子媳妇正坐月子，我也没得闲多陪您，不过住院费我们可是抢着付的。"

"我也没少去医院看您啊，每次去都给您买水果。"二女儿也说。

"住院出院可都是你大姐夫用车接送呢。"大姐看着弟妹们说："咱妈这一有病是全体总动员，怎么到头来都成了你们两个的功劳了？"

一直没开口的孙大爷见儿女们有些不高兴,忙说:"你们都好都好,不过你妈自小偏心他们俩,也就多表扬几句,你们别和弟弟妹妹争。"

"爸,我们从来不争什么的,可妈只看到他们的好,看不到我们的付出。"

"姐,你还别生气,其实老人老了就是老小孩,需要陪伴需要哄着,像你那样,偶尔看望妈一下就算是孝顺?还有大嫂,别以为送老妈很贵的脑白金,就是孝顺。其实,多陪妈说说话,最是孝顺。"

"你以为我们不想陪?我们哪能和你一样,大闲人一个,有的是时间。"

三女儿接话说:"孝顺不说理由的,你没时间陪妈,还不允许妈喜欢陪着她的三闺女、老儿子啊?"

"三妹,这孝顺需要比较吗?"大嫂有些气不过了:"我就不明白了,这孝顺还孝顺出事儿来了?是不是我们都不管,就你们俩孝顺,也就没那么多话了?"

"大嫂你怎么说话呢?爸妈还在这儿坐着呢。"大姐、二姐忙拦道。

"我也不想这么说话,可我发现,在这个家,没理可讲。为了给妈买生日礼物,我们绞尽脑汁,到头来还是错了。看来不买就没错了。"

"你凭什么不买？你不买就是不孝顺。"小儿子借着酒劲儿瞪起了眼。

"你孝顺,有你陪着妈就行,不用吃与喝的,光喘气就够了。"

"你再说一句,我揍你,你信不信？"小儿子的火更大了。

大嫂也是不含糊,嚷嚷道:"我还真就不信了,你动手试试？"

一时间,姐弟五个有吵的,有闹的,有劝架的,乱成一团。孙大妈看看孙大爷,有些糊涂了,自己没说错呀,怎么忽然都不愿意了呢？

婉约贴己话：

家和万事兴。

一个"和"字,不是你好我好,而是所有的好与不好都不拿来比较。

父母,是家庭的核心,儿女面前不论是非与长短,家庭氛围才会愈发融洽。每个孩子都各有特点,尽孝的方式也有不同,好比五个手指,作用各异,但只有攥成拳头,才是力量。而父母,就是攥拳的人。

儿女,尽孝道是责任,也是义务,但孝道不是竞技场,没必要与兄弟姐妹比高低。只要尽心尽责,做好自己该做的、能做的,就是本分。至于旁人做不做,做得多与少,好与坏,不必太计较。家庭中,每个人都有自己的角色和分工,很多时候,做好自己更重要。

尽孝道,没有最好只有更好。无论是父母还是儿女,保持好心态,才会幸福多多。

不跪拜就是不孝顺吗

　　我们常说,活着孝胜过死后敬。不过在我国民间有很多的丧事礼仪,有的是孝文化,有的则难免落俗。身为晚辈,你是遵循自己的方式还是入乡随俗?有人认为,丧事理应一切从简。也有人认为,无论你官多大,无论你多富有,都不能忘本,顺从礼教是本分。或许,观点可以不同,但孝道却不容商量。

家故事:

　　父亲去世,李刚痛不欲生。

　　母亲老泪纵横地念叨着:"你爸这辈子不容易啊,为了能让你们兄弟四个都过上好日子,他白手起家做生意,风里来雨里去,吃的苦受的累数不清啊……"

　　李刚是家里的老大,他深知父亲的艰辛,尤其在 20 世纪 70 年代,他们都还小,爷爷奶奶也健在,一家八口人的生活重担全压在父亲一个人身上。在那个物质匮乏的时期,为了能让他们吃饱穿暖,父亲下了班还要去铁道边捡煤渣,没黑没白地干苦力让父亲变得又黑又瘦。

后来,改革开放了,他们兄弟也都渐渐长大,父亲便开起了小饭店,而且经营得越来越红火,一点点做大做强。20世纪90年代初期,李刚的三个弟弟因为多种原因,纷纷辞职,与父亲一起经营饭店。这个家族里,只有李刚一个人在一家国企打拼,并一步步升为公司副总。

好日子就像是金灿灿的阳光,温暖、明亮,可偏偏遇上了风雪天。去年,父亲被查出患了癌症,而且是晚期。父亲一边理智地接受着必要的常规治疗,一边妥善地安排家务事……弥留之际,他嘱咐说:"你们兄弟四个要和睦相处,要孝顺你妈。"

父亲走了,母亲说:"你爸一生节俭,最后的路,一定要风风光光地送他走。"

三个弟弟谨遵母命,开始大操大办,并请来了一个叫大鹏的人,里里外外忙活着,平添了很多所谓的"规矩"。李刚看在眼里,皱起了眉头,可是母亲说话,他也不好反驳。

按照乡俗,孝子孝孙们披麻戴孝,甚至连亲近的朋友也发了白色的孝帽。闷热的七月天,孝服裹身,李刚一阵阵胸闷气短,最让他不自在的是,凡是来祭拜的人,身为长子的李刚都要叩长头致谢。

这些礼节让李刚很是别扭，尤其是面对同事的时候，平时，大家见了面都客气地称他"李总"，这回见他跪地磕头，年长一些的同事还好些，那些小年轻的都被这阵势窘得不知所措。

于是，李刚和母亲商量："妈，再来祭拜的人，我鞠躬还礼，行吗？"

见母亲不说话，二弟和三弟也过来帮腔："妈，哥也是五十多岁的人了，身体也不太好，我们三个人跪就行了，让他鞠躬吧。"

不想小弟在一旁嘟囔说："岁数大了也是爸的儿子呀。"

母亲一听，大哭起来，一边哭一边念叨着："小四儿说的对呀，你们都是他的儿子，他把你们培养得都出息了，如今他走了，你怎么就不能下跪呀？"

"妈，我不是不愿意下跪，我是觉得，不能随便来个人咱就下跪吧？"李刚解释着。

"大哥，你这话差矣，俗话说，孝子头满地流。不管是大小辈分，人家来祭拜老爷子，孝子贤孙就要伺候着，你们以为下跪是为谁呀？那都是为你们自己积福添寿。"不知道什么时候，大鹏走进来，站在一旁理直气壮地说。

"你是干吗的？我们家里人说事外人少掺和。"李刚很反感这个人,语气很冷。

"喂,大哥,你这话可有些伤人啊,我可是你们家小四儿请来的,为了把老爷子的事办得体面,我是吃不好睡不好的,没想到头来还落了一身的不是。"说着,大鹏转过身对小弟说:"你都听见了吧?我现在就走,你们家的事我还不管了。"

一见大鹏恼了,二个弟弟忙过来拦着,嘴里还一个劲儿地说好话,好说歹说,总算是把大鹏留住了,大鹏还不依不饶地嚷嚷道:"我帮人办了这么多丧事了,就没见过你家这样的孝子,下跪还成了问题了?简直是笑话。要不是看老太太的面子,我才不伺候呢。"

母亲一听,又忍不住大哭,见母亲越哭越痛,李刚虽然心有不甘也只得忍了,于是轻声劝道:"妈,您别哭了,也别听那些外人挑唆,其实不下跪也不是不孝顺。"

没等母亲再说什么,小弟不满地接话说:"大哥,老爸的丧事你不管操持也就罢了,别在一边挑事,行不行?"说完,又凑到母亲身边,小声嘟囔着:"要我看啊,大哥的官是越当越大了,不像我们这些平民老百姓,不讲究什么身份不身份的。"

"小四儿,你怎么说话呢?"李刚很是生气弟弟的不通情理。

"我怎么说话了?我说的都是大实话。"小弟依然不服气地说:"从小到大,咱爸最偏心你,当年咱妈提前退休,按照有关政策,孩子可以顶替进厂,咱爸二话不说就让你去上班了。如果当年进厂的人是我,能有你的今天吗?"

"你说的这些和今天的事有什么关系?"

"怎么没关系?你忘恩负义,你不孝顺,爸那么偏疼你,现在他人没了,你连基本的孝道都做不到,你的良心过得去吗?"

"我不跪就是不孝了?你有点儿文化行不行?"

小弟一听这话,眼睛瞪得如铃铛大,怒气冲冲地转身对母亲说:"妈,您老都听见了吧?我们给爸下跪是没文化,咱家就他一个有文化的,就您大儿子有文化。"

"小四儿,你别胡搅蛮缠,大哥不是那个意思。"一旁的二弟忙插话劝说。

"他就是那个意思,他就是以为自己了不起,好在妈还在呢,妈并不糊涂,妈知道谁是谁非。"小弟一副很占理的样子。

李刚气得用手指点着小弟说:"我告诉你,你对哥有意见就直说,别借题发挥。"

"我不敢对你有意见,你多厉害呀,大名鼎鼎的李总,真是了得啊,我这小老百姓即便是看不惯某些人高高在上的做派也不敢怎么样呀。"

"你——"

"我怎么了？"

"你就是不知道天高地厚，不教训你你就不知道什么是'长兄为父'。"说着，李刚抡起了拳头打过去，小弟一闪，顺势抓住了他的胳膊，两个人扭在了一起。一看这阵势，二弟和三弟忙伸手劝架，四个人在老母亲面前推推搡搡着。

一个说："你没理才打人。"另一个说："打的就是你。"

一个说："别打了，都是亲兄弟。"另一个说："亲兄弟才会动真气。"

四个穿着孝服的男人正相持不下，忽然有人喊了句："别打了，老太太晕过去了。"

四兄弟不约而同地停下来，才发现母亲挂着眼泪倒在沙发上。一阵慌乱后，母亲渐渐缓过来，睁开眼，看见自己的四个儿子，忍不住大放悲声："老头子，你刚刚走啊，他们就打起来了，不如让我和你一起走吧，眼不见心不烦，我管不了他们了。"

"妈，您别伤心了，都是儿子不好。"李刚难过地低下头。

"哼，知道就好。"小弟还在气不过。

"小四儿，别说了。"二弟打断了他的话，"你是不是不想让爸安静地走啊？"

一句话，几个人都不说话了。看着母亲老泪纵横的样子，想了想，李刚对母亲说："妈，您放心吧，做儿子该尽的礼数我一定会尽到的。"

说完,李刚重又跪在灵堂前,这时,只听大鹏喊了一声"孝子跪——",兄弟四个人赶忙磕头,他们知道,又来人祭拜了。

直起身,小弟看了看李刚,低声说:"下跪是当儿子的本分,由不得你。"

婉约贴己话:

百善孝为先。孝道,是我们心中的善和暖。

曾经听过一个国学大师的课,他在讲到孝道时说,孝,是道德的底线。或许,对于"孝道"的理解,年长者和年少者,乃至每个人都会有所不同。不过,人活着是以一颗心来做行为标尺的,现实生活中,我们只要尊崇内心的温热,形式便不再重要。

李刚可以鞠躬行礼,只要他确如他说的那么孝顺;小弟也可以"入乡随俗",只要不把丧事办成一场闹剧;某些传承也可以删繁就简,只要守住它本来的样子。

孝道,是使一家人血脉相亲的,亲人之间不能以孝的名义变得生分和疏远。

父亲再婚,是我胸口的刺青

如果说世上有一种痛是一辈子的, 那一定是失母之痛。即便是时光流转了多年,伤疤结了痂,隐藏在最深的心底,但一旦触及,疤痕还会流血。如果说世上有一种血脉是打不断的,那一定是父子之情。哪怕是两个人刀光剑影了,内心最温热的地方依然会有彼此的影子。当失母之痛与父亲的幸福交织在一起,儿女做不到淡然处之,似乎也是人之常情。

家故事:

都说仇人见面,分外眼红,你见过父子见面如同仇人的吗?

父亲节这一天,胡歌夫妻出来闲逛,商场里到处都是打折的信息。妻子看上了一款 T 恤,说:"买两件吧,你爸一件,我爸一件。"

胡歌想都没想,说:"你想买就买一件,不给他买。"

　　妻子知道他心里的结还是过不去，便说："都那么长时间了，你别和他较劲儿了，再说，这事儿也不能全怪他。"

　　"不怪他怪谁？难道是别人逼他再婚的？"

　　妻子看了看胡歌气汹汹的样子，摇了摇头说："你呀，怎么就不明白呢？这日子总要过下去吧？"

　　"不再婚日子就过不下去了吗？"

　　妻子不说话了，她知道胡歌心里的苦。那一年，对于他，对于这个家来说，是大悲大喜的起起落落，搁在谁身上也是永远的痛。

　　那一年，父亲职场得意被提职；那一年，他们家搬进了三室两厅的商品房；那一年，胡歌和妻子喜结良缘；那一年，母亲猝然离世。

　　母亲的离开是胡歌的心头刺，碰不得。

　　刚刚五十岁的母亲，陪着父亲一路走过来，是任劳任怨的贤内助。早些年，父亲处在事业的创业期，经常加班加点，在胡歌的儿时记忆里，这个家很多时候只有他和母亲，而父亲，就是那个拿钱回家的男人。人到中年，父亲的事业进入巅峰期，又经常外出应酬，很少顾家。在胡歌的中考、高考等人生的关键时刻，都是母亲陪他一起度过的。

　　终于，他成家立业了，父亲也算是事业有成了，而母亲却撒手而去。在她离开的那一瞬间，没有一个亲人在她身边。当时,她正在给儿子洗牛仔裤,她说洗衣机洗不干净,她说你们都忙,我给你们做好后勤吧。

想起这些,胡歌的心就一阵紧似一阵。他以为,从此,他和妻子会陪着父亲一起生活。可是,母亲去世也就半年,父亲再婚了,娶的那个女人比父亲小十岁,比母亲小八岁。

他无法接受,一怒之下,搬出了那个家。无论父亲怎么恳求,他都不回头。

他伤透了心,为母亲不值。

见他又陷入了往事中,妻子忙说:"那不买了,咱走吧。"转过身,两个人却都定在了原地:对面的专柜前,继母正拿着一件米色的衬衣在父亲身上比来比去,父亲笑眯眯的,看上去竟年轻了许多。

妻子不知道该不该过去打招呼,正犹疑着,父亲也看见了他们,稍微愣了一下,父亲便主动走过来,说:"你们也逛街呀? 正好帮我参谋参谋。"

胡歌没好气地打断他的话:"有什么好参谋的?我妈说你一直喜欢灰色的衬衣,怎么又改米色了?"他刻意把"我妈"两个字说得很重。

"这不是正好打折嘛。"那个女人讨好地打着圆场。

"哦,打折?是不是感情也可以打折?人也可以没良心?"

父亲皱了皱眉,脸色也难看了。

一看这架势，妻子忙搭话说："爸，您身体还好吧？我们最近事儿太多，也没得空去看您。"

"我们都挺好的，有时间回家来吧，你爸挺想你们的。"那个女人的样子显得有些卑微。

"你算干吗的？在这儿做好人，我妈没了我就没有家了，这都是拜你们所赐。"胡歌冷冷地说。

"够了。"父亲忽然大声喝道，"你也不是小孩子了，怎么这么不懂事？太没规矩了。"

"是吗？我没规矩也是你教出来的。怎么？你想为了这个女人打我吗？"胡歌丝毫不示弱，像一只小斗兽，步步紧逼。

父亲显然是强忍着怒火，他长出一口气，以尽量平和的口气说："别耍小孩子脾气了，这个周末回家吧，你王姨做的鱼很好吃。"

"是啊是啊，你爸说你爱吃鱼，你们来吧，我做给你们吃。"

"是吗？她做的鱼好吃？比我妈做的还好吃？我记得你说过，这世上没有人比我妈会做饭。怎么？改口了？真是此一时彼一时呀。"

父亲的脸色更难看了，胡歌却愈发得意，有一种解恨的快感油然而生，他斜看着那个女人说："我妈在我心中的地位没有人可取代，我不像某些人忘性大，老了老了还花心。"

"啪"的一声，父亲的巴掌拍在了胡歌的脸上。一切来得太突然，妻子和继母都吓得不敢作声，连身边来来往往的陌生人也躲得远远的。

"好，打得好。我就等你这一巴掌呢。"说完，胡歌对妻子说："咱们走，以后别再说我有爸爸。"

妻子被胡歌拽着走了几步，又折回来对父亲说："爸，您别生气，其实他心里不好受。"父亲眼角湿润，颤抖着点了点头："我知道。"

而走出商场的胡歌，已是泪流满面。

旁观者：

父子关系不好，父亲要负主要责任，肯定是和孩子沟通不够。儿子都娶媳妇了，还伸手打他，这哪儿像个当爹的。

这事儿是胡歌不对，再怎么说那也是自己的亲生父亲。看来他对父亲再婚耿耿于怀，其实真的没必要，只要他过得好就行了。

话是这样说，看着一个陌生女人取代了母亲的位置，尤其看着他们在一起幸福的样子，再想想自己母亲的不容易，这做儿子的心里能舒服吗？

不舒服又怎样？他能给自己父亲想要的生活吗？儿女再孝顺，也取代不了"老伴儿"。或许再过一段时间，等胡歌自己也当了父亲，自然而然就会想通了。上阵还父子兵呢，爸爸和儿子成不了一世的仇人。

婉约贴己话：

莫名地就想起一个词：刺青。

一部小说里的一个女孩，暗恋一个男子，便将他的名字刺在了手臂上。经年之后，当一切成为过往，她决绝地洗掉时，竟和当年刺上去一样，生生地疼。

爱情如此，亲缘更是。

树欲静而风不止，子欲孝而亲不在。世上没有比这样的失去更让人疼的。作为子女，母亲没了，会把这种疼化作更浓的爱转嫁在父亲身上，而父亲的再婚无疑会强化失亲之痛，不可避免地引发心理落差。

其实，胡歌不是不懂空巢老人的孤独，他只是不忍，不忍面对父亲的幸福与母亲的悲苦在他的心中交叠。交叠的一刹，生活是赤裸裸的残忍。我相信，他希望父亲幸福，只是缺乏面对的勇气。

在这个世界上，最疼我们的两个人就是与自己血脉相通的父母了，一个去了天堂，再也不会回来，另一个的存在便成为亲情的支点和全部。所以，成全了父亲的幸福不是对母亲的遗忘，也不是薄情，而是爱的另一种怀念和延伸。

只有这样，等到此去经年，我们才不会为留下的憾和悔而心痛。

对生活中的很多纠结做到放下真的很难，但是很多时候，放了别人就是放了自己，宽容别人就是善待自己。况且，那不是别人，是我们的至亲。

我想，胡歌也要学着像那个女孩一样，勇敢地将阴霾一点点褪去，尽管会很疼很疼。毕竟，阳光灿烂的日子，才是生活的本质。

一碗汤的距离

　　还记得那个 "如果妈妈和老婆同时掉到水里先救谁"的愚蠢问题吗？其实这个问题说的不是男人的纠结,而是女人的心思。身为人妻希望老公的回答是"救老婆",身为人母希望儿子的答案"当然是妈妈"。所以,婆媳关系不好,真的不是谁对谁错的问题,也不是宽容大度,学会原谅那么简单。

故事一:

　　婆婆做手术三天了,小洁一直都没有过去看望。不是她没时间,也不是不懂事,想来想去她心里就是堵得慌。

　　事情还得从几年前说起。那一年小洁怀孕,孕期一直都是自己照顾自己,婆婆说要照料姑姐家的孩子。那时的她还不太懂婆媳之间的微妙关系,自己也是一个要强的人,丈夫对她也算是体贴,也就没多要求。直到临产的当天,婆婆才露面,见面就"宝儿啊,肉儿啊"地喊着小洁,令她颇为暖心。

　　谁知道，生完儿子的小洁在月子期间得了产后抑郁症，总是忍不住生气或莫名地落泪，刚开始婆婆还劝劝她，渐渐地便不再理会她的情绪，只是一心扑在照料孙子上。满月的那一天，婆婆便以家里离不开为由回了自己的家。

　　自此，小洁便开始了自食其力的生活，回想起那段很累很累的日子，她很委屈。自己的同学哪个不是生完孩子扔给婆婆带，两个人依然过着二人世界。而自己呢，娘家远在千里之外，婆婆离得近也像没有一样。

　　每当她和丈夫嘟囔，丈夫总是说："那能怨谁？我妈伺候你月子还不够看你脸色呢。"

　　小洁想，就算是自己做得不对，这要换成是姑姐，她妈也一定会很理解很心疼，绝不会撒手就走，更不会记恨。唉，隔层肚皮就是隔层山。

　　如果仅此而已也就罢了，可日子就是一件事儿连一件事儿。孩子没人看管，小洁只得把孩子送进了幼儿班，每天接送不说，还要跑两趟去喂奶。就在小洁习惯了这种苦中有乐的日子时，幼儿班突然取消，而且仅给了三天时间去另找它地。

　　三天后，孩子没处去了，怎么办？总不能抱着孩子上班吧？小洁首先想到婆婆，这思维没错吧？可是婆婆说，最近姐姐家的孩子学习正紧，两个孩子放到一起互相影响，自己身体也吃不消。看出小洁有些不悦，婆婆又给她推荐保姆。

"我会请保姆的，但不用您管了，您去操心您想管的人吧。"小洁扔下冷冷的一句话转身走出了婆婆的家门，再也没去过。

这些年逢年过节，都是丈夫和孩子去奶奶家，小洁始终解不开这个心结。这次婆婆做手术，丈夫希望她能露个面，说："总归她是老人，我们不该和老人记仇。"

可小洁不这么想，老人就可以做事不公平吗？当老人的不该多为儿女着想吗？等你老了，不能动了，你需要人了才想起我呀？如果当初你多想想我一个人带孩子的不容易，给我搭把手，我能不感恩你一辈子吗？就连那个小保姆，虽然是雇佣关系，因为感谢她尽心尽责，后来她结婚的时候小洁还专门送了礼金呢。

人心都是肉长的，老人最该懂得这个道理。

见小洁不依不饶的样子，丈夫也很生气："你也有老的那一天。"

小洁的泪一下子就下来了："这么多年了，明明是你妈做得不对，可你从没站在我的角度替我想过，对这个家我白白付出了那么多。"

丈夫苦着脸说："我知道你不容易，可你也别总是得理不饶人，你别忘了，那是生我养我的亲妈。"

和很多次吵架一样，说到这儿，两个人就都没话了。

亲缘面前,那些看似简单的道理显得很无力。

故事二:

王娘彻底寒了心。

她把儿子叫到跟前说:"儿子,她不配做咱家的儿媳妇,她的良心让狗给吃了。"

王娘的儿媳妇小娇是个律师,平时工作特别忙,结婚时就提出要和公婆一起过,彼此有个照应。当时王娘退休在家,也乐得与小两口在一起,用她的话说:"我就这么一个儿子,儿子娶了媳妇儿就是家里多了一个女儿,一家四口要多亲有多亲。"

两年后,小娇怀孕生子,王娘就像贴身保姆一样地照顾她。小娇孕吐,王娘心疼得变着花样做吃做喝;小娇坐月子,王娘每顿饭都是把饭菜端到床前,甚至为了让她休养好,出了满月后孩子晚上便和奶奶睡;小娇产假后上班了,每天早晨王娘都会把热乎乎的早餐和午饭放进她的包里。

有时同事问小娇:"带的什么好吃的?"她总是说:"谁知道呀,早晨婆婆给装的。"这样令人羡慕的"待遇"却没让小娇有多少幸福感。她偶尔会和女友说:"我婆婆什么都好,就是管得太多了。"

"是啊，我就是管得太多了，是我白白喂了一个白眼儿狼。"王娘说起家事忍不住老泪纵横。随着孩子越来越大，小孙子和妈妈并不亲近，甚至在咿呀学语的时候第一次喊人喊的竟是"奶奶"，这让小娇大为恼火。

她说："哪一个孩子开口不是先会叫'妈妈'？而我的孩子叫的是'奶奶'，这说明什么？这就是婆婆在背后教的，她是在离间我们母子感情。"

为此，小娇提出带着孩子搬出去住，王娘尽管不愿意也没办法。于是，孩子白天由奶奶带，晚上下班后由小娇接走，周六日也不去婆婆家。

就这样过了几年，因一些琐事，小娇又闹离婚，而且诉讼到法院。接到传票的时候，王娘都傻了，她没想到小娇做得这么绝。她说："没想到小娇提出的离婚理由中竟然有一条是婆婆参与家事太多……"

王娘伤透了心，所以坚持劝儿子离婚。

可是儿子说："妈，我不想离婚，孩子明年就上学了，我不想让孩子没有一个完整的家。"

"这不是你造成的，是他有个不负责的妈妈。"

儿子耷拉着脑袋说："其实小娇也没您想得那么坏，她只是任性了些，爱耍小脾气，等过段时间我再和她谈谈，也就没事了。"

王娘没想到儿子这么不争气，流着泪问："看来你是离不开她了，你铁了心要和她过一辈子，是不是？"

见儿子不说话，王娘又说："那好，我跟你说明白了吧，在这个家里有她没我，有我没她，你的婚姻妈可以不做主，但是你记住了，从今以后，别让她进我的家门，你们去过你们自己的小日子吧，以后生活上有什么事也别来找我。她不是说我剥夺她做母亲的权利吗？就算是妈做错了，我把权利都还给你们，行吧？"

"妈，您别这样说，不管怎样我都是您儿子，孙子也还是您孙子呀。"

王娘抹了一把眼泪："好，这个家你和孙子可以来，但我决不见她。"

"妈，您就不能原谅她吗？您就把她当自己的孩子呗。"儿子乞求道。

"我最大的错就是把她当成自己的孩子，才造成了她的心安理得。我现在肠子都悔青了，你还让我原谅她？"

话说到此，再说就是多余。儿子很是想不通：当初相处得像娘俩儿一样的婆媳怎么一下子就水火不容了呢？

婉约贴己话：

　　世上有很多种人和事，所以也会有很多种婆媳关系。

　　远了有《孔雀东南飞》《钗头凤》，近了有《当婆婆遇上妈》《双城生活》，纷纷扰扰的婆媳故事中，有亲也有疏，有聚也有分。

　　生活中，但凡反目成仇的婆媳都会觉得自己委屈，我对她像对亲妈(亲闺女)那么好，她怎么能这样对我呢？对她好固然没有错，错在你把她当成谁。其实，她就是她，不是你亲妈也不是你亲闺女，如果是，你的好也就没有附带要求了。

　　有谁听过当妈的或当女儿的有如此抱怨？

　　关于婆媳关系，心理学倡导"一碗汤的距离"。也就是说，儿媳妇做了汤端到老人跟前温度刚刚好，婆婆做了汤孩子们赶过来吃不会凉。若是距离远了近了，则或多或少会影响到饭香。

　　记得《双城生活》中最感人的情节不是两个人的爱情，而是老人学会为儿女着想，儿女也懂得了理解老人。所以，婆媳关系本身也是一碗汤，要想闻到香喷喷的味道，需要婆婆和儿媳妇一起亲手调制。

死者安息，生者何堪

清明节就要到了，活着的人们愈发怀念逝去的亲人。怀念的方式有很多种，最不可取的就是拿死人的后事戳痛活人的心。虽然我妈不是你妈，毕竟我们在一个屋檐下长大。人活在世，总要顾念一些情分，孤身老人已经很难过了，可否换一种方式对她？

家故事：

眼看着清明节就要到了，张大妈的心越来越堵得慌。看着墙上的老伴遗照，她的眼泪又一次流了下来。

想想自己嫁到张家已经 30 多个年头了，结婚那一年自己 28 岁，一嫁过来就当两个孩子的妈。因为，她的丈夫是一个带着两个儿子的中年丧偶男人。当时两个孩子还小，他的负担很重，没有女人愿意嫁给他。张大妈看中了他的人品，不顾家人的反对，义无反顾地担起照顾他们的责任。结婚两年后，张大妈有了自己的女儿，为了不让两个儿子失落，她事事偏袒他们，以至于小女儿对她很有意见。

直到长大成人，女儿小静还多次与张大妈说起她小时候的偏心。每每说起，张大妈总是笑着说："偏心你会有人说闲话，况且你们的哥哥没有妈了多可怜，我要是不对他们好一点儿，你们的爸爸也会不开心的。"

就这样，一家五口一过就是三十多年，眼看着孩子们都相继成家立业，老两口也都退休了，日子越来越舒心，谁知张大爷突发脑溢血辞世，临终的时候连句话也没说。

料理完老伴的丧事，张大妈坚持一个人住。每天看着老伴的照片，她是既温暖又心酸。她有时会想，人老了，越来越活在过去了，想起孩子们还小的日子，虽然辛苦却很甜蜜。如今只剩下自己，回忆便显得极为珍贵了。

有一次周末，大儿子一家三口回来吃饭，似乎是无意中，大儿子说，清明节准备回趟农村老家，让老爸入土为安。还说，他亲妈也在老家，一直是一座孤坟，这次回去正好给两个人合葬。

听了这话，张大妈"哦"了两声，也没多说什么，可这心里却堵成了疙瘩。老伴与他的前妻合葬，似乎是合情合理的事，可自己百年之后呢？

张大妈越想越难过，这时门铃响了起来。

女儿小静提着大包小包进来："妈，我给您买了一大堆菜，省得您跑菜市场了，还有您爱吃的草莓和糖炒栗子，栗子正热乎着呢，您趁热吃。"说完，小静进了厨房，放下菜，把草莓泡进水里，转身出来时，正看见张大妈抹眼泪。

"妈，您怎么了？又想我爸了？"小静坐到张大妈身边，轻声地问着。

唉，还是女儿贴心啊。张大妈叹了口气："小静啊，就要清明节了，你大哥说，回老家的时候想给你爸和他妈合葬。"

"哦，那您是什么意见？"

"我能有什么意见？再说，你大哥也没征求我意见，他就是那么顺口一说。"

"顺口一说？这么大的事应该是一起商量一下呀。"小静有些不高兴，这大哥办事真是不靠谱，怎么着也要和她和二哥打声招呼啊。

想到此，小静先拨通了二哥的电话，直截了当地问道："听妈说，大哥要在清明节给爸入土为安，还要与你们的妈妈合葬，这事你知道吗？"

二哥在另一边沉吟了一下，说："我知道一点儿，大哥和我提过。"

"知道就是知道，什么叫知道一点儿啊？"小静一听这话就来气了，气哼哼地对二哥说："看来这事你们俩商量好了，你们是不是觉得这事可以不征求我的意见？那么，我告诉你，你们的爸爸也是我的爸爸，我不同意，这事谁也别想。"

　　见小静挂了电话，张大妈在一旁担心地说："有话好好说，你们的爸爸已经不在了……"

　　"妈，这事您别管，正因为我爸不在了，他们才不能这么办事，他们也太不把您放在眼里了，他们忘了是谁把他们带大的。"

　　小静正气着，电话又响了，是大哥的。摁了接听键，小静便没好气地说："呦，这是谁呀？张家的老大呀，长子啊，有事您尽管吩咐。"

　　"小妹，你别生气，刚刚老二和我说了，关于清明节的事，我们正想和你商量呢，还没来得及说你就知道了。"

　　"是吗？真要商量？那你和二哥现在就过来，我在妈家等你们。"说完，就挂了电话。

　　张大妈还是很担心的样子："小静，别闹僵了，他们想怎么办就怎么办吧。"

　　"妈，您就是凡事太由着他们，他们才这样对您的。一会儿他们来了，您不用说话，有我呢。"小静确实很生气，妈妈自从嫁进这个家就当妈，这些年当后妈多不容易啊，现在他们都大了，尤其爸爸也不在了，他们连对妈妈最起码的尊重都没有了，真是太不像话了。

半小时后，两个哥哥和小静面对面地坐在客厅里。

还是小静先开口了："哥，我问你，咱爸清明节合葬的事，你征求咱妈的意见了吗？"小静刻意把"咱妈"两个字加重了口气。

"她知道。"大哥的声音明显气短。

"她知道？她是谁呀？她知道不代表你征求她的意见了。"小静不依不饶的。

"行了，小静，不就是这点儿事嘛，你别挤兑大哥了。"二哥在一旁想当和事佬。

"二哥，你当好人是吗？那我告诉你，这事还真不是我挤兑大哥，是你们太没良心了，你们忘了是谁把你们带大的了，妈妈真是白疼你们了。"说到此，小静的声音有些哽咽。

"静啊，别说了，这事就按照他们哥俩说的办吧。"张大妈从卧室出来，劝着自己的闺女。她心里清楚，闺女是为她委屈。

"张姨，我觉得这事是明摆着的，我爸和我妈是原配夫妻，葬在一起是理所应当，您不会反对吧？"大哥见势，把头转向张大妈。

张大妈连忙点头说："是啊，是我——"

还没等说完，眼圈儿就红了。小静一见接过话说："凭什么原配就要葬在一起？你妈才和爸生活几年啊？我妈伺候你们都 30 多年了。"

"这和在一起生活多久没关系,主要是先后的问题。"二哥说得也有些艰难。

"什么先后啊?你们考虑过我妈百年之后的事吗?你们不能太自私。要我说,这主要看咱爸自己的意愿。"小静真是有些越说越伤心。

"是啊,可咱爸他老人家临终时没来得及说。"大哥似乎找到了理由。

"其实,其实你爸原来闲聊的时候也说过的……"张大妈在一旁说了一半又住了口。虽然老伴提过百年之后的事,但孩子们没听见,自己说的又能算什么?

果然,两个哥哥几乎同时说:"谁知道说没说过,反正我们不知道,其实这事根本不用商量。"没等他们把话说完,小静气得"噌"的一下站起身,大声说:"你们太不像话了,枉费我妈对你们这些年的付出,虽然我妈不是你妈,但你爸也是我爸,这事我不同意。"

"小静,你别不讲道理。"

"是你们不讲道理在先,不过你们要是非这样说,今天我还就是不讲道理了。"

三个人越吵越凶,没有注意到一旁的张大妈已经是泪雨千行。

婉约贴己话：

你妈,咱爸,我妈。听起来,人物关系似乎有些不简单。其实,若是人心良善,人和事都再简单不过。

我们不妨重新设想一下,把家事场景还原到最初：

大哥和二哥找来小静,一起围坐在张大妈身边,大哥恭敬地说明清明节要回老家安放父亲的骨灰,并诚恳地对张大妈说,我们想听听您是什么意见?虽然说,我们很想我妈和爸合葬,但您养育我们这么多年,也和我们的亲妈是一样的。所以,我们会尊重您的想法。

张大妈听了此话必是温暖的,也必会以一颗善解之心与孩子们一起商量妥帖。

不管最终的商定结果怎样,一家人的情感不但不会伤和气,还会更加稳固。

其实,每个地方每个家庭对于合葬这样的事,各有各的处理方法,但无外乎都体现了两个尊重：一是尊重当地的民风民俗;二是尊重老人的意愿。

人情冷暖,天地有知。万事"情"字当先,很多棘手的问题往往会更合乎常理。

有病没病都吃药,您能不折腾吗

现实生活中,某些老人对自己身体状况的"自然滑坡"认识不够,从而表现出高度的敏感、关切、紧张和恐惧,常常怀疑自己患病,也给家人带来烦恼,称之为恐病症或疑病症。对此,家人要积极为老人创造良好的生活环境,鼓励老人多参加集体活动,强身健体,放松身心。可以说,家人的态度将直接影响到治疗效果。

家故事:

一大早,芳子做早点、送孩子,一溜儿小跑刚到办公室,屁股还没坐稳手机就响了, 她有些不耐烦地对着手机说:"爸,您又怎么了?"

"你再给我买两贴药吧,我的膝盖还是不舒服。"

"爸,不是带您到医院查过了吗?是劳损,没大事的。"

"没大事,可我感觉不舒服呀,我总觉得贴上药就好很多。"

"爸,您别疑神疑鬼的行吗?年初您刚做了全面查体,医生说都挺好的。"

老爸的声音有些不高兴:"谁说都挺好的?我血压高,脂肪肝,还有肾结石,腿也不那么灵便了。这些都不是病啊?"

芳子缓和了一下口气:"爸,您别把自己当成年轻人,像您这个岁数,血压有些高,有轻度的脂肪肝,有一小块儿多喝水就可排掉的肾结石都属于正常的。只要您坚持合理饮食,保持健康的生活方式,应该没问题的。"

"照你这样说,我是没病找病了?亏你是我亲闺女。"

"爸,不高兴了?我当然是您亲闺女,当然对您好了,我只是觉得啊,您别对自己那么紧张,您虽然不年轻了,可也并不老,身体没问题的。"

"你就是不把爸的事当事儿。反正,反正我腿不舒服了,走路疼,你得给我买药。"

"爸,药可不是营养品,不能随便用,用多了反倒对身体有害的。"

"我没随便用,我腿疼。"

"好好好,那我抽空给您买去,您别着急。"

放下电话,芳子直叹气,不知从什么时候起,老爸越来越在意自己的身体,每天抱着保健书籍,打开电视也是看养生节目。这本来是好事,可这老爷子特别喜欢对号入座,人家讲到什么症状,他就觉得自己有什么症状,而且,立刻就要吃药。为了去掉老爷子的疑心病,芳子每年都安排他查体,还刻意让医生当面叮嘱他科学调理。尽管如此,老爷子总是能找到自己不舒服的病症。渐渐地,芳子也习惯了,他说他的,自己嘴上哄哄他,心里却并不当回事。她知道,过两天老爸的腿就不疼了,也许又改胳膊疼了。

中午的时候,老爸又打来电话问是否买药了。芳子推说工作忙。本以为这事就过去了,谁知下午老妈再一次打来电话,说:"芳子你赶快回家来吧,你爸正折腾呢。"

急忙忙赶到家,推开门一看,老两口正怄气呢。

"芳子,你可回来了,借爸 2000 块钱。"见女儿进来,老爷子先发话了。

"爸,您要钱干吗?"

"还能干吗?折腾呗。"老妈在一旁气鼓鼓地说。

"我怎么折腾了?我有病,你们都不当事儿,我自己心疼自己还不行啊?"

"你这老头子说话就是没良心,和你过了一辈子了,伺候你吃伺候你喝,家务事你干过哪一样?怎么就没人心疼你了?"

"你们要是心疼我,就给我钱。"

芳子接过话说："爸,给您钱没问题,可您也要告诉我们干什么用啊?"

"那你们别管,我自有用处。"老爷子嘟囔着。

"你不说我也知道,你要钱就是买药,是不是?"老妈说。

"爸,我不是答应您给您买药了吗?这两天有些忙,您要是着急用我这就给您买去。"芳子一边说着一边扶着老爸坐到沙发上。

"你们呀,都糊弄我。我不指着你们,我靠我自己。"老爷子还是气哼哼的。

芳子一听笑了:"爸,您可别这样说,那我不成不孝顺了?"

"孝顺孝顺,以顺为先。你顺着我了吗?"

没等芳子答言,老妈在一旁接话说:"你让孩子顺着你,你也要做得对才行。"

"我哪儿做得不对了?"老爸的嗓门儿又高了起来。

"你做得对,你做得对就不怕说给别人听。那你说说你要2000块钱干吗用?其实你不说我也知道,你就是想买刚才电视里直销的那个止痛药,是不是?"

"什么止痛药?"芳子问。

"就是电视里直销的那种,说是每天吃一片就管用,省事省力,特适合老年人。"老妈说着又狠狠地瞪了老爸一眼。

　　芳子也有些埋怨地看着老爸说:"爸，您别信那些广告，您的腿没大病,身体就是一架机器,您用了这么多年,有的零件没有从前好用了,也是正常的。就算是需要吃药,咱也要听医生的,不能盲目。"

　　"我就知道你们不支持我,所以我才不愿意和你们说。电视里的广告能有假吗?那都是有实例的,有一个老太太多年的老寒腿,吃药两个星期后,走起路来跟年轻人似的。"

　　"爸,您这是偏听偏信。"

　　芳子的话一出口,老爸又急了:"我怎么偏听偏信了?人家是专家坐堂讲课,我听得仔细着呢。不和你们说那么多,就一句话,给钱不给钱吧,你们不给我我就找老同事去借。"说着说着,眼圈儿竟有些红了。芳子知道,老爸一定是觉得委屈,老了老了还让儿女管着。可是,任由他这样折腾,非得真得了病不可。

　　想了想,芳子说:"这样吧,爸,您别着急,我找个专家咨询一下,如果这药真像说的那么好,我帮您买回来。"

　　"不行,这次我就要自己做主。我就不信了,挣了一辈子钱,到老了还不能花钱了。"

　　"爸,不是这个意思。"

　　"你别难为孩子。"老妈在一旁说。

　　老爸并不理睬老妈,直直地看着芳子说:"电视里说了,就这两天有优惠,买二赠一,三盒正好是一个疗程。"

劝了半天也无用,芳子只得依从。几天后,芳子接到老妈的电话,本以为是那两千块钱的药寄来了,谁知老妈说:"那两千块钱寄走了,药却一直没见着,今儿你爸出去遛弯儿又拎回来一大兜儿药,一个人戴着老花镜正在那儿摆弄呢,我问他他也不说,你快来看看吧。"

芳子忙放下手里的活又匆匆赶过来。果然,一进门就看见老爸围着一大堆药盒,左看看右瞧瞧的。见了芳子,很高兴地说:"闺女,你来得正好,帮爸看看这药是一天几次的?"

芳子拿过药看了看,说:"爸,这是治糖尿病的药,您又没这病,吃它干吗?"

老爸皱了皱眉头:"你们娘俩就是不关心我,你没觉得爸最近瘦了吗?"

芳子忙说:"爸,不久前您查体时血糖不高。"

"那时不高不代表现在不得病。"

"爸,这些药不少钱吧?"芳子问道。

"哦,对了,不说这些还差点儿忘了,我和老李头一人买了一个疗程的,钱是他垫付的。你从我工资卡里取些钱,我明天晨练时还给他。还有你那两千块,一起取出来,爸不差钱。"

看着老爸兴致很好的样子,芳子回头看了看老妈,两个人同时摇了摇头。忍了又忍,芳子还是脱口而出:"爸,您就折腾吧,我不管了。"说完,关门走了。

婉约贴己话:

　　每个人都有老的时候,但并不是每个人都能在不老的状态下完全理解一个老人的状态。所以,亲情之爱才显得格外重要。

　　或许,人到暮年都是孤独的。不再年富力强,不再朝气蓬勃,不再是一座山、一条河,夕阳西下的晚景中,患得患失也在所难免。

　　佛家说,青春易失,少年不在,所有美丽的想念都将消隐于日渐深刻的皱纹。的确,生息代谢是再正常不过的事,但得夕阳无限好,何须惆怅近黄昏?

　　在生命面前,接受是一种智慧。

　　我老了,我接受,回首曾经的点点滴滴,我安于悠闲恬淡的日子,不忧不惧,享受余晖下的清风,还有亲人在畔的温暖。

　　我父母老了,我接受,不管他们是健康还是疾病,我都像当年他们爱我那样有耐心,尽量多陪伴多体谅,减少他们内心的孤单。

　　相近相亲,最是治疗心病的一剂良药。

我的老妈喜欢刨根问底

我们常说,孝顺以"顺"为孝,但我们也不得不承认,父母不是圣人,他们的某些"毛病"在无意中会侵犯儿女的隐私,而这种干涉又往往是打着"关爱"的旗号。翻看孩子日记,私拆孩子信件,偷听孩子电话,这些行为无论是在影视剧中还是现实生活里比比皆是。因为,中国父母一直把孩子看成是自己的一部分,哪怕他已经长大成人,甚或成家立业。

家事独白

我老妈已经六十多岁了,精神矍铄、思路清晰,一点儿都不老。恰恰因为这一点,媳妇儿对老妈愈发不满,她总说,你妈就是故意的。

的确,老妈一点儿都不糊涂,但要说她是故意在我们兄弟姐妹之间挑事,我这个当儿子的还真是不相信。我们姐弟三个从小到大,从上学到结婚,都是我妈操心。在我们这个大家庭里,我老爸就像是一个摆设,不能说可有可无,但他什么事都听我妈的。所以,我们这一大家子人绝对是以老妈为中心的。

老妈似乎也是习惯了这种"被围绕",两个女儿一个儿子虽说都成家了,各自有各自的小家庭,但每个小家庭的大事小情,她都习惯"参与指导",用她的话说,我吃的盐比你们走的路都多。

记得我刚结婚那一年,老妈来我的小家"视察",当着我媳妇儿的面,她把衣柜一扇门一扇门地打开,还抚摸着媳妇儿的旗袍说,这衣服好看是好看,就是不中用。以后啊,买衣服还是要既美观又实惠的。

老妈走了以后,媳妇儿便拉下了脸,气冲冲地质问我,这是我的日子,她凭什么干涉?

我说,她不是别人,她是我妈,她都是为了咱们好。

媳妇儿当然不买账,我只得哄她说,妈是长辈,你不喜欢听的话,那就左耳朵进右耳朵出,反正老妈又不是天天和咱们在一起。

谁知,老妈火眼金睛,虽然不和我们常住,但偶尔"莅临"也会发现一堆问题,而且是眼里不揉沙子,有问题必纠。比如,我的被罩该洗了,孩子的袜子不能和短裤放在一个盆里等。一开始,媳妇儿还点头解释几句,时间长了,便不哼不哈的,惹得我老妈也很不高兴,没少在我两个姐姐面前说,小易太宠媳妇儿,宠得不像样。

都说婆媳关系不好处,这些年,老妈和媳妇儿之间的小矛盾不断,我夹在中间装聋作哑,日子倒也无大碍。

前年,我买了一套商品房,老妈开始关注起我家的财务状况,并由此引发了一系列的家庭矛盾。越来越多的日子,看上去风平浪静,实则暗流涌动,真是苦不堪言。我知道,老妈是无意的,我也知道,媳妇儿最烦老妈的刨根问底。

有一次,我们一家人在一起吃饭,老妈问我一个月能挣多少钱,我顺口说,三千多。她又转头问我媳妇儿,媳妇儿淡淡地说,没小易多。

没小易多,那是多少?老妈继续追问。

媳妇儿犹豫了一下,说,不到三千块钱。

当时老妈就看出了媳妇儿的不痛快,便说,妈是关心你们。这过日子呀,不能浪费,孩子马上就大了,花钱的地方多着呢。

媳妇儿不高兴地说,我知道,每个月都存钱的。

每个月能存多少?

老妈的一句话顶了媳妇儿的肺,看得出她强忍着回答说,花一个人的工资,存一个人的工资。

老妈似乎并不在意媳妇儿的心情,继续说,那挺好的,这样一年下来，也能有几万的存款，你们结婚这么久了，也存了不少了。

回到自己的小家，媳妇儿就和我闹翻了。她问我是和她过日子还是和老妈过日子，我说，当然是和你过了。她便历数老妈的不是，还说，你老妈真是够呛，脑子里根本没有隐私的概念，她难道不知道财产属于个人隐私？

我想，老妈是觉得儿子的生活没有什么可隐瞒的，我们本是一家嘛。老妈呀老妈，我毕竟已经成家了，有些事是不便说的。媳妇儿告诉我老妈要是再问钱的事就扯谎，可我偏偏是个傻实在，在自己亲妈面前说不了谎。

前不久股票行情见好，我一高兴便在老妈面前炫耀了一番，老妈立即追踪调研，问，到底赚了多少？10 万还是 20 万？我刚要回答，一转头看见媳妇儿的冷脸，便笑着搪塞说，其实也没多少。

不经意的一次聊天，我万万没想到，给自己平添了烦恼。上个月，大姐给我打电话，说是要给即将成家的外甥买房子，资金周转不过来，想和我借些钱。我和媳妇儿商量后决定借给她 5 万。大姐听了这个数，显然不太满意，我忙解释说，自己前年也刚刚买了房子，身为工薪阶层每月还贷，可周转的资金真的没那么多。大姐沉默了一会儿，终于忍不住说，小易，你不是股票还赚了吗？而且咱妈说，你们两口子这些年没少存钱，积蓄不少的。当然了，你要是为难，姐再想别的办法。

大姐这样说，我实在是……紧接着，老妈的电话也来了，对我动之以情，晓之以理，说大姐最疼我，是她把我背大的，还说亲人之间要互相帮衬，钱只有用了才是钱，存在银行也就是个数字。

没等我回话，一旁的媳妇儿就急了，夺过手机毫不客气地给老妈来了一通。这一下，我彻底陷入僵局。老妈和姐姐认为我不够情义，媳妇儿也觉得我把她当外人。其实，她们都是我生命中的亲人，可能是我骨子里懦弱，不太会处理问题，弄得全家都不高兴。

我想对老妈说，我知道您爱我，可我不再是个孩子，已经是有老婆孩子的男人了。我有我的生活，有些事情您可以不过问吗？尤其是钱。我这样说，您一定会觉得我没良心，感慨儿大不由娘了，老妈呀，您什么时候才能理解当儿子的心呢？

还有媳妇儿，我知道很多话你说的都在理，可她是我妈，我能和她据理力争吗？很多事情，我只能是哑巴吃黄连。

唉，有个精明的老妈，我的日子躲不过她的眼睛。她总说为了儿女操劳一辈子，总说是为了我好，可她的好我却承受得好累。

如果有一天，老妈终于明白，成家的儿子应该有自己的隐私，儿子的很多事情她可以放手，我不知道，那样的生活是不是就像窗外少有的天气,没有雾霾?

　　点上一支烟,阳光里,我的心情无法晴朗。我知道,自己的这些想法,将永远烂在肚子里,因为,我永远不可能面对面指责或埋怨我的老妈。

婉约贴己话:

　　前几天,是儿子十八岁生日。为了这个特殊的青春纪念,我着实费了一番心思,用了将近两个月的时间亲手制作了一本"旅行的意义"主题相册,把儿子从小到大的每一次旅行照片都贴好,并用彩笔勾描,再附上我的温馨文字。

　　果然不出所料,儿子很喜欢,并当场发了微博和微信,然后他以"隐私"为由屏蔽了我。这样的状况,曾经有过很多次,但这一次我感觉尤其受伤。他的心得明明是我给予的,凭什么我不能看?再说了,我可是他亲妈呀。对于我的不解和委屈,他也只是淡淡地一笑,坚持说,隐私就是隐私。

　　这是70后与90后的争议,最终都是当妈的不得已而妥协。那么,如果当妈的坚持打破砂锅呢?正如今天这个家事的主人公,在面对20世纪50年代生人的老母亲时,心生不满又难以启齿,一份沉甸甸的爱竟使他心事重重。

　　有人说,照顾和分离都是父母在孩子身上必须完成的任务,我们既不能缺失亲子关系,又不能让孩子成年窒息。而我想说的是,父母子女,如此深厚的缘分,并不是我们可以选择的。细水长流的日子里,做父母和做子女,都需要心胸和智慧。

人生是一场旅行,且行且珍惜,且行且放手,得失之间,流转的光阴便有了意义。

公婆闹离婚迁怒儿媳妇

说到离婚，大多会在前面加一个"闹"字，因为，身边的离婚总会牵扯到情感的破碎、物质的分割、矛盾的纠缠等等。当心伤了，不想一起过了，分手就成了一种出路。可是，离婚和结婚一样，不是两个人的事，尤其是走到暮年的婚姻要解体，里面还会夹杂着儿女的态度。那么，对于老年人闹离婚，是该劝和还是劝离？其实无论结果会怎样，身为晚辈，置身其中时都要谨言慎行。

家故事：

佟曼有好几天睡不着觉了。

本来一家人过得好好的，上个月婆婆打来电话说，她要和公公离婚。初听这话，佟曼还以为自己听错了，都快 70 岁的人了，还闹离婚，也不怕别人笑话。她以为婆婆就是赌气，不高兴了，给公公脸色看，过几天就没事了。所以，只是在电话里劝了劝,根本没放在心上。

谁知,一连几个周末,佟曼一家三口周末去公婆家吃饭,老两口都是形同陌路的样子,甚至不在一个饭桌上吃饭。

上个周末去的时候,婆婆在饭桌上正式对她和老公说:"我和你爸还是离了吧,妈辛苦一辈子,伺候不起了。"

老公高远话没听完就笑着说:"老妈,您都伺候一辈子了,就再将就他几年吧。"

"你个臭小子怎么说话呢?胳膊肘往外拐,你是不是姓高啊?"公公听了开始骂。

高远还是笑微微地说:"爸,我是姓高,可我也是我妈生的呀,从小你俩就争夺我的亲近权。都快70岁了还不明白,我是你们两个人的儿子,我不偏不向,保持中立。"

"你个没良心的,妈白疼你了。"婆婆开始哭。

佟曼只得劝道:"妈,您不是和我说过嘛,这婚姻呀就是你迁就我,我包容你,我和高远刚结婚那几年,您还教我怎么和他相处呢。您看您,到您自己这儿却不包容了。"

"佟曼,妈和你说,这男人啊,有可调教的,还有不可调教的,你爸能和高远比吗?高远受过高等教育,又懂事又风趣,你爸简直就是没文化的榆木疙瘩。"

听了婆婆的话,佟曼一时不知怎么回答,一回头,公公的脸色已铁青:"你少在儿子儿媳妇面前埋汰我,高远是我儿子,他优秀那是我的基因。一辈子了,你总是看不惯我,总是挑剔我这不好那不好,你知道我最大的好是什么吗? 我最大的好就是能和你这样的事儿妈一起生活了几十年。"

"谁事儿妈? 你别说话没良心,这些年,是谁给你做吃做喝洗衣服的? 没有我,你能不能活到今天都是未知数。"

"阿弥陀佛,能活到现在全凭我的度量,别再自以为是了,你自以为是了一辈子,醒醒吧,你还以为自己青春年少? 还以为自己风韵犹存? 那些都翻篇了。"

"听听,你们听听,我把我最好的年华都给了他,老了老了,他倒嫌弃起我了。真是不要脸的老东西。"

"你再骂我我可还嘴了?"

"你还啊你骂啊,今天让孩子们看看你的真正嘴脸。"

公婆你一句我一句地顶着火吵架,佟曼和高远无从插嘴,在一旁尴尬地站着。最后,高远问了一句:"行了,老爸老妈,你们都冷静冷静,关于离婚,我同意了,我只是想问你们一句话:你们确定从前的几十年归零了?"

老两口一下都不说话了,佟曼也说:"是啊,爸,妈,真离了婚,你们怎么过?"

婆婆说:"我和你们一起过,把房子留给他,我不要了。"

"别说得那么好听,不是你给我的,是这房子本就姓高。还想着和儿子过,人家要你吗?"听了公公的挑衅,婆婆盯着佟曼问:"妈和你们一起过,行吗?"

"行,行。妈,一起过没问题,只是这离婚,您再想想,好吧?"

唉,公婆闹离婚一个多月了,佟曼劝了很多次都无效,昨天,婆婆竟打电话给高远说:"我明白了,佟曼不希望我离婚,就是不接纳我和你们一起过。"

这事闹的,佟曼有嘴说不清了。其实公婆最初的纷争是因为公公出去喝酒大醉,而他患有高血压要常年服药,婆婆出于关心数落他,并规定以后再不能沾酒。可公公并不领情,觉得自己老了老了反倒不自由了,据理力争中与婆婆起了冲突,越吵越伤感情,最后才闹到了离婚的地步。

佟曼觉得,老两口是有感情基础的,而且都那么大年纪了,所以一直劝和。没想到,苦口婆心地说了那么多,却落下个容不下婆婆的罪名。今天和高远约好了一起去看望老两口,佟曼暗暗决定了自己的立场。

"爸,妈,这几天是不是和好了?还生气吗?"高远进屋就问。

"没商量,儿子,妈已经收拾好东西了,只要佟曼同意,一会儿我就和你们一起离开这个家。"

"妈,我同意,没问题,我支持您,您搬过去和我们一起过,先和爸分居一段,让他也过过没您管的日子。"佟曼赶紧表态。

高远一愣,看了看佟曼,说:"你怎么回事?你怎么能支持我爸我妈离婚呢?"

"我觉得妈说得对呀,伺候爸一辈子不容易,现在想歇歇了,怎么就不可以?"

"谁伺候我一辈子了?我也没少照顾她呀,佟曼你才嫁过来几年呀?我们家的事你能知道多少,别在这儿瞎说。"公公首先不愿意听了。

最没想到的是婆婆也脸一沉,说:"我说过不愿意伺候他了吗?我只是说,我伺候了一辈子,很辛苦。"

"是啊,妈,以后您别那么辛苦了,您和我们一起过,我来照顾您。"佟曼继续表态。

"佟曼,你什么意思?你把你妈接走了,你每天过来给我做饭吃,是吗?"

"爸,我哪忙得过来,要不让高远来照顾您。"

"你忙不过来你跟着瞎搅和什么呀,老两口真离了,对咱们有什么好处?"高远也急了。

"你不是一直支持爸妈离婚的吗?再说了,是我搅和吗?是他们总给我打电话和我说这说那的,离婚是他们的意见,我能说什么?"佟曼很委屈。怎么说来说去,都冲自己来了?

"是,我是说过同意爸妈离婚,可那是反话,他们这个年纪就是老小孩，争吵了一辈子，说分开只是气话，你这么一来，岂不弄假成真了？"

"我怎么知道你们一家子要么说气话，要么说反话。"佟曼生气了。

"佟曼，你别冲高远嚷嚷，他对你那么好，你要好好对他。"婆婆阴着脸说。

"妈，我对他挺好的，嚷嚷两句不代表我对他不好，您不是也说自己伺候了我爸一辈子吗？您对他那么好还提出离婚。"

"高远，你听听你媳妇说的这是什么话？反了，都反了，说不得了。"婆婆又哭了。

"佟曼，你是不是过分了？"高远愈发不高兴了。

"到底是谁过分？你爸妈闹离婚，天天给我打电话，我劝和吧，说我容不下她，我支持离吧，说我没安好心。我真是犯贱，我多管闲事。"说完，佟曼摔门走了。

"高远，你看你媳妇儿是什么态度？"

"高远，她这是给谁脸子看？"

高远看了看爸，又看了看妈，叹了口气："你们还离婚吗？你们再这样折腾我也该离婚了。"

婉约贴己话：

　　老人常说，人心隔肚皮，差一点儿都不行。

　　这话说的是血浓于水的可贵，说的也是人与人亲疏要得当。

　　我们必须承认，女儿和儿媳妇是不一样的，婆婆和妈也不能等同。同样的一句话一件事，身份不同意味就会不同。

　　公婆闹离婚，劝和还是劝离都难免偏颇，很多时候儿媳妇需要做的是：在婆婆哭的时候递上纸巾，在公公发怒的时候端一杯水，在一家人焦头烂额的时候做上一顿可口的饭菜。矛盾面前，做一个温和的倾听者，以微笑和沉默把握住自己的分寸。

　　或许，有人会觉得如此态度略显生分。其实，所有的情感纠葛，最终的解决出路都是当事人自己选择的。所有的纷扰调解，言行都必须符合人物身份。

父母常吹耳边风吹毁儿女婚姻

天底下的父母都一样无私,对自己的孩子百般好,天底下的父母也都一样自私,认为自己的孩子是最好的。身边有太多的父母对孩子的饮食起居、言行举止似乎有操不完的心,我们视为关爱和幸福。然而,生活中也有一些父母在与儿女的相处中"越界唠叨",以至于影响了儿女的幸福指数,甚至是"怂恿"了婚姻的解体。

故事一:

当女儿蓉蓉把离婚证摆在父母面前,许大妈和老伴儿都傻眼了。这是怎么了?这婚怎么说着说着就真离了?

"爸、妈,没什么,我想来想去,你们说得对,他真的是太小家子气,不像个男人,离开他我会过得更好。"蓉蓉淡淡地解释着。

"蓉蓉,万晓是有毛病,可谁没缺点啊,你们有矛盾也不至于离婚啊。"

"妈,可你也说过,和一个小心眼儿的男人生活在一起就是憋屈。"

"我那不是心疼你吗。"

"没事,妈,离就离,谁离开谁都能活。"

"不行,蓉蓉,你把万晓叫回家,我和他谈谈。"父亲在一旁说。

"爸,我们已经离婚了。"

"不行,必须来,我和你妈对他有话说。"

"爸,您就别为难我了,您不是不喜欢万晓吗?现在您眼不见心不烦,多好。"

"蓉蓉,我是不太喜欢这个孩子,为人做事太小气,就拿上次你妈过生日来说吧,我们一家人在一起吃饭,开开心心的,大家都吃饱了喝足了,他还不去结账,坐在那里磨磨蹭蹭地看手机。最后,还是你起身去买单。我看着就不舒服。你说他是不舍得钱啊?还是眼里看不出事?"

"爸,他就是那样的一个人,后来我问他了,他说,我买单和他买单都是一样的。"

许大妈在一旁叹了口气说:"唉,这孩子就是情商低,你说我过生日,他要是抢着买单咱得多高兴。虽说咱闺女和他是一家人,羊毛出在羊身上,可感觉不一样啊。他就是不会办事。"

"妈,您也不用叹气了,以后啊,咱也不用看着他来气了。"

"可是,蓉蓉,还是那句话,万晓有毛病,你们也不至于离婚啊,还是把他叫来,爸和他聊聊。"

"爸,我和您说实话,我就是打电话他也不来,不单单是因为我们离婚了,他和您没任何关系了。重要的是,他最烦您动不动就和他谈谈,他说您是一个退了休却心里不平衡的老干部,总拿他找感觉,他烦透了。"

"这个混小子,我还不是为他好,就他那小脾气,小心眼儿,在单位能混得好吗?我指点他是看得起他,他要不是我女婿,我才懒得理他呢。我上班的时候,最看不惯的就是他这样自以为是、眼高手低的年轻人。哼,一辈子混不出来。"

见父亲越说越来气,蓉蓉赶忙接话说:"是啊,爸,您说的对,所以我听您的,咱不要他了,让他自己哭去吧。"

许大妈又接过话说:"蓉蓉,那你俩到底是为啥离婚的?"

"妈,您知道,上次您过生日后,我们俩就吵了一架,明明是他不会办事,他还强词夺理,说咱家人人是事儿妈,他过着累。还说,以后让我听他的,别总听您和我爸瞎叨叨。"

"我们怎么瞎叨叨了?哪一句不是为你们好啊?"

"是啊,妈,我能不听您二老的、听他的吗?后来,又发生了很多事,虽然也不是什么大事,却让我越来越觉得您说得对,跟着他过就是憋屈,他太小家子气了。"

听到此,许大妈看了看老伴儿,对蓉蓉说:"孩子,我们就是想帮你调教调教他,没想着你们能离婚……其实,万晓除了有时小气,各方面条件都不错……"

"他哪儿不错啊?自从结婚那天起,我净听你们俩说他这不行那不好,怎么现在又说他不错了?你们到底什么意思啊?我听你们的话反倒不对了?"

听着蓉蓉的质问,老两口真的是答不上话来。

故事二:

一开饭,于大爷的眉头就皱上了。

儿子于亮把饭端上桌,喊了好几遍,儿媳妇龚兰还趴在电脑上玩游戏,并很不耐烦地说:"你们吃吧,别管我,我刚吃了一盒薯片了。"

"薯片能算饭吗?该吃饭不吃饭,净是吃些零食,买零食不花钱啊?"于大爷一边端起碗一边嘟囔着。

"爸,您别管她,咱爷俩吃。"

"我是不想管啊,天天在眼皮子底下晃,我看着别扭。"

"行了,爸,人和人活法不一样,您别和自己过不去。"说着，于亮往老爷子碗里夹了一块红烧肉。

"唉，儿子，爸是心疼你啊。曾经以为，你娶了媳妇儿咱爷俩就有人照顾了，你妈在天之灵也就放心了。可谁想，你娶了个奶奶回来，天天供着还怕她不高兴。"

"爸，您小点声儿。"

"怕什么？爸说的都是实话，不怕她听见。哪个女人能像她这样啊？每天睡到自然醒，不下厨房天天泡在电脑里，这是过日子吗？"

于亮低着头一边吃一边暗自寻思，其实爸说的没错，龚兰是有些太贪玩了，说了她几次效果甚微，可能每个人长大都需要时间吧，虽然自己心里也不太高兴，但总不能为此吵个没完没了，日子总要过的。

见老爸阴着脸，于亮想了想又起身走到龚兰身边，递了个眼色，说："好歹吃一点儿。"

龚兰不得已停了游戏，坐到饭桌前，看了看桌上的菜，用筷子敲着碗沿儿说："怎么又是胡萝卜啊？我不爱吃嘛。"

"龚兰，别敲碗，乞丐吃饭才敲碗呢。"于大爷面露不悦地提醒着。

"哦。"龚兰也有些不高兴，怎么这么多的规矩？从前和自己妈在一起吃饭，她从来没有任何顾忌，于亮他爸真是个事儿妈。

龚兰吧唧吧唧地吃起来，于亮看见爸的脸更难看了，他知道什么原因，于是用胳膊肘碰了碰龚兰，低声说："别出那么大声。"

"谁吃饭不出声啊？"

于大爷接过话说："龚兰，于亮说得对，吃饭不能吧唧嘴儿。"

"行，你们说的都对，我不吃了，总行吧？"龚兰说完扭头回到电脑前，嘴里还嘟囔着："我说不吃非让我吃。"

"都是你惯出来的，以后有你受罪的时候。"于大爷说完，也回自己屋了。

于亮沉默着又吃了两口饭，认真想了想，抬头对龚兰说："我吃完了，你洗碗吧。"

"我又没吃，干吗让我洗。"龚兰眼睛一边盯着电脑屏幕一边不服气地说。

"吃一口也是吃，再说了，就算你没吃，我忙了半天了，轮也该轮到你了。"

见龚兰不说话了，于亮走到她身边说："我知道你不喜欢爸的规矩多，可老人嘛，总有和我们不一样的地方，你也是，在爸面前就不能装那么一点点？"

"在自己家里有什么好装的？累不累啊？你从前不是最喜欢我真实吗，现在变了？"

龚兰说着,不情愿地走进厨房。看着她笨拙地弄得碗筷叮当乱响,于亮忍不住小声说:"还是我爸说得对,你真是干什么都不像样。"

一听这话,龚兰翻脸了:"我就这样,谁干的像样找谁干去,我还不伺候了呢。"说完,扔了围裙回屋了。

"我说错了吗?"于亮愈发觉得老爸的话是对的,日子真不能再这么过下去了。

婉约贴己话:

说实话,男人小气,女人懒惰,都是婚姻的大忌。不过哪一个人没弱项?哪一桩婚姻没软肋?很多幸福的婚姻不是事事完美,很多不完美的婚姻也不是无法走向美满。庸常的日子里,支撑一个家庭的运转需要一些柔性元素,比如温和、谅解、赞美。

身为岳父母和公婆,对另一个家庭成长起来的孩子,不能过于挑剔,更不要吝啬表扬。虽老话说,孩子是自己的好,但当别人家的孩子成为自家的一员,不妨在他们耳边多吹吹美言风。

从心理学角度讲,父母开解的话语是一种积极的心理暗示,会产生良性的心理效应。这种效应不但会纠正某些缺陷,甚至会提升婚姻质量。反之,过多的负面评价,则会使矛盾在潜移默化中夸大。

试想想,那些被看好的、被祝福的婚姻,也总是会拥有幸福。

就是这个道理。

妈妈疯了，女儿崩溃了

都说是久病床前无孝子。这话多半是站在批判的角度指责子女的不孝和老人晚年的悲凉。其实，此话还有另一层意思，指应该从精神层面对子女给予理解。因为，为父母递茶喂饭端屎倒尿需要精神和体力的双透支，与其说这是对人孝心的考验，不如说是对人的耐受力的考验。赡养老人，有时只有孝心还不够。

家故事：

半年前，73岁的母亲开始记忆力减退，不但丢三落四，还经常莫名其妙地说东说西，让田云丈二和尚摸不着头脑。

有一次，母亲竟对正在做饭的田云说："你昨天给我介绍的那个对象家里是什么情况？"啊？这是哪里的话？自己怎么可能给母亲介绍过对象呀。田云不知如何回答，母亲却又自顾自地说起了其他。

细想想，田云忽然悟到，那一定是母亲深藏在心底的往事。在自己年幼的时候，父亲便去世了，母亲一个人带着她和弟弟妹妹过着艰苦的日子。随着他们都长大、工作、成家，母亲又怕拖累儿女，坚持一个人住。她从来没听母亲谈起过再嫁，也很少想过母亲的孤独。如今，自己也是五十多岁的人了，蓦然听母亲谈起，真是忍不住地酸涩。

田云想，母亲是老了。可是事情并不像她想得那么简单，一次晚饭后，她陪着母亲在客厅看电视，母亲忽然指着卧室说："你去说说他们，别吵了，怪乱的。"田云一头雾水地问："哪里有人呀？"母亲答道："都吵了半天了，懒得理他们。"田云继续问："他们是谁呀？"

"你爸和你姑呗，总是这样。"

田云一下子傻了，父亲和姑姑早已去世多年了。正疑惑着，母亲又转过头对她说："别东张西望的，把孩子抱好了。"田云看了看自己空空的双手，脊背开始发凉。

她赶忙打电话给弟弟妹妹。弟弟不以为然地说："咱妈是老了，人老了总爱想过去的事。"妹妹则紧张地说："要不咱请个跳大神的驱驱邪吧。"

听他们这么一说，田云也有些拿不定主意了。几天后，邻居的一个电话，让田云意识到了问题的严重性。

邻居张大妈在电话里告诉田云，母亲一大早便到张大妈家串门闲聊，起身回家时没有去开门却直奔窗户。如果不是张大妈发现及时，母亲就从楼上跳下去了。

张大妈是和母亲门对门住了十多年的老邻居，两个人彼此关照，往来亲密。这一次事后，张大妈对田云说："你们还是带你妈去看看病吧，她要是在我家出了什么事，我可担不起这个责任。"

于是，田云带着母亲去看医生，精神科的医生说："这是老年痴呆症的早期表现，以后身边不能离人了。"

田云赶紧把弟弟妹妹召集到母亲家，三个人坐到一起，看着已经叫不准他们名字的母亲，想想母亲这一辈子的不容易，他们都哭了。

妹妹先说："咱三个人轮流陪着妈吧。"

弟弟说："这不是长久之计，我们都上着班，不能总请假。要不，把妈送养老院？"

田云叹了口气说："我已经打听过了，咱妈现在的情况在安定医院属于可以门诊治疗的病人，我也问过几家养老院，人家都不收有病的老人。就算是人家肯收，咱妈现在的状况，我们也不放心呀。所以我想了想，咱请个保姆吧。"

弟弟妹妹都同意。可是让他们没想到的是，母亲一开始不接受保姆，总是轰人家走。后来渐渐接受了，可吃饭的时候，总是紧张地盯着保姆，一副戒备的样子。田云一来，母亲会马上跑到她身后,小声嘀咕着,就像是受了多大的委屈。后来,保姆主动提出来不干了,说:"老太太一天到晚神经兮兮的,自己对她再好也是不落好,万一有个什么闪失,自己真是有嘴也说不清了。"

没办法,保姆换了一个又一个,令田云格外疲惫。最后,从老家请了一个远房亲戚,算是暂时安顿下来。

这个亲戚性格开朗,每每老太太说东说西的时候,她会附和着一起说笑,而且她身体强壮,老太太缠着她下楼溜达的时候,她也是顺从,从不说累。只是,每次田云去看母亲的时候,她十次有八次倒在沙发上呼呼大睡。而且,她的卫生习惯不好,还经常给母亲吃剩饭。有一次被田云撞见,她说:"都是好东西,倒了可惜。"

"要吃剩饭你自己吃,别给我妈吃。"话到嘴边,田云又咽了回去,好不容易找到一个看护母亲的人,只能是维护着不能闹僵了。

谁知,那一天,田云正在上班,张大妈又打来电话说:"你妈摔着了,保姆已经背着去医院了,你们赶快赶过去吧。"

急慌慌地和弟弟妹妹赶到医院,母亲正躺在平车上和保姆斗嘴,问过才知道,老太太吃完午饭执意要下楼,保姆觉得正午的太阳太毒,便不依。怎么哄也不管用,保姆便瞪着眼睛吓唬她,而母亲也急了,与之拉扯着几个来回,一个不小心,重重地摔在地上。医生说，幸好摔的不是头部。

"你怎么搞的？让你看着我妈，你倒把她看到医院里来了。"妹妹没鼻子没脸地数落起来。没等保姆回话，田云忙拦住了妹妹，她知道，母亲是病态，保姆也不是故意的。

"实在对不起，俺还是回老家吧。"保姆不安地说。

田云看了看弟弟和妹妹，尽量保持着温和的语气说："我妹也是着急，说重了，您别介意，都是亲戚，彼此多担待。"

"即使你们不说什么，俺也不干了，真的，老太太病得越来越厉害了……"

"你怎么说话呢？"弟弟在一旁也急了。

"俺说的是实话，不信你们陪几天试试。"

最终，母亲出院后，远房亲戚还是走了。暂时找不到合适的人，三个儿女只得轮流守候着。几天下来，他们都感觉快撑不住了。

最近几天，母亲经常半夜三点多就起床，有时只穿了内衣便跑出去了，等田云追到外面，母亲便嚷嚷着回老家，还说："我妈在家都等着急了。"

折腾了几次后，田云开始给家里加锁，控制母亲外出。谁知母亲一着急竟跑到厨房取了菜刀，拼命地砍门。田云怎么劝也劝不住，气得喊道："你是不是也想把我逼疯啊？"

母亲好像是被吓住了，躲到墙角可怜兮兮地哭起来。

　　田云也开始掉眼泪,她感觉自己要崩溃了,陪伴母亲的这段时间里,她顾不上待嫁的女儿,而且自己也出现了更年期的症状:烦躁、焦虑、失眠。有很多次,她控制不住地和母亲大吵,吵过后,又后悔又心疼。

　　于是,她又开始给母亲找寻接收的地方,可是每每独自面对母亲的时候, 她会问自己:"就这样把亲生母亲推出家门吗？"

医生处方:

　　我们常说的老年痴呆症,学术上叫阿尔茨海默病。目前,国际上对这种病没有特效药和治疗方法, 但一经确诊的病人,常需要接受药物治疗以及智力训练和精神调养,比如:读书看报,语言交流,外出散步等。如此可帮助病人营造宽松愉悦的生活环境,避免病人陷入忧郁的情绪或因偏执引发过激行为,导致病情恶化。

婉约贴己话:

　　中国有句古话叫"养儿防老",然而,这件家事让我们思考:赡养老人不仅仅是道德和法律的范畴,有时还需要沟通技巧和陪护技术。

随着独生子女家庭的增多、家庭小型化以及物质生活水平的提高,传统家庭养老已面临挑战,老年人的健康、赡养等问题也受到了社会的日益关注。据联合国预测,到2020年,全世界四个人中就有一个人是中国老人,而我国现有的养老机构根本满足不了老龄化社会的需求。当社会养老和社区服务还在建设的路上,家有患病老人的子女要学会调整心态。

茨威格曾经说过,所有命运赠送的礼物,早已在暗中标好了价格。有时候,苦难也是生活的馈赠,而且会在经年之后体现价值。生活总会有起起落落,或许,陪护母亲的累和苦叠加在一起,就是子女日后的福和甜。

岳母较量亲妈，都是爱惹的祸

　　家添新丁，绝对是一件幸福的事。对此，有时候老人的欢喜会胜过小夫妻，照看隔辈人她们也往往是义不容辞。对于没有带孩子经验的小夫妻来说，身边有老人自是踏实。不过母亲与母亲也是不一样的，同在一个屋檐下，岳母与亲妈要是较劲儿，那场面就是一场没有硝烟的战争，而且没有输赢。

家故事：

　　这两天，程野有些焦头烂额。

　　一个月前，他喜得贵子，幸福溢满了心怀。儿子降生的那一天，他搂着老婆孩子致电双方父母，告知喜讯。两个母亲显得比他们还要高兴，都从外地赶到了他们居住的城市，这让小夫妻格外欣慰和欢喜。可时间一长，问题却来了：

　　岳母习惯"捂月子"，每天把大人孩子裹得严严实实的。十月的天气里不让开窗，晚上甚至还用上了电暖气。屋内的温度始终不低于 20℃,再加上晾晒着大量孩子的尿布,湿度也是可想而知。渐渐的,孩子的小脸儿上有了湿疹。

母亲是退休教师,讲究科学育儿,看到这种情况很不高兴,又不好直说,便搬出了一本产妇大全之类的书,说:"书上写着产妇的屋子也要保持空气清新。"岳母听了不以为然:"书上说的也不一定是对的,前段时间书上还说绿豆治百病呢,现在也辟谣了吧? 放心吧,我养了三个孩子,都是这么坐月子的。不信你再去翻翻别的书,肯定也有坐月子坐不好会落下疾病的说法。"

岳母和亲妈同在一个屋檐下,这样的小纠葛比比皆是。比如,一个母亲说没出满月不能洗澡,另一个母亲会说婴儿必须一天一个澡;一个母亲说坐月子不能看电视会伤眼,另一个会说听听新闻、看一小会儿没什么不可以的;一个说鸡蛋每天最多吃两个就够了,另一个母亲会立即反对说,我大女儿坐月子一天吃十个呢;一个母亲做鱼汤习惯清煮,另一个会说这种做法太腥,应该在花椒油里煸一下为好;一个说,喝汤也要适量,喝多了会营养过剩,另一个母亲马上不高兴地反驳,不要怕胖,女人养孩子都是这样的。

更为哭笑不得的是,两个母亲经常会为孩子更像谁而斗嘴。程野有些犯糊涂,不知道两个母亲是本就观点不一样啊,还是故意刁难较劲儿。反正,弄得他和妻子常常心里堵得慌。

对于岳母，自是说不得，有时陪着小心劝两句，说轻了人家就当没听见，说重了会惹得妻子也不高兴。自己的妈，可以说说吧？也不行，还没等他张口，母亲就生气地说："她那是干吗呀？简直就是一没文化。哼，别以为我不知道她是怎么想的，她就是再收买人心，孩子也是姓咱家的姓。"

"那是那是，所以呀，咱不和她一般见识。我妈是谁呀？优秀教师。"程野陪着笑脸悄悄说。

这话，母亲似乎很受用，想了想说："儿子，妈不是和她计较，她那些做法儿不对，我不能眼看着她拿我孙子当实验品吧？"

"妈，其实她妈也是好心，不比您少疼孩子，没有大原则的事咱就忽略了，行吧？"

母亲无奈地点了点头，又不甘心地嘱咐道："等孩子大一些了，教育问题我必须要管的，那是咱家的孩子。要是被他姥姥这么没素质的人带着，我可是一百个不放心呢。"

程野不由一阵苦笑，根本不敢想象未来的日子。好在，两个母亲虽然有很多的不同，但表面上都是客客气气的，基本不会硬碰硬。为此，程野的弦绷得紧紧的，唯恐一不小心会激化了矛盾。近一个月来，他和妻子一直都是小心翼翼地周旋着，不想刚熬出了满月，两个母亲还是闹翻了。

起因是妻子不明原因地发烧了，孩子也哭闹不止，并出现了黑便。一家人全乱了手脚，赶忙去医院检查。查过后，才知道是妻子的乳头破溃、发炎，引致发烧，而孩子是吃了带血的母乳出现了大便的异常。

医生说："大人需要输液治疗。"

母亲有些犹豫地问："输液会不会对孩子有影响啊？"还没等医生回答，娘家妈就不愿意了："就是不喂奶了，也要先给我闺女输液治病。"

母亲忙解释说："亲家，我没说不给治，我的意思是说有没有两全的办法。"

"我不管你什么意思，反正闺女是我身上掉下来的肉，她发烧了别人不心疼我心疼。"

一听这话，程野忙向岳母表态："妈，您别着急，我媳妇儿有病我也心疼的。咱听医生的，医生说怎么治咱就怎么治，好不好？"

"你这话还算是句话，不像某些人，一张嘴就是'自私'。"

岳母的话一出口，程野就知道惨了，母亲肯定会不依不饶了。果然，母亲的脸都气青了，大声质问着："你怎么能这样说话呢？谁自私啊？这孩子不是你闺女的孩子啊？我就是觉得孩子那么小，吃妈妈的奶是最好的。书上都说了，母乳是孩子的首要选择。"

"别总和我说书上说，我没你有文化，但我知道，她遭那么大的罪把孩子生下来了,就不能再让她受委屈。"

"亲家,你这样说太过分了,谁让她受委屈了?"

"说什么都是闲扯,我就知道一个理儿:要是你儿子病了,你不会忍心不给治。"岳母头也不抬地说。

母亲的火更大了:"谁说不给你闺女治病了?你别断章取义行不行?听你这话是心里不满意呀,这一个月里,我伺候吃伺候喝的,还看你的脸子,你们家讲理吗?"

"谁不讲理了?谁让你看我脸子了?我疼自己闺女有错吗?你不是也一样,整天不让你儿子干活儿,他都当爸爸了,怎么就不能学着干呀?他不干,以后还不把我闺女累坏了?"

"我儿子不干怎么了?他从小就没干过,再说了,他每天下班回来那么累,怎么就不能歇一会儿?我这个当妈的干了那么多,还不行啊?天底下就你们家闺女会生孩子是不是?"

"你这是怎么说话呢?"岳母的声音有些颤抖。

"我这是学你说话。"母亲也毫不示弱。

两个母亲越说越呛,好像要把这一段时间的所有不痛快全部发泄出来。程野一时不知道怎么办好,求援地看向妻子,而妻子只是抱着孩子坐在一边抹眼泪。他忽然有些茫然,喜得贵子,而且有老人帮着带孩子,这是多么幸福的一件事呀。可是,怎么会弄成这样?

医生处方：

孕产妇并不是完全不能用药，合理用药不会影响孩子健康；不管是什么季节，产妇的卧室都要保持空气清新；根据天气的冷暖可以适时给婴儿洗澡；关于吃鸡蛋、喝鱼汤，在坊间流传很久，有助于产妇身体的调养；还有一点非常重要，就是要保持家庭氛围的宽松和谐。如此紧张的家庭关系，很容易使产妇患上产后抑郁症。

婉约贴己话：

听到这个故事的时候，恰巧读到一条新闻，说是健康管理协会新成立了孕婴专业委员会，今后将重点推广"科学坐月子"这一健康新理念。还说，要进一步加强月嫂的培训，让经过专业月子培训的月嫂指导产妇在家科学坐月子。

不知道两个母亲听了这个消息，会怎么想？

孩子是母亲生命的延续，谁的孩子谁心疼，这是人的一种原始本能。只是，人类进步到今天，不单纯是感性的，很多时候我们需要理性生活。或许两个母亲并没有意识到，亲人和睦相处才会保障产妇和婴儿的健康，并有效提升家庭的幸福感。

　　给这个家庭支三招：一是两个母亲放弃前嫌，与孩子们友好相处，这是最好也是最难做到的办法；二是两个母亲轮流到家里带孩子，减少不必要的摩擦和纷争；三是小夫妻建立"统战联盟"，只要他们的意见统一了，遇事分别劝解自己的母亲，相信很多问题也会迎刃而解。

　　不妨一试，也未必奏效。如果建议无效，那么，不如请月嫂。

其 实 幸 福 就 是 好 好 过 日 子

第三辑

不单单是欢喜　家有儿女，

前任的新房再好我也不住

当有车有房成为很多年轻人走进婚姻的必备条件，为人父母者给儿子准备一套婚房，也成为再寻常不过的事。只是，现在的寻常人家，能够轻轻松松置办房产的并不多。对很多低收入工薪阶层来说，买房绝对不是寻常事，而买了房装了修，孩子的婚姻却告吹了，这真的是摊上事儿了。本已心焦的父母，再遇上儿子的新欢坚决不住装修一新的前任新房，无疑又是摊上雪上加霜的大事儿了。

家故事：

站在十八楼的窗口，易磊老两口的心情有些复杂。一年前，也是在这间房里，他们欢天喜地地为儿子小洋张罗着婚事。马上就要退休的老两口忙里忙外地跑装修市场，虽然累，心里却甭提多高兴了。儿子马上成家立业了，过个一年两年再生个大孙子，这小日子想多美有多美。

谁知,日子不是想象,很多时候还会超乎意料。就在婚礼前的一个星期,小洋突然对易磊说:"爸,我不结婚了。"

"什么? 你再说一遍。"易磊简直不相信自己的耳朵。

"爸,对不起,我想取消婚礼。"易磊听了差一点儿坐在地上,这是什么话? 婚姻啊,婚姻可不是儿戏,怎么说结就结,说散就散呢?

对此,小洋并不想解释太多,只是和父母反复重复着"好聚好散"。

对易磊来说,仿佛五雷轰顶之后,只得接受现实,老伴儿也劝他说:"别逼儿子了,这件事最不好受的还是孩子。"

易磊真是想不明白,有什么大不了的事会取消婚礼? 问了几次小洋都不肯说,他也只得作罢。只是每每想起来,他的胸口都会疼。好在经历了一段低谷后,儿子小洋又认识了现在的女朋友温爽,两个人相处了一段时间后,彼此感觉都可以,便进入了谈婚论嫁的阶段。

今天,小洋约温爽来家里见父母,易磊便选择了从没住过人的新房见面。他想,小洋不小了,这一次如果是认真的,便把婚事定下来。这房子从没住过,还是焕然一新的样子,女方见了也许会喜欢,那就促成好事了。

温爽敲开门的时候,老伴儿已经包好饺子了,寒暄过后,老伴儿便忙不迭地带着温爽参观新房,一边介绍家具,一边说："知道你们年轻人讲究，选的都是品牌，既环保又时尚。"

温爽随口问："什么时间装修的？"

"去年四月份。"

"哦，那都一年多了？现在的装修就是遗憾的艺术，装好了也就落伍了。"

听温爽这样说，易磊过来答话："其实房子最主要的是舒适度，只要住得舒服，装修的样子也就是次要的了。你们俩要是在这房里结婚，肯定舒服。"

"我们还没打算结婚。"温爽淡淡地说。

"哦，不着急，不着急。"易磊有些尴尬地看向老伴儿，老伴儿忙说："随你们，随你们。这房子一直在，给你们留着就是。"

"小洋，你过来一下。"

温爽把小洋叫到一边，轻声说："你说老实话，这房子是给咱俩准备的吗？"

"是啊。"

"那装修怎么不征求我的意见？"

"我爸妈喜欢操心，房子买了，他俩就给装了，也没征求我的意见。"

见小洋有些吞吞吐吐的，温爽斩钉截铁地说："我不喜欢中式装修风格，要想结婚可以，但我不住这儿。"

"那住哪儿？"小洋有些着急了。

"那是你们家考虑的事。"

两人正说着，饺子已经煮好了，一家四口边吃边聊，又说到了婚事和房子，温爽对老两口说："叔叔、阿姨，我刚和小洋说过了，我们如果结婚不住这房子。"

"啊？那住哪儿啊？"易磊和老伴儿异口同声。

沉吟了一下，温爽轻声说："住我们自己的房子。"

"这就是给你们准备的婚房呀。"

"不是吧？"温爽说着看向小洋，小洋看了看父母，没说话。

"温爽，是这样啊，这房子呢，是一年前装修的，不过哪儿哪儿都是新的，没人住过的，绝对是新房。"

接过老伴儿的话，易磊也说："就是就是，今天为了迎接你，你阿姨特意在这里包饺子，这第一顿饭预示着你们以后的小日子好运连连。"

"小洋，你不想说些什么吗？"温爽问。

在三个人的注目中，小洋抬起头，想了想说："爸、妈，温爽猜出这房是我一年前准备结婚用的。我也不想隐瞒过去。婚姻，不能有欺骗。"说完，他又转过头说："温爽，虽说这房子不是专门为我们准备的，但确实是没人住过的。如果你愿意，我们会在这里幸福地生活。"

"小洋，我不是不通融，也不是在意你的过去。你的过去都过去了，我可以不计较，但我在意自己的感受。毕竟，这个房子最初不是为我们准备的，在这里，我总是会有些别扭，你难道不会想起从前的那个人、那件事吗？如果我们结婚了，我希望是只有我们两个人的世界，不想有任何别的影子。"

易磊在一旁听了两个孩子的话，陷入了沉思，不能说他们说的不在理，可是再买一套房子，拿什么买啊？如今，买这一套房，老两口已经是用了大部分积蓄，这马上就退休了，总要给自己留些银两吧？可是，听温爽的口气是坚决不同意住这房子，那结婚的事又要搁浅了。眼看着小洋都快三十了，等不起啊。

"要不，咱们重新装修一下，按照你们喜欢的风格，怎么样？不过，这家具可换不得，花了好多钱的。"老伴儿在一旁念叨着。

"叔叔、阿姨，我吃好了，你们聊吧，我先走了。"说着，温爽起身，拿起包走了，并坚持不让小洋送出门。

"是不是生气了？"易磊问小洋。

老伴儿也过来问："是不是重新装修也不行啊？"

小洋看了看父母，为难地说："看来她很在意这些。"

"傻儿子，你就不能不告诉她过去呀？"

"爸、妈，我说了，我不想欺骗她。"

"那你是不是也不想让她不开心？那就再买一套房,再装修,再买家具。你以为你爸是开银行的？"易磊赌气地说。

"别这么大火气,咱这不是商量嘛。"老伴儿生怕父子俩吵起来,可是解决这个难题,好像不是说说那么简单。

旁观者:

@小洋:你能不能做事为父母考虑考虑啊？准备一场婚礼,装修一套房子,都是父母的心血啊,你们年轻人不能太我行我素了,一会儿闪离一会儿闪婚的,总这样折腾,谁受得了啊？你们考虑过当爹妈的不容易吗？

@易磊:不能太由着孩子了,要想换房,让他自己贷款买房解决,当爹的做到这份儿上够可以了,结不结婚,什么时候结婚,那是他的人生,别给自己太大压力。这个年纪了,重要的是你和老伴儿要生活无忧。

@温爽:我怎么觉得你有些矫情呢？既然你不在乎他的过去,干吗在乎这套房的过去？不想结婚就直说,别拿房子说事,人家老人经不起你这样的说辞。你以为那钱是大风刮来的？辛苦了一辈子挣来的都给你们结婚用了,你好意思啊？

婉约贴己话:

我们常说,爱情是两个人的事,婚姻是两家人的事。因此,婚姻要比爱情承载的多一些,谈婚论嫁也总是比谈恋爱更实际。

婚前摆问题,婚后处感情,这是较明智的家庭处世之道。

婚前有什么要求什么想法放在桌面上,问题解决了皆大欢喜,尚不能满意的彼此通融些,也会避免婚后生嫌隙。

很多人以为,现在的年轻人生活品质高,对爱情和婚姻的要求更苛刻。其实,没有谁愿意委屈自己,肯屈就自己内心的人,很多时候屈就的是外在的角色。比如我们的父辈,会为了儿女违背自己的初衷。

细想想,若晚辈也能屈就一下,换来的将不仅仅是家庭的和谐与更多的爱,还有长长的人生路上,灵魂的自我成长和安适。

陪女儿谈恋爱,真心不容易

陪读,这个词您一定不陌生。那么,"陪恋",您听说过吗?
这个"恋"可不是那个"练",而是恋爱的"恋"。或许,您觉得这
也没什么奇怪的,自从孩子出生那天起,父母就陪着她(他)
一起成长,不过孩子到了成年,当妈的依然"陪"得事无巨细,
甚至参与其恋爱的每一个细节,您还觉得这事没什么吗?

家故事:

贝贝是张婶的独生女,在她 5 岁的时候,张婶和丈夫离
了婚,一个人带着女儿相依为命。照理,这样的母女相处应该
是情深意长的,可是贝贝却和母亲的关系不是很融洽,尤其
是最近谈了这个男朋友后,母女关系有些剑拔弩张。其实,原
因很简单,贝贝喜欢这个男孩子,愿意为他做任何事,有时在
张婶面前,两个人有些小分歧,也是贝贝委曲求全,尽力谦
让。这让张婶心里很不舒服。

　　张婶觉得，自己这辈子就没找到好男人，所以才离了婚，一个人带着孩子孤苦伶仃地过日子，贝贝再也不能走自己的老路，找男友一定要找一个听话的。这样，以后结了婚，两个人在一起，贝贝才会说了算，她也才会放心。

　　可这个贝贝越来越不争气，在这个新男友小魏面前一点儿都拿不起，令张婶很是生气。就说上个周末吧，小魏来家里玩，吃饭的时候贝贝一直往他碗里夹菜，还不住口地问："好吃吗？喜欢吃就常来，让我妈做给你吃。"

　　那一副献媚的样子，张婶都有些看不下去了，自己劳苦了一辈子，凭什么要给这个小男人做饭吃？况且他对自己女儿好也可以啊，可他的表情里分明有着对自己女儿的轻视，而这个傻丫头竟一点儿看不出来，还一门心思对人家好。

　　最要命的是，女儿把自己和男朋友的点点滴滴都和张婶说，一会儿给母亲看他发来的短信，一会儿美滋滋地复述男朋友的悄悄话，如果都是这些甜蜜也就罢了，贝贝还经常哭着和张婶告状，他们如何如何的争吵，那个男孩子如何如何欺负她，骂她骂得有多难听等等。

　　每当张婶气不过，要去教训那个男孩子的时候，贝贝却又服软了，总是说："要不算了吧，他也是在气头上。"

　　张婶经常劝女儿："谈恋爱也要长个心眼儿，这男人惯不得。"这样的话说多了，贝贝根本就是左耳朵进右耳朵出，有时还会为此抢白张婶几句。

在张婶眼里，和贝贝从前谈的那几个男孩子相比，这个小魏是最不称心的，可贝贝偏偏死心塌地。看着她对小魏没有原则的容忍，张婶满是担忧。如果他们两个最终真的走到了一起，那自己的宝贝女儿可就遭罪了。

其实，贝贝的前一个男友很不错的，家境好，工作稳定，对贝贝也是百依百顺的，每次两个人在一起时，总是极尽讨好她，还会想着送张婶小礼物，嘴巴也和抹了蜜似的。可贝贝嫌人家没性格。唉，真不知道现在的年轻人怎么想的，有性格的人有什么好？棱角分明的，很容易伤害人。

不过贝贝大了，很有主见也很犟，她有一次对张婶说："你连自己的婚姻都没选好，你别管我。"弄得张婶上不来下不去的，她常劝自己，只要不出大格，孩子愿意，自己这当妈的也就认了。谁知，这恋爱谈着谈着，就出了"大事"了。

吃过晚饭，张婶一个人坐在电视机前看电视，贝贝和小魏出去玩了，说是晚些时候回来。一部电视剧刚开头，就传来"咚咚咚"的敲门声，声音一声急似一声。

张婶忙开门一看，只见贝贝捂着脸哭着进了屋。张婶一边问怎么了一边看了看门外，确认小魏没在后面，这才关了门，走近贝贝，着急地问："到底怎么了？小魏呢？你们不是在一起吗？"

"别提那个混蛋，我讨厌他。"贝贝哭得稀里哗啦的。

"他怎么你了？快和妈说，你想急死我啊？"

"他，他竟然打了我一巴掌。"贝贝更委屈了。

"凭什么啊？反了他了，我的女儿养这么大不舍得动一个手指头，他竟然敢伸手，看我怎么教训他。"张婶气得有些哆嗦，递给贝贝一张纸巾后，接着问道，"到底因为什么啊？他不能平白无故就打你吧？"

贝贝一边抽泣着一边说："您是亲妈吗？就算是我做错了，他也不能打我呀。"

"对对对，不管贝贝做了什么，他都不能打人，一个大男人打女人，说出去真让人脸红。他人呢？把他叫来，我当面问问他，这恋爱还想谈不想谈了？想和我闺女好，就好好的，不想谈了，直说，敢和我闺女动粗，简直是不想活了。"

张婶说到此，看了看贝贝，又问："他人呢？"

"我哪儿知道啊？他打我，我就哭着跑回来了。"

张婶又递过来一张纸巾，低声说："你也真是的，他打你，你跑回家干吗？你不是挺厉害的吗？天天把小魏挂在嘴边，这回知道妈亲了。"

"妈，你怎么能这么说话呢？我们好的时候是真好，可现在他真的打我了，呜呜呜……"

"好了好了，乖女儿，别哭了，妈给你出气，好不好？"说着，张婶看了看门口，"这个浑小子也真是的，打了你，还不赶紧来道歉？竟然连个面都不露，要我说啊，贝贝，咱不和他好了，这还没结婚呢就闹成这样，你要是过了门，妈怎么能放心呢。"

见女儿沉默着，张婶接着说："你也谈了几个男朋友了，哪个对你好哪个对你差，你心里也掂量掂量。不是妈啰嗦，这个小魏啊，对你不是真心的。你说哪个男孩子谈恋爱不是诚惶诚恐的？你瞧瞧他，一副势在必得的样子，好像我闺女倒贴给他的。我就是不喜欢他的傲气劲儿，不就是学历比你高吗？"

"妈，我心里乱着呢，您别说这些行吗？"

"贝贝，只有妈才会掏心掏肺地和你说实话，妈知道你没上大学，在他面前有些自卑，可他也不能瞧不起你啊。既然选择了在一起，就要互相接纳。要我说呀，你也别总低眉顺眼的，妈看了心疼。"

正说着，有人敲门，贝贝立即像个刺猬一样从沙发上站起来："妈，我不见他。"说着转身躲进了卧室。

张婶的气也立即重新顶上了脑门，她三步并作两步打开门，小魏刚叫了声"阿姨"，她抡圆了一个巴掌重重地打在他的脸上，狠狠地说："你敢打贝贝，反了你了，这是还给你的。"

显然，小魏有些懵，等他反应过来，二话没说，转身走了。

这时,贝贝听见声响,从屋里跑出来冲着张婶喊道:"妈,你打他干吗?"

"他打我闺女,我就打他。"

"他那么傲气,你打了他,这回他肯定不回头了。"贝贝的眼泪又出来了。

"不回头就不回头,难道你还愁嫁不出去?"

"除了他,我谁也不嫁,是你把他打跑的,你给我找回来。"

贝贝的哭喊让张婶又心疼又气恼,自己所做的这一切都是为了谁呀?

小魏画外音:

其实我是去道歉的,我知道打人不对,男人嘛,都要面子,刚刚贝贝在我的同事面前太肤浅了。我也知道,她没什么文化,我一直在适应她,可她妈这一巴掌,我彻底寒心了,看来我们真不是一类人,或许分开是最好的结局。

婉约贴己话:

爱一个人,不需要理由,不爱,却会有千万个借口。

　　母亲爱女儿,天经地义,只是不要把爱变成干涉。尤其是孩子已成年,她的婚姻、她的爱情,母亲可以当参谋,却不能最终定夺。这不是孩大不由娘,而是娘该放手时就要放手。

　　女儿依赖母亲,无可厚非,只是一个成年人要懂得成长的意义。要更多地与母亲分享喜悦,而不是给她添忧烦。很多事情,只有自己能帮自己。这不是世态炎凉,而是人生的路上,学会独立是必然的成长。

　　男与女之间,不爱就是不爱,什么学历水平、文化素质,都是爱情的附加成分。两情相悦时,眼里只有你的好,哪会在一些皮毛上纠结?话说回来,对一个女人动粗的男人,根本没资格谈素质。

　　不过男女之爱,一直都是周瑜打黄盖,如果出现"愿打愿挨"的状况,还真是拦也拦不住的事儿。这一点,身为母亲必须要明白。

海归的你是我们最熟悉的陌生人

在中国的传统教育观念里,一个人要与人为善,要合群。但不知道从什么时候开始,身边越来越多的人以特立独行标榜自己。似乎,合群就是没个性,而与众不同才是精彩。这是一个个性张扬的年代,标新立异没什么不好,只不过,生活是有烟火味的,任何人都要在吃穿住行中过日子。很多时候,生活得和周围的人一样,是一种平实的幸福。不合群,与人格格不入的人际状态,往往触及不到尘世的温暖和欢喜。

家故事:

"明珠,快起床吃早点了。"

王姨一边喊着女儿一边将鸡蛋灌饼放在盘子里,刚刚磨好的豆浆使得整个屋内都香喷喷的,闻着让人高兴。

"妈,我不是说了吗,我想吃面包和牛奶。"明珠懒懒地坐到餐桌前说。

"妈知道,昨天去超市了,没找着你要的黄油,也就没买面包,它俩不是配套的吗?再说了,昨天刚刚吃过,不能天天吃那个呀,咱还是中国人的肠胃,鸡蛋灌饼多顺口。"

明珠看了王姨一眼,很是不高兴地说:"你就知道鸡蛋灌饼,老妈,我和您说过多少遍了,面包不要去超市买,要去专门的西点店。"

"超市的也很好,都是现烤现卖的,很多人都排队等呢,要不是没买到黄油,我也排了。妈觉着,那品牌店的面包贵了些,其实还不都一样。"王姨解释着。

"唉,还要我说一遍呀,那不一样的,超市的和西点店的不是一个品位。"

"好好好,妈知道你在国外待了几年,比妈洋气,比妈懂得多,下次妈注意,行了吧?"

看着明珠不耐烦地咬着鸡蛋灌饼,王姨把豆浆端到她面前,开心地说:"明珠,你尝尝这豆浆,今天妈用的是新豆浆机。"

"豆浆好不好喝,和豆浆机有什么关系?"

"当然有啊,首先这是你老舅送来的,是他的心意。再者,这是最新一代机型,比咱家原来的那个更方便更快捷。明珠,真是不一样呢,15分钟就好了,刷洗还特别简单。"

看着老妈眉飞色舞的样子,明珠很是不理解,现代科技如此发达,电子产品更新换代很快,这有什么稀奇的?她无奈地摇了摇头,嘴里不屑地"切"了一声。

王姨已经习惯了明珠的"与众不同",并不理会她的态度,继续说:"这个周末是你姥爷的生日,你别安排事情,咱们一家人好久没聚聚了。"

"妈,我不想去。"

"为什么不去?家庭聚会一个都不能少的,你姥爷那么疼你。"

"我又不是小孩子,都快三十了,能不能有点儿自己的空间?找个理由就家庭聚会,一帮人在一起吵吵得人心烦。"

"你这孩子真是各色,亲人在一起很热闹很亲近,怎么到你嘴里就变成了吵吵?"

"妈,咱能不能别那么俗气,总是在一起吃啊喝啊的,多没劲儿,人家老外闲时多用来听音乐、喝咖啡,才不会和一帮没文化的人浪费时间。"

"怎么和你妈说话呢?谁没文化?别以为你喝咖啡就比我们喝豆浆的高人一等。你从小就是喝豆浆长大的。"老爸走过来批评着明珠,"老爸老妈送你出去留学,是让你长见识的,不是让你瞧不起自家人的。"

"你们懂什么?咖啡牛奶和豆浆是一个味儿吗?"明珠并不示弱。

"好了,我知道我闺女不一般,在咱这个家里算是见多识广的,请大小姐委屈一下,周末的时候和我们一起吃晚饭,给爸妈一个面子,好吗？"王姨忙打趣着圆场。

"那咱可说好了,别对我有太多要求。"

"行行行,你去就很好,妈不要求你别的。"说着,王姨和老伴儿使了一个眼色,她知道,明珠留学回来后有很多的看不惯,有意让她多参加一些聚会,期许能改善性情。

周末时光,一大家子聚在一起总是热闹的、亲切的。姥爷的寿宴上,明珠和姥爷打过招呼后,便坐在一边拿着手机自顾自地看着,好像这个场合与她没多大关系。

"明珠姐,你看电影《灰姑娘》了吗?画面好复古哦。"老舅家的小玲主动搭讪着。

明珠一撇嘴,说:"太老土的童话,有什么好看的。"

小玲被噎了回来,想了想说:"哪个女孩子不喜欢水晶鞋啊？童话就是写给女孩看的。"

"是写给学龄前女孩看的,你都上大学了,别那么幼稚。"明珠抢白了小玲后,正好有个电话打进来,只听她说:"蓟县有什么好玩的,我不去。"

王姨听了凑过来问:"是谁约你啊？"

"同学。"明珠的话淡淡的。

"你们同学聚会去蓟县啊？明珠姐,蓟县的农家饭做得可好吃了。我特喜欢吃烙饼炒柴鸡蛋,上个月我刚去过,挺好的,你去看看呗。”

“真是没见识,我在新西兰待了好几年,什么风景没见过,区区一个蓟县我才懒得去呢。”

“明珠,不许这样说妹妹,蓟县风景也不错的,风格不一样。”王姨怕小玲难堪,也觉得明珠说话太高调,忙拦了一句。有意岔开话题,王姨问自己的弟弟:“听说你们单位公开竞聘了,结果怎么样?”

没等老舅接话,舅妈笑着说:“他还真行,这回升了副科长了。”

“是吗?咱家有科级干部了,太好了,来,一起举杯庆贺一下。”王姨招呼着大家一起干杯,明珠懒懒地最后端起杯,还小声嘟囔了一句:“芝麻官而已。”

“明珠姐,你什么意思?我看你自从坐在这儿就这也看不上,那也不顺眼的,你不就是出国留学几年吗?是,新西兰我是没去过,没去过不代表我低你一等。我爸是芝麻官,但好歹也是职场奋斗的结果,你那么有本事,你当个大官我看看。”小玲终于忍不住内心的不快顶撞了明珠。

“我才不稀罕呢。”明珠并不恼。

“你是不稀罕呀,还是没本事呀?新西兰那么好,你怎么不留在那里工作啊?我听说,出去留学优秀的大多不回来了。

开始,我还以为你是恋家才回来的,可看你这态度,这个家里的人和事你都瞧不上,你是在外面混不下去了吧?"

"小玲,不许这样说姐姐。"看着两人要吵起来,舅妈赶紧劝。

明珠瞪着小玲说:"我再不行,也比你强,拎个假 LV 还美得屁颠屁颠的,看个童话还激动得以为自己找到了爱情,吃个农家饭还念念不忘,就你这样的状态,简直就是 Pig."

"什么?"王姨和舅妈听不懂外文,面面相觑。

"猪怎么了?猪活得开心,不像你眼高手低,不像你油盐不进,不像你那么没劲儿。"

明珠刚要反驳小玲,王姨站起身说:"行了行了,两个小姑奶奶,别争了,你们都好,都是咱这个大家庭的公主,赶快吃饭吧,吃完了咱们一起照张全家福。"

"老妈,怎么那么多要求啊?我不喜欢照相。"明珠马上反对。

"平常可以不照,但今天是姥爷的生日,全家福不能少一个人的,必须照。"

"早知道我不来了,真麻烦。"

吃过饭,一家人坐的坐站的站,开始笑盈盈地拍照,只有明珠表情淡漠。看着小玲饶有兴致地上传照片发微博,听着老妈和舅妈喜滋滋地聊家常,她更是心烦,真是搞不懂,天天为那些微乎其微的小事乐此不疲,有意思吗?

婉约贴己话:

　　什么是有意思?

　　吃得香,睡得着,有工作,有家人,爱情无须轰轰烈烈,生活不必锦衣玉食,有事做,有人爱,有期待,平平淡淡却真实可触。

　　如果每一天都如此这般如约而至,庸常的日子会过得很"有意思"。

　　落在凡尘,食人间烟火,我们每个人毕生追求的是"幸福"二字。而幸福的生活,往往是由琐碎细小的欢喜组成的,一粥一饭、一唱一念,人间有味是清欢。大风大浪、大富大贵毕竟是少数,打理好当下,在一个又一个小欢喜里度日,才是懂得生活,才是拥有了幸福。

　　其实人与人的差别不是名利、地位和经历,而是认知。每个人都是独一无二的,但若成为亲朋好友眼里最熟悉的陌生人,于生活而言,才真是"没意思"。

我就这样了,爱谁谁

关键词:

中性:化学上指既不呈酸性也不呈碱性的物质,比如水;在物理学中指原子对外不显电性,物体里的正电荷与负电荷数量相等;生活中指性别特征不明显的装扮或性格。

审美:源于对事物的感知,源于人心灵深处的体验和无限创造力。审美也是一种情感,一种喜悦的情感,能够反映一个人的生活情趣或品位。

故事一:

听说飞飞这个周末要回家,小商高兴得逢人便讲。她这个女儿呀,从小就是个男孩样儿,不喜欢穿裙子,不喜欢留长发,举手投足没有女孩该有的斯文和温和。从上幼儿园起,就常和小伙伴打架,中考前还因为和男生动粗被请了家长。至今,小商都记得那个班主任老师训自己的样子。都说女大十八变,好在女儿长大了,去年也考上了省外的一所大学,只是她不像其他的女孩子那样恋家,所以飞飞这次回来,小商格外喜悦。为了与亲人分享自己的喜悦,她还在饭店订了桌,准备和亲戚朋友一起热闹热闹。

在机场,小商一边张望一边对身边的爱人说:"你说你闺女变成什么样了?"

"那还用猜呀,肯定是越来越漂亮呗。"当爹的心情更是无限美好。

正说着,忽然人群中一个年轻人举起手朝他们打着招呼跑过来:"老爸老妈,等着急了吧?"小商还没反应过来,便被狠狠地抱了一下。

"怎么了?老妈,是想我想傻了吗?"年轻人开心地挽住小商的胳膊。

小商真是有些不敢相信,眼前的飞飞短衣襟小打扮,牛仔短裤齐着大腿根儿,上衣短小得露肚脐,尤其是那头发,脑后短得露着脖颈,正面刘海儿却长得遮住了左侧的半边脸,竟然有一缕儿头发还是绿色的。

"你,你怎么变成这样了?"小商的笑容僵在脸上。

飞飞似乎并不在意妈妈的反应,转过头又得意地对老爸说："怎么样？酷吧？"

小商和爱人都有些发懵。见父母这个样子，飞飞不高兴了："你们俩干吗？早知道这样我就不回来了。"

"闺女，爸妈都想你了，你回来我们很高兴。"当爹的忙打圆场。

"我怎么没看出你们高兴？尤其是我妈的那张脸……不回来你们打电话催，回来了又这样，真扫兴。"

"你怎么不说说你自己是什么样子？"小商埋怨道。

"我怎么了？为了让你们高兴，我刻意打扮了的。"

"你真是够刻意的，你把我和你爸都吓着了。咱先不说你一个大姑娘家穿得这么暴露，就说你的头发吧，整个假小子头不说，还弄了一缕儿绿色，走在大街上，你不怕被别人指指点点啊？"

"我为我自己活着，我管别人怎么说呢。"

"你是不管啊，那我们呢？"

"哦，说了半天，你是嫌我给你们丢脸啦？"

"没有，没有，我闺女那么优秀怎么会给我们丢脸呢？你妈的意思是说啊，你有点儿太前卫了，我们这老脑筋有些跟不上。"当爹的唯恐这娘俩打起来。

"老爸，还是你说话比较客观，你们就是老脑筋，老古板儿，太传统太土了。"说着，飞飞转过头对小商说："老妈，不信你去校园看看,像我这般时尚的多的是,这叫中性美。你喜欢的淑女型,好像有多温柔,其实就是做作、虚伪,不真实,早不流行了。"

果然,接风晚宴上,飞飞"真实"的自我很让长辈们瞠目:她大口喝啤酒,大声说笑,时不时捋一捋绿色的一小撮头发,甚至口出"我靠"之粗语,说到尽兴处,还称呼小叔叔"哥们儿",令小商很是尴尬。

故事二:

早晨,眼看着快迟到了,宇昂还没从卫生间出来,大王急得一遍遍地喊:"儿子,你快一点儿,再晚出门就堵车了。"

"知道了。"卫生间里的声音不慌不忙的。

知道是知道,就是不出来。大王等了等,实在是着急,便敲了敲卫生间的门,推门进去一看,宇昂正对着镜子拿着小梳子一下一下地梳头呢。

"你说你一个大小伙子总对着镜子照什么照?"

"我照镜子招你惹你了?"宇昂的口气很是不耐烦。

"儿子,你是男孩。"

"男孩就不能照镜子了?哪一条规定的?"

"不是不能照镜子,是不用没完没了地照。你看看你爸爸,哪儿像你这样?"

"我爸是什么年代的?妈,您就别瞎操心了,男孩也要活得精致,像我爸那样粗粗拉拉的,早不流行了。对了,下班的时候帮我买一瓶润肤露,春天皮肤干燥。"

"越说越来劲儿是不是?男孩子要什么润肤露啊?"大王皱起了眉头。

"如果都像你一样想法,那人家男明星代言的化妆品卖给谁去?"宇昂振振有词。

"我管他卖给谁呢,反正不能卖给我儿子。在我们那个年代有一种男生叫'奶油小生',最不讨人喜欢了,我可不想我儿子那么'奶'。再有啊,下周的运动会你一定要报项目啊,男孩子就要体现阳刚和健壮。"

"我才不喜欢参加运动会呢,好了好了,不和你探讨了,我俩有代沟,快走吧,你不是着急吗?"坐在后座上,宇昂又忽然说:"妈,这个周末我想弄个纹理。"

大王似乎没听明白,边开车边问:"什么纹理?"

"就是做做头发,让头发更蓬松些。"见大王没反应,宇昂解释说:"就是和你一样,烫头。"

"啊?儿子你是不是太过分了?你是个男孩子,而且你是初中生,学校也不允许啊。"

"妈,放心吧,我不会违反校规的,我们班好几个男生都做了，看不出来的，没有明显的卷卷，就是看上去头发又浓又密，很蓬松。"

"那也不行，我不同意。"大王真是不明白现在的孩子都想些什么，好端端的男孩，怎么都那么在意外在形象？在从前，只有女孩子才这么注重打扮自己的。

宇昂还没来得及反驳，电话响了，大王只听见他对着话筒说："行啊，没事，我帮你请假。"

"有事啊？"大王一边装作漫不经心地问着，一边把车停在了学校的门口。

"哎呀，妈，别像个警察行不行？我告诉你，我没早恋，是我们班一女生，她今天不舒服，不能来上课了，让我帮她请个假。听明白了吗？"

"儿子，你要多和男生接触，这样有利于培养男子汉性格。"大王小心翼翼地说道。她发现儿子特别喜欢和女生一起玩，偶尔带同学来家里，大多是女生。她希望儿子多和男生在一起，不喜欢他总是和女生更谈得来。没想到，一句话把宇昂惹恼了，冲着她嚷起来："我已经是大人了，我有自己的喜好，我知道自己该怎么做，你别总是这么盯着我，行不行？"说完，"呼"的一声关上车门，融入了熙熙攘攘的人流中。

婉约贴己话：

的确，当前很流行中性美。女生帅气个性，男生阴柔清秀，与传统的审美标准相碰撞。不过，明朗率性与不拘小节不是一回事，文雅清爽和性情绵软也是两码事。真正的中性美不是在外形、着装、头发、身材等方面多么与众不同，更多的应是具有刚柔并济的性格和气质，还有修养。

每个时代的审美取向都不一样，但有个比喻说得好：女人是玫瑰，男人是白菜，玫瑰不要和白菜比重量，白菜不要和玫瑰争芳香。其实，无论世界怎么变换，自然的才是美的。成长的路上，温柔与刚强、文雅与旷达相结合才能铸造理想人格。

家有中性儿女，为人父母者要有包容的心态，适度接受但不纵容。接受和批判的界限不在于"中性"，而在于"美丑"。不过，对正处在青春年华尚未定型的儿女，家长也不必担忧和焦虑，淡化处之为好。多样化的审美心理是不断变化的流行元素，或许有一天，女儿的阳光帅气与儿子的阴柔俊美都会成为一种记忆符号，流逝在属于他们的青春年华里。

不喂奶,你还是孩子亲妈吗

母亲,从来都是伟大的。伟大的母亲似乎都是吃苦耐劳、任劳任怨的形象。不过,当身边的新生代"辣妈"越来越多,我们似乎已经司空见惯:只生不养,生完孩子推给父母,只爱自己,为一块儿尿布谁洗都会引发小两口的争执……或许有那么一天,连母性本体的甘甜乳汁也会成为一种奢侈的味道。

家故事:

一个月以来,王婶格外开心,儿媳妇小曼给她生了一个大胖孙子,而且小曼的奶水充足,每次看着孩子"咕咚咕咚"地吞咽的样子,王婶总是笑得合不拢嘴。为了保证这娘俩的营养,她每天左手菜谱,右手还是菜谱,唯恐自己伺候不周。

今天是出满月的日子,王婶一大早就开始忙活,准备饭菜,还刻意炖了鸽子汤。闻到鸽子汤的香味儿,小曼抱着孩子走进厨房:"妈,您怎么又炖汤了?"

"不炖汤怎么行？要保证你的奶水，孩子才不会受罪。"王婶笑眯眯地边看着锅里的热气边回答。小曼看了看喜滋滋的婆婆，话到嘴边又咽了回去，抱着孩子回到卧室，她对正在打游戏的王墨说："别玩了，我有事和你商量。一会儿我爸妈也过来，趁着一家人都在，我想宣布个事。"

"什么事？"王墨头也没抬。

"我想把奶断了。"

"哦。"王墨应了一声后，忽然反应过来，急急地抬起头："断奶？那孩子吃什么？"

"奶粉啊，你没见那么多的奶粉广告吗？"

王墨停下了手里的游戏，紧紧地盯着小曼的眼睛："你确定，你没有开玩笑？"

"嗯，没有，我想了很久了。我太累了，每天都睡不好，再有两个月产假就到日子了，如果每天白天上班晚上又睡不了，我会垮掉的。"

"可是，现在的奶粉又贵又不安全。"王墨嘟囔着。

"人家孩子能吃，咱孩子也能吃。"小曼随口说。

"这样不好吧？我觉得，爸妈不会同意的。"王墨犹豫着。

"所以啊，我先和你商量嘛，咱俩统一了口径，他们会同意的。老公，好不好嘛？"

"可是——"

"可是什么呀?你要是疼我就要答应我,你知道从前我是最爱睡懒觉的了,这一个月我都难受死了,睡不好的滋味真难熬。"

小曼和王墨撒着娇,这时孩子忽然哭了,小曼忙撩起衣服,给孩子喂奶。王墨在一边看着,低声说:"还是你喂比较好,这要是断奶了,他半夜哭怎么办?"

"你给他冲奶粉啊。"

"我给冲?"

"对啊,不是你是谁?你是孩子的爸爸。"

"我,我好像不太擅长。"

"我也是第一次当妈妈,十月怀胎的辛苦不说,就这一个月的喂奶都累死我了,现在轮到你表现了。"

看着王墨一个劲儿地摇头,小曼又说:"要不这样吧,断了奶,让你爸妈带孩子,他们比咱们有经验,我有好几个闺蜜都是婆婆带孩子的。这样,孩子也不受罪,你爸妈也开心,我呢,也不用每天喝催奶汤了,会迅速减肥成功。"

"说实话了吧?说来说去,你就是怕胖怕身材不好,简直就是自私。"

小曼有些不高兴了:"我怎么自私了?就算是我自私,你当爸爸的,你妈当奶奶的,为孩子付出不也是应该的吗?凭什么累我一个人?"

"别说话没良心,我妈每天伺候你吃喝也够累的。"

"那你呢?就知道玩,孩子哭了你从来不管,回到家就打游戏,游戏比我和孩子都重要啊?"

王墨刚要反驳,王婶在厅里喊着:"小曼,你爸妈来了,开饭喽。"

两个人对望了一眼,抱着孩子从卧室出来,一家人开心地落座。吃了一会儿后,小曼一个劲儿地给王墨递眼色。王墨没办法了,只得开口说道:"爸、妈,今天小曼出满月了,我们俩商量了一个事,想和你们说。"

"什么事?说吧。"四位老人都是眉开眼笑的样子。

"是这样,小曼准备休完产假就上班,这一上班吧,喂奶就不方便了,所以呢,所以想把奶断了。"王墨说得吞吞吐吐。

听了这话,王婶的脸色一下子就沉了下来,小曼的父母也感到意外,满脸疑惑地看着小曼和王墨。沉默了一会儿,王婶冷冷地先开口了:"我不管你们俩是谁的主意,这个事,我不同意。"

"妈,喂奶不喂奶是我自己的事。"小曼的声音不高却很坚决。

"好,那你的意思就是说,你是孩子的妈,孩子的事你说了算。那我倒是问你一句,什么是妈妈?妈妈就是把孩子亲手拉扯大,任劳任怨的那个人。今天你妈妈也在这儿,让你妈妈说说，当妈的不给孩子喂奶，对不对。"

"亲家母啊，你别着急。"小曼的母亲接过话说："既然孩子提出来了自是有他们的考虑，咱先听听。"

见一家人都望着自己，小曼看了看王墨，说："其实也简单，我太累了，而且天天喝汤，身材都恢复不到从前了……"

"你听听，这是一个当妈的说的话吗？"王婶还没等小曼说完就急了，转过头她对小曼的母亲说："亲家母，你也是过来人，这可不是我这个当婆婆的不饶人。"

小曼的母亲皱了皱眉说："我也不同意这么早给孩子断奶，不过咱也要理解小曼的苦衷，现在的年轻人不比我们那个年代，他们工作压力大，又讲究生活质量。"

"再讲究生活质量也不能不当妈吧？"

"我怎么不当妈了？我不喂奶就是不当妈啊？我有好几个同事都没奶，从孩子一出生就是吃奶粉，照您这说法，她们就不是孩子妈了？"小曼有些生气了，话也不受听了。

"小曼，不许这样和婆婆说话，她也是为了孩子着想，你应该知道，母乳喂养是最好。"小曼的母亲在一旁劝着。

"你听听，小曼啊，你妈也说要母乳喂养吧？喂奶粉的孩子容易得病，这都是经验。当妈就要付出的，天下的妈妈都是这样的。"王婶嘴上劝着心里的气不打一处来。

"要不就听妈的，咱先不断奶了，你要是实在觉得累，咱就再休几个月假，先不上班，行了吧？"王墨插言道。

小曼一看连王墨都站在反对一方了，一下子情绪失控了，大喊道："你们说得都轻巧，到头来就累我一个人，别总指责我不会当妈，你还是亲爸了，你怎么可以天天打游戏？我是妈，可当妈也有很多种，我偏不要喂奶，偏不。"说完，哭着进了卧室。

"王墨啊，我不能说小曼都对，但是你这个当爸爸的也该长大了，平时多帮着她点儿，她要是没那么累，也就不想着给孩子断奶了。"小曼的母亲也拉下了脸。

"妈，其实我也没怎么玩。"在岳母面前，王墨有些底气不足。

"是啊，亲家母，咱现在说的不是王墨的问题，再说了，我天天伺候小曼娘俩吃喝，从不怠慢的，不信你可以去问问她。唉，现在的年轻人真是太娇气了。"

听了王婶的话，小曼的母亲明显不爱听，她看了看王墨，说："日子是你们小两口的，你们商量着办。不过小曼刚出满月，哭不得。"说着，转身进了卧室。

王婶一时语塞，唉声叹气地用手指点了点王墨。满月酒就这样不欢而散。

婉约贴己话：

　　同样是称呼，"母亲"这个词汇包含了一种厚重和博大，而"妈妈"则更多了一些亲昵和柔情。在我们每一个人的成长历程中，妈妈，是儿时的暖暖温存，母亲，是长大后的感恩情怀。

　　母爱，一直是这个世界存在的根本。

　　当一个妈妈不肯给自己的孩子喂奶时，已不是简单的喂养问题，是人性的自私在作祟，是为人母者还没有完全长大，还不懂得孩子在她生命中的意义。

　　母乳、奶粉，或是米汁，哪一种都可以把孩子养大，然而，喂养过程和方式的选择会对一个女人的情感成长产生重要的影响。

　　身为母亲，不能只做喜欢做的事，要做应该做的事。当责任和琐碎经历了岁月，你会发现，原来，陪伴孩子一起成长是当妈的幸福，不是人生的负累。

夜色中,她蹲在垃圾桶旁

若是家里有一个青春期的孩子,那家里就有了一个小刺猬,把自己裹得紧紧的,说不得碰不得,经常会刺痛家长也伤到自己。孩子叛逆,难免做错事说错话,此时家长的言行至关重要,尤其是母亲。一个有素养的母亲会找到恰当的方式帮助孩子健康成长,而简单粗暴的教育往往会适得其反。

家故事:

今天,媛媛特别高兴,数学单元测验得了一百分。她美滋滋地想,张老师夸我进步很大,这回可要向妈妈要个重奖。

推开门,媛媛还没等张口却见妈妈铁青着脸坐在沙发上。怎么了?看来是又和爸爸吵架了。媛媛不由心里敲起了小鼓。

"媛媛,你过来。"妈妈的口气很冷。

"妈,怎么了?我今天作业多,我先去写作业了,有事一会儿再说吧。"每次爸妈吵架,媛媛都是采取躲避的方法,她实在不想看到他们大吼大叫的样子。很多时候,她很鄙视成年人的言行,吵吵闹闹的,简直是比孩子还幼稚。

"叫你过来你就过来。"妈妈的嗓音提高了八度。

"又怎么了?谁惹你了?"媛媛很不情愿地站到了妈妈面前。

"谁惹我了?问问你自己。"

"问我?我刚放学回来,我可还没说话呢。你别又犯更年期。"媛媛嘟囔着。

"我犯更年期?我犯更年期都是让你们给气的。早晚有一天我得让你给气死。"妈妈的样子看上去已经是忍无可忍了。媛媛习惯性地低下头,等着妈妈继续说下去:

"媛媛,我问你,你是不是拿妈妈钱包里的钱了?"见媛媛不说话,妈妈的声音更加凌厉:"说,是不是你拿的?"

"是,是我拿的,这不还没来得及和你说吗,干吗像审犯人似的,有那么严重吗?不就是拿你点儿钱吗。"

"什么?一点儿钱?整整五百块。你一个孩子拿那么多钱干吗?每天我伺候你吃伺候你穿,你吃穿不愁的要钱干吗?"

"我买书了。就是上周六在书城看上的那一套。"

"妈妈不是和你说了吗?那套书太贵了,也没有保存价值,你喜欢的话可以去书城看。"

"那多麻烦,买回来看才爽。"

"你就知道爽,爽是需要付出代价的。妈妈挣钱容易吗?每天在单位工作压力那么大,回到家还要伺候你和你爸的衣食住行,你怎么就那么不体谅父母呢?"

"行了行了,你这些话我都听腻了,总是这么老套。还有事儿吗?没事我去写作业了。"

"站住。"妈妈的超高嗓音吓了媛媛一跳:"媛媛,你太不懂事了,你拿钱不和大人打招呼,知道这叫什么吗?这就叫'偷'。"

媛媛一听也急了:"谁偷了?我在自己家拿钱能叫偷吗?我又没拿别人的。再说了,我不悄悄地拿,你能给我吗?我们同学都有大把大把的零花钱,就我少得可怜,每次找你们要你们又总是不痛快。我懒得看你们'财迷'的样子。"

"我们财迷?把你从小养到大,父母付出多少能用钱来衡量吗?你今天拿家里的,明天就会去拿别人的,这是品质问题。你才12岁呀,等你养成了习惯就晚了,是要蹲监狱的。"

"切。"媛媛摆出一副无关痛痒的样子。这一下,把妈妈的火拱到了极点,她用手点着媛媛的头说:"你就这样不可救药吧,等你蹲监狱的那一天可不要怪我。"

真是小题大做,媛媛越来越感觉和妈妈有理说不通,不由气哼哼地一甩头,大声喊道:"你还是我妈吗?有这么咒自己孩子的吗?不怪你怪谁呀?我就是进了监狱,也是你教育的。"

妈妈更气了:"是啊,你还知道妈妈有教育的职责啊?你还是一个学生,我就是你的监护人,不管你愿不愿意我都要管你的。你偷钱就是错,是错就要承认。"

媛媛感觉自己的肺都要炸了,明明是拿钱去买书了,这么简单的事妈妈非要给冠以"偷"的帽子,简直是不可理喻。她仰起头,像一头小狮子般叫道:"行,既然你这样说,那我就是偷了,就偷了,怎么地?"

妈妈也气得直哆嗦:"好,你这个不知好歹的小东西,我这就给你爸打电话,看他回来不揍死你。"

"好,揍吧,打吧,我死了咱们都清静。"媛媛拿出一副死猪不怕开水烫的架势。

"你?"

"你什么呀?你们不经过我允许就把我生出来,把我养大了又揍我骂我,理都在你们那边,你们还让不让人活了?"

吵着吵着,场面有些失控,妈妈脱口而出:"你给我滚,就算我没养过你。"

听了这话,媛媛的眼泪也哗地一下出来了,哭着说:"这可是你说的,我走,走得远远的,再也不回这个家,反正你们总是看我不顺眼。"

"呼"的一声,媛媛摔门出去了,片刻的呆愣后,妈妈赶紧给媛媛爸打电话,两个人开始急慌慌地到处找孩子。

同学家、老师家、亲戚家都没有,眼看着都晚上 10 点多了,媛媛到底去了哪儿了?饿不饿?冷不冷?有没有遇上坏人?

夜色已晚,媛媛爸终于忍不住内心的焦虑埋怨道:"你说你也真是的,孩子不就是拿了五百块钱嘛,有那么大惊小怪的吗?就算是孩子错了,你也不能把孩子赶出门呀。"

媛媛妈抹着眼泪说:"我也不是真要赶她走,谁知这孩子那么大气性。"

"你的闺女你不了解啊?我和你说过多少遍了,要懂得赏识,现在流行的是赏识教育,你不能再用棍棒之下出孝子那一套了。"

"可是,可是她做错了事我难道还表扬她不成?"

"不表扬也要好好说,哪有你这样连喊带叫的?时间久了,你在孩子心中的威信就没有了。不管怎么说,孩子就是孩子,与孩子相处要讲究方法。"

"小时候我爸一瞪眼我就吓得灰溜溜的,现在的孩子怎么就说不得了?我总觉得,一个女孩子的教育更应该严格些,这有什么错吗?"

媛媛爸叹了口气说:"行了,别说了,现在的当务之急是找到媛媛,实在不行就报警。"

"啊？报警？有这个必要吗？"

"我是担心啊，一个女孩子遇上坏人怎么办？"

越想越害怕，媛媛妈不停地抹着眼泪："要不咱再回家看看，也许天黑了她一害怕就回家了呢。如果没在家，再报警也不迟。"

夫妻两个人急匆匆地一边找着一边又折回到自家楼前。远远地，发现垃圾桶前似乎蹲着一个小小的黑影，跑过去一看，正是缩成一团的媛媛。

一把搂过来，孩子大人都哭了。

婉约贴己话：

曾经看过一个心理疏导节目，节目中的一对母女也是青春期遇上更年期。调解中每当出现僵局，女儿都是一副不屑的样子，而母亲总会退一步，愿意尝试着改变自己。

看上去，病的是孩子而吃药的是父母。其实仔细想想，在孩子成长的过程中，为人父母者也要不断地修正自己的言行。

生活中有很多这样的父母，他们知道对孩子的错误应该严厉批评，应该教育，却很少站在孩子的角度去思考问题。于是，父母理直气壮，孩子无限委屈，两颗心在两条道上越走越远,偶尔"交叉"就会互不相让,乃至冲突。

孩子毕竟是孩子,做了错事也不能一棒子打死,妈妈不该说媛媛"偷",气愤中让她"滚"更是很危险的一句话。对于叛逆期的孩子,父母不恰当的言辞会误导孩子的成长,甚至会把孩子"逼"向歧途。

记得有一首诗这样描写亲情:小时候你牵着我的手,我却想自己走;长大了你鼓励我自己走,我却总想牵着你的手。

我们每一个人都曾走过"少不经事"的年月,父母的信任、尊重和疏导是孩子成长的金钥匙。父母放下姿态,孩子学会倾听,建立良好的关系,对话才有可能。妈妈要尝试着改变"家长作风",孩子才会感受到关心和爱护。

教育,是父母与孩子双方面的成长。

儿子定居美国，我们的日子怎么过

养儿防老，是中国式家庭的固有观念。抚育孩子成长，陪着他读书、工作、成家，等到他也成为父亲的那一天，三世同堂的欢乐仿佛天空绽放的烟花，是一个家庭最绚烂的幸福。自古以来，我们期盼这样的幸福，也习惯了这种生活方式，然而，当越来越多的年轻人选择远走他乡，并在另一个城市定居，甚或留居国外，守在家乡的父母们，又该如何面对无尽的惦念和传统观念引发的心焦？

家故事：

老伴儿又开始抹眼泪了，老岳长长地叹了一口气，这日子过的。曾几何时，他们一家是多么令人羡慕的三口之家，儿子岳亮聪明好学，从幼儿园到高中，一直都是品学兼优。每每和亲朋好友聚在一起，那份荣耀和自豪，真是让老岳越活越滋润。

记得岳亮高三那一年，有一天，一家人正在吃饭，岳亮忽然说："我们班有同学去英国读书了。"有意停顿了一下后，又说："爸，您喜欢的徐志摩和林徽因就是剑桥大学留学生。"

"嗯，爸知道，民国时期可不是谁想出国深造都可以的，要有超前的意识，还要家境殷实。"说着，老岳夹了一口菜："其实现在也一样，不是谁都能出国的。很多有钱人没有这个意识，而有学习意识的人又往往没有物质实力来支撑。"

"我们这个同学家里很有钱，据说他爸生意做得特别好。"

"嗯，那很难得。"

"出国有什么好？"老伴儿在一旁忙着往老岳和儿子碗里添着菜："出国可吃不上你最爱的鱼香肉丝，还有妈包的三鲜馅儿饺子。"

"你就知道吃，出国当然会辛苦，可年轻人走出去是为了开阔眼界的。"老岳说。

老伴儿很不以为然："在国内上大学就不能开阔眼界了？咱们的清华、北大也是响当当的，培养了很多的人才。"

"那是两回事，出国并不是否定咱们的教育，而是向着更高更好出发。"说到此，老岳发现儿子陷入了沉思，于是问："亮亮，你是不是有想法？"

"爸，其实我早想过了，如果您和妈同意，我想到美国读书,上个月我参加托福考试了。"

"臭小子,你怎么不早说? 托福考试是需要费用的。"

"我用积攒的压岁钱交的报名费,爸,我一开始就是想试试,没想到,高分通过了。"

"亮亮,真有你的,我儿子就是棒! "老岳显得很兴奋。一扭头,老伴儿拉着脸:"这有什么好高兴的?都高三了,不好好念你的书,准备高考,还有闲工夫去考什么托福? "

"妈,我没耽误学习,不信您看,这是我们刚刚的月考排名。"说着,儿子拿出成绩单放到桌上,老岳一看,更是喜上眉梢:"嗯,儿子的上进真随我啊。"

说完,他郑重其事地对儿子说:"亮亮,你想好了,这是你一生的大事,如果去美国读书是你深思熟虑过的,那么,爸爸全力支持你。"

"你和我商量了吗?张口就全力支持,钱从哪儿来?"老伴儿忙拦着,又说:"我可舍不得,我想他了怎么办?"

老岳拍了拍老伴儿的手,安慰她说:"钱,我想办法,不用你操心,难得孩子那么优秀那么上进,其实我也舍不得儿子走得太远,不过仔细想想,去哪里上大学都要离开家,孩子总要飞的。"

就这样,岳亮远渡重洋去了美国,这一走就是十年。十年中,老伴儿没少埋怨他,这不,因为同事老王给孙子办百岁宴,又把心思勾起来了。

"行了,别哭了,还有完没完?你以为我心里好受啊?"

"我就是和你没完,当初要不是你支持,孩子能去美国吗?"

"你就少埋怨几句吧,你不同意,那你拦着啊,你怎么没拦住啊?"

"你们爷俩儿一条心,我能拦得住吗?"

"你儿子你不了解啊?背着我们参加托福考试,那是一般孩子做得出来的?他那是铁了心了,我也就是做个顺水人情。"

"你倒会当好人,害我这些年流了这么多眼泪。"

"唉,谁知道这小子一去不回头啊。"

"还不是都怨你,当初支持出国的是你,读完本科又读研,你也支持,读完研又在国外找工作,你还支持,要是听我的,读完本科就让他回来了。"

"老伴儿,这孩子是个上进的孩子,读研是必须的,而且读书后就回国就业会很难,所以我才支持他在美国先找工作,有了工作经历再回国谋职,就会容易得多。"

"就算你说的都对,亮亮在美国工作也有三年了吧?那你告诉我,他什么时候回来?"

一句话问住了老岳,是啊,看发展情形,岳亮是很可能留在美国了,这样的结果不是没想到,只是真的出现了竟有些难以接受。

"如果咱家亮亮不出国,也会结婚生子了,那咱不是早抱上孙子了?现在可倒好,天天看着身边的老同事老朋友们当爷爷当奶奶的,看着他们得瑟的样子我就难受。"

"别这样说,人家得瑟什么了?谁见了隔辈人都高兴,你没有还不允许人家高兴啊?"

"我哪有本事不允许啊,我是见不得,一见那场面我心里就酸得不行。"

"行啦,这都是命。"老岳又叹了一口气。

"我才不信什么命呢,都是你崇洋媚外的结果,在国外有什么好?身边一个亲人都没有,满眼都是老外,这哪如在自己家的土地上生活踏实。老岳,我想好了,下次再和儿子视频的时候,给他下死令,必须回来。"

老岳看了一眼老伴儿,说:"你以为我不想让他回来啊?我看着老同事一家其乐融融的,我也眼热。可亮亮是成年人了,他有他的人生规划,咱不能为了自己的私念去要求他。这样对孩子不公平。"

"那我把他养大成人,他离我那么远,我有个头疼脑热的,找不到他,这对我公平吗?"

"你和我嚷没有用。"

"那我和谁说去？你说这孩子优秀有什么好？人家老李的儿子当年就考了个三本，毕业后就工作了，现在孩子都上幼儿园了，守家在地的，日子过的多好。再瞧瞧咱家的亮亮，当初处处比人家强，到头来，我看啊，还没人家过得好呢。"

"话也不能这么说，人走的路不一样，他过得好不好，要他自己说了算，咱老两口也管不了那么多了，咱把自己的日子过好了就行。"

"没有他，咱的日子怎么能好？"

"不是还有我吗。"

"你是你，儿子是儿子。"

见老伴儿又陷入了对儿子的思念，老岳开始沉默，他知道，什么话都是苍白的，一个母亲想念儿子的感觉，谁也无法替代。

"你怎么不说话了？"

"我还能说什么？"

"亮亮最听你的话了，你现在就打电话，让他必须回来。"

"老伴儿，别闹了啊，孩子那边正是深夜，你别打搅他睡觉了。"

"我不管，你告诉他，我得癌症了，活不久了……"

"你这是何必呢，干吗说狠话咒自己？好了好了，我这就去打电话。"

安慰了老伴儿,老岳拿起电话,久久没有按下号码键,他实在是不知道该如何表达内心的复杂情感。

婉约贴己话:

要孩子,为了什么?

这个问题的答案因地域文化的不同而不同,也因时代的不同而不同。

"为了参与一个生命的成长,参与意味着付出与欣赏。"

这句话应该是最美的答案了吧。在人们习惯了为了孩子活着,把毕生精力都倾注在孩子身上的生活方式中,孩子是私有财产,是父母的脸面,是血脉的延续,是未来的期盼。其实,孩子首先是独立的个体,他属于他自己,他有他的人生,在他的生命领域里,他健康地存在着,便是为人父母的幸福。

岁月的长河中,每个人都是过客,每个人都只能陪我们走一段路。匆匆流逝的时光中,我们对孩子、对父母、对家人尽职尽责,也要对自己负责,过好每一段属于自己的日子。

不依附,不依赖,活自我,或许是那些留守父母最该有的生活态度。

单身也是一种生活

结婚生子是女人必然的人生经历,家有三十多岁的闺女不结婚,当父母的没有不着急的,可婚姻这事真不是着急就能解决的。过来人都说,不要眼光太高,和谁过都是一辈子,走到老,身边有个伴儿,一起晒晒太阳说说话,挺好。可单身一族说,如果缘分不够,就这样单身到老,也没什么不好,一个人有一个人的快乐,一家人有一家人的幸福。

家故事:

周末是生活状态的缩影。

周末的早晨,安逸习惯赖床,这让同龄人很是羡慕。同事小李多次说过,看你多好,一个人吃饱全家不饿,不像我们拖家带口的,就是连周末都没有自己的时间。听到这样的话,安逸都是一笑了之。她知道,身边的很多女人在周末不但要陪孩子赶学各种辅导班,还要料理一大堆家务。而自己一个人的生活，相对简单。

看看表，已经十点了。安逸懒懒地起身，刷牙、洗脸，精致地描摹一张脸。镜子中的自己已经不年轻了，按照时尚的说法，自己可是堪称"圣女"了。不过，自己的心态蛮好的，本来嘛，日子一天天过，怎么都是过，何必委屈自己？化妆台上的瓶瓶罐罐都是用来打发光阴的，其昂贵的价格是她心疼自己的一种方式。

手机响了，当然是iphone新款，在屏幕上轻轻一划，闺蜜小米的声音飘过来："亲爱的，起床了吗？中午请你吃饭。"

"不是又和老公吵架了吧？"安逸笑着问。

"去你的，就不盼着我好，我约了几个老朋友，中午12点老地方见。"

挂了电话，安逸不慌不忙地吃早餐，临出门又补了补妆。

到达西餐厅的时候，小米已经等在那里了。朋友们接二连三地赶到，黄颖是最后到的，坐下后，便忙不迭地介绍一位男士的情况，就差生辰八字没说了。黄颖说话的样子面色红润，喜气盈盈。安逸忽然明白了，又一位好友要嫁人了。

一顿饭的时间里，安逸只是个听客。有的说孩子怎么怎么听话，有的说老公怎么怎么贴心，有的感慨婆媳是天敌，有的说上司怎么难伺候。见安逸一直没说话，小米转头问："你最近怎么样？"

"挺好的。"安逸还是一笑。

"就三个字？"

"嗯，三个字不好吗？"

"安逸，不是我说你，咱们朋友圈可就你一个剩女了，人家黄颖也要嫁了。你得抓紧了。"说着，又对黄颖说："问问你男朋友，他的圈里要是有合适的给安逸也介绍介绍。"

"别别别，又冲我来了。"还没等黄颖说话，安逸忙拦住说："姐妹们，我下午约了美容师，我先走了，下次我请客。"

安逸最受不了朋友们的这种"热情"了，逃离的时候，她隐隐听见小米在身后说："这个安逸啊，越来越各色。"

各色吗？安逸一点儿都不觉得，或许对于习惯一家三口过生活的人来说，一个人的日子不算是生活吧。其实，她把自己的时间安排得很好，忙碌了一周后，周六健身逛街，周日聚会做美容，抽空去看望父母，每年的年假还是一个潇洒的背包客。

安逸越来越适应现在的生活。

当然，一个人也会有孤单和寂寞，尤其是生病的时候。记得去年冬天，安逸忽发高烧，浑身酸痛，孤零零地在床上躺了三天依然不见好。为了不让年迈的父母担心，只得向闺蜜小米求援。看见她嘴唇干裂，萎靡不振的样子，匆匆赶来的小米一边端水端药一边心疼地说："还是找个伴儿吧，也许他不帅,也许他很穷,也许他有很多缺点,但最起码在你卧床的时候,他能给你端来一碗热面汤啊。"安逸开玩笑地说:"有你就行了。"

虽说是病中玩笑,从那以后,小米真成了安逸的生活"后备"。每逢身体不适,自我"救助"不给力的时候,一个电话,小米便会出现在她的身旁。

安逸觉得,只要把生活中的一些细碎环节安排得当,没有伴侣也不会降低生活质量。

下午两点钟,安逸准时躺在美容院的软床上。小妹一边温柔地给她按摩,一边轻轻地和她说着话,说着说着,她就睡着了。午后的阳光照进来,安逸身上的每一个关节都是舒适的。她选择美容并不是想年轻永驻,她知道人是抵挡不住光阴的,她只是喜欢这种被人呵护的感觉,很受用。

当然,美容健身都是要花钱的。对此,她一点儿也不纠结。一听到身边同事说房子车子和孩子,她就觉得她们活得太累。现代人压力大,都是欲念惹的祸。他们想让孩子赢在起跑线上,想让家人住上好房子,想让自己职业生涯提升空间大。所有的想法都是需要付出的。

而一个人的生活压力会相对小一些。

走出美容院已是傍晚,安逸又开车来到父母家。五年前,她自己买房买车开始了独立生活,最初的想法是逃离父母的唠叨和无休止的相亲。五年后,她喜欢上了这种生活,与父母的关系也越来越融洽。

推开门,她最爱吃的茴香馅儿饺子香气扑鼻。老爸和老妈正在厨房忙活着,听到开门声都高兴地回过头说:"茶几上有水果,一会儿就开饭。"

安逸笑着要帮忙,老妈说:"你会什么?不成家就永远长不大。"

安逸不说话了,乐颠颠地拿起水果一边吃一边看电视。她知道,在这个世界上父母是最爱自己的人,在他们眼里自己永远是孩子。

和每一次回家一样,围坐在饭桌前,老妈永不更新地唠叨着她的终身大事,老爸笑呵呵地不吱声,偶尔也会说:"差不多得了,别太挑剔。"就像习惯了单身生活,安逸也习惯了父母和朋友们的关心。从最初的抵触情绪到如今的笑脸相对,她完全找到了一种态,一种不同于常人的生活状态。

不管旁人怎么看,安逸自己对自己的生活是满意的。

刷碗的时候,老妈的晨练好友张大娘打来电话,絮絮叨叨地说了半个小时。原来,张大娘的女儿和女婿又吵架了。其实都是些鸡毛蒜皮,张大娘的女婿比较懒,不会料理家务,女儿做得多心里便不平衡,原以为结了婚是多了一个疼自己的人,谁知是一个人的家务变成了两个人的疲累。

安逸借机开导老妈说："就是嘛，还是一个人好，女人结了婚就是多了一份累，从前只要管好自己就可以了，有了家就要管好两个人、三个人甚至更多人的事，何必呢。"

老妈摇了摇头："话不能这样说，人活着总是要担负责任的。"

"那我只对自己负责，不好吗？"

"你呀，又说歪理，人是群居动物，总不能一辈子一个人走到底吧？"

安逸笑着搂住了老妈的肩："我都和您说过多少遍了，我过得挺好的，真的，您看看，我想来看您就来看您，要是有老公孩子，您想我的时候我可不一定能来哦。还有呵，像张大娘的女儿女婿那样鸡飞狗跳地过日子，多没劲儿呀。"

老妈也笑了："过日子哪有炒勺不碰锅沿的，不过吵一次就往娘家跑一次，也是有些不太懂事。"

"您看，还是我过得好，还是我让父母省心吧？"

安逸的一句话，又把两位老人逗笑了，安逸笑得更灿烂，拍着胸脯说："我向爸妈保证，一个人的日子也会有滋有味。"

婉约贴己话：

生活有很多种，每一种生活都有其幸福所在。

执子之手、与子偕老，一直都是人类追求的美好，但这并不意味着单身就是不幸福不快乐。在对的时间遇上对的人，结婚生孩子、相伴终老的常人幸福，没有人会拒绝，只是，有些错过是不可预知的。

人生一世，重要的是活得快乐幸福，快乐幸福的内容又是不同的。现代人的人生价值理念和生活方式趋于多元化，只要不伤害他人，谁的生活谁做主。

我们往往习惯用常人的眼光去看待越来越多的"剩女"，回过头来想，她们拥有的自在和宽松又何尝不是背负太多责任和义务的人们的向往？

所以，生活从来都不是完美的。你享受天伦之乐的甜美就要承受日子的疲惫，你安于单身贵族的滋润就要忍受一个人的寂寞。

生活本身没有好与坏、错与对，只有愿意与不愿意。

不是不爱你，是爱你太多

　　父母干涉儿女的婚姻，一直都是出力不讨好的事。很多儿女为了爱情飞蛾扑火、义无反顾，把父母的反对当成耳边风。"我们都是为了你好"，为人父母者，好像都说过这句话，然而，好心未必成好事，父母认为的"好"不一定是儿女想要的，尤其是在情感范畴，什么样的选择才算是好？放弃了常人眼中的"不好"就会拥有幸福吗？

家故事：

　　"110"呼啸着就来了。在菜市场，两个女人对峙着，嘴里还不干不净地骂着脏话，旁边的人们在窃窃私语。

　　警察问："谁报的警？"

　　那个年轻的女人说："我。"然后指着对面年长的那个女人大声说："她打我。"

　　那个女人一听，泪一下子就下来了："小月呀，你这个没良心的丫头,你中了邪了,总有一天你会后悔的。"

"后悔我乐意,不用你管。"

警察一时也有些发懵,问:"你们什么关系?认识吗?"

那个叫小月的女人狠狠地说:"我不认识她。"

另一个女人哭得更厉害了:"你连亲妈都不认了呀,就为了那个要什么没什么的男人,你值得吗?找真是白养你了。"

"你别总拿养大了我说事儿,你算算,养我花了多少钱,我给你。"

年长的女人被气得开始哆嗦,颤抖着声音说:"我不算花了多少钱,我掐死你,就算我没养你。"说着,扑过去,两个人又撕扯起来。

警察好像弄明白了,忙拉开她们:"家务事回家说,别在大街上耍横,听见没?"见两个女人依然一副虎视眈眈的样子,警察沉下脸说:"你们要是不回家那就跟我们走吧。"

这时,一个男人扒开人群闯过来:"你们不要脸了?丢人都丢到大街上来了,都给我回家。"

"我不回去。"小月大声嚷着。

警察趁机打圆场:"好了好了,都散了,必须回家。"好说歹说,一家三口重又坐在了一个屋檐下,却彼此一句话没有。

事情原来是这样的:

一年前,小月技校毕业后被母亲的单位录用,当了一名三班倒的工人。她的师傅是一个五十岁的男人，看上去却只有四十岁的样子。车间的人都叫他勇哥。

勇哥很喜欢小月，上夜班的时候总会带零食给她，还替她干活。开始时，小月不好意思受用他的好意，渐渐地熟了，便吃喝不分了。别人都知道他们师徒关系好，但也没多想，毕竟两人相差一代人了。直到勇哥的老婆闹到车间来，大家才知道，他们好到要一生一世在一起。

听到消息，小月的母亲感觉自己要疯了，那个平常喊她"姐"的男人想要自己的女儿，简直太卑鄙了。她找到他，二话没说，先给他两个耳光，然后恨恨地说："你最好死了这条心，我就是把小月打残了，我养着她，也不会给你。"

可这事父母似乎说了不算。小月就像是被灌了迷魂汤，铁了心要跟人家。看父母这一关不好过，她索性休年假和勇哥去了海南，用行动告诉父母："生米煮成熟饭，我嫁定了。"

休假回来后，两人还在外租了房子。这不，在菜市场，与母亲狭路相逢了。

沉默了良久，父亲对小月说："你把他叫来，我有话和他说。"

勇哥来了，在昔日的同事面前垂着头，发誓说："我是真的爱小月，我不能没有她。"

"呸，你放屁。"母亲气得打断他的话："这种鬼话你也就糊弄小姑娘吧，别在我面前装，你说你爱她，你拿什么来爱她？"

父亲压了压火，冷静地说："我不想同意你们的婚事，可女儿不给我争气。虽然我们家不是什么名门，可我女儿也不能没有名分地跟你过日子。你要是真像你说的那样爱她，就去办离婚手续吧。在你没离婚之前，不要来找她。"

"爸，他老婆可不讲理了，你别逼他。"小月插话说。

"你给我闭嘴，你要是还知道'羞耻'二字，就给我老实地待着，不然，我废了你。"看父亲真的动了怒，小月不敢吱声了。

半年后，勇哥离了婚，净身出户。

母亲说："你们现在可以合法地在一起了，但从此以后我们各走各的路。不过，这女儿我不能白养，你们拿出十万块钱，我们两不相欠。否则，别想结婚。"

"十万块？我们现在这种状况怎么拿得出？"小月冲着父母喊道。

"那是你们的事了，你们的爱不是能战胜一切吗？十万元抵我二十几年的含辛茹苦，你还觉得多吗？"母亲一字一句地说。

"是啊，闺女，十万块在现今根本不算钱，他要是拿不出，就不配娶我女儿。"父亲的态度也很坚决。

小月一脸绝望："你们根本不爱我，你们是故意为难我，我没你们这样的爸爸妈妈。"说完，哭着跑出去了。

屋里死一般寂静，留下的两个人你看看我，我看看你："一把屎一把尿拉扯大的闺女啊，她说我们不爱她。"

低下头，老两口泪成四行。

本以为十万块可以阻拦女儿的一意孤行，谁知小月找遍了可以找到的所有亲戚朋友，东拼西凑了十万块钱。将厚厚的一摞钱举到父母面前时，小月脸上决绝的表情令人心痛。她冷冷地说："十万块，一分不少，你们点点吧，点够了，你们的女儿就幸福了。"

见父母看着钱流眼泪，小月满是怨恨地说："我永远不会忘了，我的'幸福与快乐'是你们给的。"

说完狠话小月扬长而去，老两口不禁痛哭失声。父亲埋怨母亲说："都是你呀，非要什么十万块钱，你这不是逼孩子吗？这下可好，还没过日子呢就堆了一屁股债。"

"既然钱不能让她知难而退，那真是留不住了。既然留不住了，我们不能人财两空，最起码十万块钱攥在我们手里。"

"闺女都没了，要钱还有什么用？"父亲说。

"怎么没用？谁还和钱有仇啊？再说了，钱在咱手里，等闺女有了难处，咱再帮她。我就不信了，他勇哥算什么东西，闺女早晚看清他的真面目，也总会知道爸妈才是她的亲人。"

"事情已经到了这一步，只要他对咱闺女好就行。"父亲说。

母亲还是气不过："不行，对闺女好也不行，只要有我一口气在，就不能让他们在一起。"

"唉，管不了了，他们已经在一起了。"

父亲的一句话，把这个家再一次拉入沉寂。老两口知道，挽不回的不是女儿的心，而是一家三口其乐融融的过去。

婉约贴己话：

前段时间网上有个流行词：私奔。

其实私奔并不是什么新鲜事儿，老百姓家喻户晓的大概是卓文君与司马相如吧？

在文学作品里，私奔是爱情的纯粹，是山无棱、天地合，乃敢与君绝的轰轰烈烈。而在生活里，私奔就是一种姿态，是儿女向父母摊牌：我就这样了，你看着办。

姑且不论小月与勇哥的爱情有多至真，这样的"忘年恋"也不新鲜了。只是从古至今，当爱情与亲情撞在一起，妥协的总会是亲情。当年的大家闺秀卓文君当垆卖酒，是为了爱情吧？心疼她的最终还是老父亲。小月的父母用十万元买断亲情，不是心狠，更多的是心痛。

　　发稿的前一天，在街上遇见小月的父母。他们说，小月和勇哥在菜市场旁边租了一间小小的临建房，有一次在早市碰见时，小月挺着大肚子站在水果摊前……等小月空手离开了，他们问过摊贩才知道，她怀孕了想吃樱桃，来过很多次可是樱桃的价钱一直不降……父亲二话不说，当时 80 元一斤的樱桃立刻买了二斤，悄悄送到了临建房的门口。

　　在所有的家事中，有一种矛盾从一开始就写好了结局。其实父母的妥协和当初的决绝一样，不是不爱你，是爱你太多。为人父母者总是希望儿女少走弯路，但有些"弯路"绕不过去，年少的心也很少会懂得亲缘的可贵。

　　爱情是山盟海誓，亲情是细水长流，当你走遍了千山万水，回过头来，一直都在的，一定是亲缘。

生育和事业不是鱼和熊掌

生育,需要那么多条件吗？时下很多年轻人婚后不想要孩子,唯恐自己怀孕、休产假、带孩子的过程中,在职场掉队。而老年人则认为早生孩子早省心。其实,要不要孩子归根结底是小夫妻的事儿,当老人的可以适当开导开导,但不能逼问甚至是指责。有时候追得太紧,会在无意中影响与儿女的感情。

家故事:

从婆婆家吃饭回来后,艳波就气得鼓鼓的,直到进了小家的门,也不和小新说一句话。小新心里也不是滋味,每次回家,妈妈总是问起同一件事,也确实令他们小两口尴尬。不过,妈妈也没有错,他和艳波都结婚五年了还不要孩子,当老人的能不着急吗？

洗澡躺下后,小新试着想搂搂艳波,缓和一下两人的不愉快。艳波生硬地推开他："别碰我。"

小新陪笑说："不碰你可不行，咱俩还得传宗接代呢。"

一句话把艳波彻底惹翻了，她"噌"的一下坐起来说："你还有完没完？你们家娶我就是让我给你们家生孩子的？我要是一辈子都不生了，你是不是还要另娶啊？"

"不敢，不敢，瞧你说的，我是因为爱你才娶你的，怎么能把你当成生育工具呢？"

"你知道就好，小新，我再和你说一遍，你们家别逼我，把我逼急了，咱就离婚。"

见艳波一副又委屈又生气的样子，小新不得不改变了玩笑的口气，一本正经地说："老婆，别生气了，没人逼你，不过你也要理解一下老人的心情，我可是家里的独苗。"

"现在谁不是家里的独生子啊？怎么就你们家着急？"

"父母退休在家无事，盼着早日抱孙子也在情理之中，是不是？"

"那我先立业后要孩子就不在情理之中了吗？"

"你这样想也有你的道理，不过事业是无止境的，干到什么时候算是成功？老人都说，早要孩子早得济，早晚的事，早完成任务早省心嘛。你妈不是也这样说过吗？"

艳波瞪着小新，气哼哼地强调着："你要我和你说多少遍？我正处在事业的关键期，我不想因为要孩子耽误了自己的前程。”

“不就是升职嘛，一个女人，差不多得了。”小新嘟囔着翻了个身。

“喂，你的大男子主义又来了？什么叫差不多得了？最讨厌你这种腐朽思想了，你要是真有本事，我辞职当全职太太，你一个人还贷养家，行吗？”

“说话别总戳人心窝子，我是没本事，小职员一个，不过就算是我有能力养家，你也不会辞职的，因为那样就不是你了。”

艳波把头一仰，说：“你这话我还真是爱听，你说对了，我就是新女性，追求经济和精神独立的新女性，所以，去告诉你妈，别把我当成家庭妇女。”

小新讨好地一笑：“有了孩子，老人可以帮我们带，你忙你的事业，不会影响的。”

“怎么不会影响？我从怀孕到孩子一周岁，至少要两年的时间。这两年里，会有很多的升职机会都错过了。等我再来上班，也许连岗位都没有了。”

“你说得太严重了吧？国家有规定，不能因为生育而影响就业的。不想生就说不想生，别拿这些理由吓唬人，我又不是没文化。”

艳波歪着头看着小新说：“谁吓唬你了？你就是没文化，

见识浅,国家是有规定,生育是不会丢了工作,但是却不能保证还有自己喜欢的理想岗位。我还年轻,我不想因为生孩子没了事业。"

"事业,事业,一个女人哪来那么大的事业心?"小新忍不住又嘟囔了一句。

"我就知道你心里是这么想的,女人怎么了?女人撑起了半边天,女人干事业不比你们男人差。"

"是是是,你厉害,可女人生孩子也是本分。"

"小新,我一直以为是你妈想要孩子,没想到你也是这么守旧。要孩子就那么重要吗?没有孩子我们的婚姻就走不下去了吗?如果是这样,我们是不是太悲哀了?"

和每一次争吵一样,说到此,两个人都是很受伤。小新知道,艳波所在的公司竞争很激烈,她在工作中也很优秀,只要坚持努力,升到主管的位置是大有希望的,可是职场有太多的不确定性,致使两人的生育问题没有时间表。艳波也知道,小新的父母包括自己的爸妈都在盼着隔代人,可是自己的事业刚刚起步,自己耽搁不起。前不久,她的一个小姐妹就是因为怀孕错过了出国深造的机会,很可惜。

沉默良久,小新说:"老婆,什么时候生孩子这个问题我们讨论了无数次也吵了无数次,我们可不可以都理性一点?今天,你给我一个准信儿,三年还是五年?或是你升为主管以后还是当上了总经理就可以了？"

艳波低下了头，她不知道该怎么回答，踌躇了一会儿，说："其实我们现在要孩子也不具备经济能力。"

小新不满地回道："照你这样说，人家山区的穷人家就不要孩子了？退一步讲，就算是你说的经济能力达不到，等你达到了我们也老了。谁家不是这样过啊？生活不就是这样的吗？怎么到了咱家就行不通呢？"见艳波还是不肯答应，小新叹了口气："都说一个女人爱一个男人就会愿意为他生孩子，看来是我不够好。"

"不是的。"艳波急急地解释说："我喜欢孩子，我也想有爱情的结晶，可是我真的放不下现在的事业。女人的事业期很短暂，我不想荒废了。小新，我答应你，等我事业稳定了咱就要孩子，好不好？也请你站在我的角度多为我想一想，行吗？"

"也许你是对的，对于你来说，孩子和事业就是鱼和熊掌不能兼得，可是对家来说，我们都三十岁了，也该要个孩子了。"

说完，小新背过身，轻声说："我真是怕见老人了，每次见面都被问，他们一定以为咱们有病呢，真是难为人啊。"

黑暗里，艳波没再说话，却睁着眼睛怎么也睡不着，自己想事业成功后再生育有错吗？自己又没说不生，只是晚育而已，为什么不能被理解和包容呢？

婉约贴己话：

有一个寓言是这样的：

草原上有一对狮子母子。小狮子问母狮子："妈，幸福在哪儿？"母狮子说："幸福就在你的尾巴上。"于是，小狮子不断追着尾巴跑……但始终咬不到。母狮子笑道："傻瓜！幸福不是这样得到的。只要你昂首往前走，幸福就会一直跟随着你。"

真的是这样，人生很多事无须刻意追求，好比田野里的麦子，一节节生长，成熟和收获是自然规律。身边有很多的女友，在二十多岁时结婚生子，人到中年后依然是职场的顶梁柱。生活中的贤妻良母和事业上的女强人集于一身，她们活得精彩而鲜亮。当然，她们也有疲惫，但是人生旅途的乐趣不就是尝尽人间百味吗？

医生说，女人的最佳生育年龄是 25—29 岁，超过 30 岁算是高危妊娠。因此，在合适的时间生一个健康的孩子是一种幸福，也是对自己对家庭负责。生活告诉我们：孩子不是婚姻幸福的唯一，却是幸福的源泉。

生育与事业，成功和幸福，不是非此即彼的选择题。我们完全可以幸福着,并顺便成功。其实就人生而言,我们可以不成功,但我们不能不幸福。或者说,拥有了幸福才是成功。

其 实 幸 福 就 是 好 好 过 日 子

第四辑
———
家庭，
需要每个人的维护和懂得

家族中的"贵族"与"贫民"

伟人说,人没有高低贵贱之分,只有社会分工的不同。一个家族是一个社会的缩影,更是没有高低贵贱之分,然而,一个屋檐下的兄弟姐妹各自成家后,过着过着,这日子便有了差别。而这些差别渗透在你来我往的点滴里,心态也随之改变。你说我"为富不仁",我说你"仇富心理",亲兄弟之间如此"敌视"真的是钱闹的吗?

家故事:

富强正在店里忙着,富民找来了,进门就拉着脸,像是来要账的。富强也习惯了他总是一副气不过的样子,看了看他,没说话,等他开腔。

"哥,你什么意思?"

"什么事?这前不着村后不着店地扔过来一句,我怎么接着?"

"你是明知故问。"富民气嘟嘟地说。

"行啦,有事明说,别和我在这儿绕圈子,没看见我正忙着呢吗?"

"哥,你是真不知道还是和我装糊涂?你那个新开的店是不是招人?"

富强一笑:"闹了半天你说这事啊?不就是想让你媳妇儿过来帮忙吗?你嫂子和我说了,我已经答应了。"

"我知道你答应了,可我媳妇儿说,你们让她当服务员。"

"我这开店做生意,不当服务员干什么?难道想当老板啊?"说到此,富强咽下了后半句,他想说,想当老板自己去开店,到我店里来干吗?

虽然没说出口,富民看出了哥哥眉宇间的心思,他很是不悦又不得不缓和了口气说:"哥,我知道你的意思,你弟弟不是没本事嘛,要不然还至于这么低三下四地求你。"

富强放下手中的活:"富民,说话凭良心啊,我可没少帮你,你闺女上学,你丈母娘住院,你小舅子找工作,我都出过力吧?"

"哥,我知道,我是说这一次我媳妇儿……"

"我不是和你说了嘛,已经答应了,随时可以去上班。"

"可她不想干服务员。"

"那我没辙了,来我这里只能是服务员。"富强的口气不容商量。

"哥,你那个新店不是还有收银员吗?"

富强想也没想就说:"那个收银的工作她干不了。"

"怎么干不了?不就是加减法吗?再说了,柜台上是咱自己家的人多放心啊。"

"不是你想的这么简单,这么大的一个铺面,没个懂经营的人哪儿行啊,我的收银员不是简单的收收钱,不但要格外认真仔细,还要会照顾整个店面。你媳妇儿小学都没毕业,而且性格粗拉,不适合干这个。"

听富强说了这么多,富民非但没理解,反而生气了,他很不留情面地对哥哥说:"说来说去,其实你就是不信任我们两口子,在你眼里,我们还不如一个外人。"

"胡说。"富强也生气了:"别胡搅蛮缠的,你也是成年人了,说话之前动动脑子,这是信任不信任的事儿吗?这是能力问题。"

"对,你就是自大,就你能力强,你能做生意、挣大钱,你弟弟狗屁不是,只能下岗,只能看你脸色混口饭吃。你就是这样想的。从小到大,你都瞧不起我,觉得我没出息。"

"我没有。"

"有没有你自己知道。"说完,富民扬长而去。富强失神了好一会儿,这是怎么了?自己帮人还帮出错来了?

几天后接到富强电话的时候,富民正和媳妇儿在超市买东西。等他们夫妻赶到医院,母亲已经办妥了住院手续,安排好了床位。

"医生怎么说?"富民问。

富强看了看卧床的母亲,故作轻松地说:"医生说问题不大,调养一段时间就没事了。"说着,朝弟弟使了个眼色。

兄弟两个先后走出病房,富强说:"咱妈的病可能需要动手术,这样吧,咱哥俩先一人拿一万付医疗费押金,不够的话咱再商量。"

这时弟媳妇和嫂子也出来了,弟媳妇说:"大哥,我们两口子可不比你们,你们有生意有买卖的,我们下岗职工能有几个钱?"

嫂子接过话说:"没钱也要尽孝。"

"谁说不尽孝了?我只是说我们拿钱有困难。"

"好了,你们别吵吵了,这样吧,富民你先拿五千,我拿一万五,算我先替你垫上的。"

听富强这么说,富民也不好说什么,不过心里很别扭,大哥真是够抠门的,这一万块钱他替自己出了不就得了。在他家,这点儿小钱还算个事儿?可自己就不一样了,夫妻两人的收入并不高,还有个上中学的孩子,他当大哥的怎么就不想着帮帮亲弟弟呢?他多拿出五千也应该啊,竟然还说是替垫的。唉,怪不得有句话叫"为富不仁",看来这人啊越富越小气,越富越没人情味儿。

富民刚想到此,自己媳妇儿开口了:"大哥,我实话和您说吧,这五千我们也拿不出。"

"嘿,弟妹啊,咱可没这么办事的啊。"大嫂在一旁不愿意了。

"大哥大嫂,你们听我说,你们也知道,这几年我一直没工作……"

"弟妹,你不说工作还好,说起工作我正想说你呢,现在竞争这么厉害,你大哥给你安排在我们家的店里,纯属是照顾你,可你倒好,还挑三拣四的。"大嫂以数落的口气说道。

富民插话说:"大嫂,你这话我不爱听,我媳妇儿是没什么大本事,要是有本事也不求到你家门口,不过,就算是我们没本事也不能安排她当服务员啊。"

"服务员怎么了?干好了不但有工资还有提成,一个月下来也不少收入呢。我看啊,你们俩就是眼高手低,要不然也不至于把日子过到这份儿上。"

听嫂子的口气有些盛气凌人,弟媳妇说:"嫂子你这是瞧不起我们啊?怪不得不愿意帮我们,连给妈治病的钱都不肯多出一分。"

"富民,听听你媳妇儿说的是什么话?尽孝是你的责任,这能让旁人替代吗？再说了，我和你大哥的钱也不是大风刮来的，那都是辛辛苦苦挣来的。"

"行了，嫂子，我懂你的意思，你也别瞧不起人，三十年河东，三十年河西，也许有那么一天你们也会求到我。"富民冷冷地说。

嫂子也拉下脸："最好是这样，我等着这一天。"

"行了，都别说了，富民你给个话吧，拿五千有问题吗？"富强沉着脸问。

"没问题，我家里没有，我去找朋友借也不会和你舍脸。"说完，富民和媳妇儿转身进了病房，留下富强两口子站在走廊里面面相觑。

富强劝自己也是对老婆说："算了，别和他计较，他就是气不过我们比他过得好。"

旁观者：

生活条件好的那一个应该多帮帮过得不好的，那又不是别人，是自己的亲兄弟。这世上，还有比血缘更亲的关系吗？

好像当哥的不是不帮，是没有尽头。老话讲，帮一时不能帮一世，总不能让哥哥每月给他发工资吧？日子，还是要靠自己过。

老人的医药费分摊在两兄弟身上是对的,尽孝心和贫富没有关系。再说了,即使是大哥包揽了母亲的医药费,这当弟弟的也会认为他有钱他应该多出。

弟弟是有些不争气,不过哥哥也要大度些。

婉约贴己话:

其实,日子过得好与不好,家族是否和睦,不在于贫与富,不在于文化素养高低,而在于贫富差别中人的心态。

心态调整,是双方面的。

为富者,大多是聪慧勤劳的,靠自己的大脑和双手过生活的人往往轻视那些不劳而获之人。哪怕是赠人玫瑰手留余香,心也难免高高在上。

相比之下,过得不太好的那一个,其自身总会有显而易见的不足,又总是习惯为自己找到情有可原的借口。这样的内心是卑微的,也是敏感的。

如果赠人玫瑰者,俯下身来,而接受馨香者昂起头,生活的味道会平和得多。

这世上没有免费的午餐,这世上也不会有应该应分的给予。人与人之间,只有互相帮衬和彼此感恩,才能奏出和谐的音符。亲兄弟也一样。

居家过日子,不可能完美无缺,最要不得的就是攀比。富裕生活并不等于好日子,但好心态却能使日子变得钱多钱少

借钱去旅游,潇洒走一回

"借钱买海货,不算不会过"。据说,这句话是形容天津人的潇洒。潇洒走一回,是我们每个人都期许的人生。不过日子就是日子,过日子讲究的是打理。换句话说,有多大本事干多大事儿,有多大能力享多大的福。在我们力所能及的范围内,尽享好时光是生活的睿智,但若动用旁人的奶酪来喂食自己的贪心,那根本不是"潇洒"的本义,某些时候是人性的问题了。

表哥很窝火:

这回我算是明白了,借钱的是孙子,还钱的是爷。

当初小贝找我借钱,我一点儿都没含糊,我们是自家亲戚又在一个单位工作,他手头紧,还想借势买套房,我很理解。谁不想过好日子啊,况且他儿子马上就升高中了,中国人嘛,都是如此,为儿孙置办房产算是一种责任。

所以,当他和我开口时,我满口答应。其实,这件事我老婆是不同意的。她说，小贝自小就是一个贪玩的人，结婚那么久了也没积攒多少钱，现在想买房了便东借西凑的，到时候能不能还是需要打问号的。

我说，他有工作又不是没收入，可能借的时间会长一些，好在咱家近几年也没多大花销，帮帮他也是应该的。他妈妈可是我亲姑姑。

老婆虽然没再坚持，可是充满了担忧。为此，我还取笑她小心眼儿、财迷。我至今记得她苦笑着说，但愿是我多想了，你这个表弟呀，不怎么靠谱。

最终，钱还是借了，但从我最初答应的十万变成了五万，这是老婆的底线。没办法，我只得和小贝扯谎说，孩子的舅舅也正好用钱。

小贝很聪明，他拍了拍我的肩膀，说，没事，多少都成，有总比没有强，男人嘛，没几个不是妻管严的，要不我给你打个借条，省得表嫂不踏实。

我忙拦住说，不用不用，瞧你把我们说的，都是自家亲戚有什么好担心的，退一万步讲，万一有什么事我找我姑要去。

回想起来，我真是又可笑又愚钝，亲兄弟明算账，借钱打欠条情理之中的事，有什么不好意思的？人家借钱很好意思，我催账反倒腼腆了？如今，小贝借钱的事已经过去三年了，三年里，他就跟没这事儿一样，从不提还钱。倒是他的妈我的亲姑,有几次提起来,说关键时候还是亲戚最可依赖,弄得我更不好意思催他还钱了。

老婆不止一次地数叨我说,你就实在吧,弄不好5万块钱就打水漂了。

不至于吧?我总是这样想,虽然小贝做事还像个没长大的男孩,可毕竟也是人到中年了。直到昨天我去他的办公室办事,看到大家正在喝椰奶咖啡,才知道小贝一家上周歇年假去海南旅游了。同事们一边品着小贝带回的海南特产,一边夸他会生活。我顺口问,这一趟没少花钱吧?

小贝很得意地说,我们是自由行,比跟团可是贵多了,不过自己玩儿舒服啊。

听了他的话,我暗自算了一笔账,这一趟三口跟团也要一万多,听他这自由行的舒适度,少说也要花两万吧?既然他有钱去旅游,怎么不还钱呢?

回到家和老婆说起这事,老婆马上让我给小贝打电话,见我有些犹豫,老婆说,这有什么不好意思的?他有钱给自己花就说明有能力还账。

谁知,小贝的电话拨通后,我刚说明意思,他就翻脸了,在电话里还骂骂咧咧的,说我不够哥们儿,不像亲戚样儿。还说,我要是再逼他,他就不认这笔账了,反正也没借据,无凭无据的,不还又能怎样?

我真没想到他这样无理,我的火都烧到嗓子眼儿了。这叫什么事啊,难不成我真要去找他妈评理?

小贝很不满:

我这个表哥啊,真够怂的,不就是 5 万块钱嘛,又不是不给他了,其实我也知道,都是我表嫂在背后瞎鼓捣。

这人啊,真想不开,当初你答应借就不能催着还。谁家有钱还借钱呀?我当然是没有才找你伸手的呀。我又不是要,是借,总有一天会还的,着什么急?你家缺这五万块钱吗?

是,没错,我们是一家出去旅游了。这是我的生活方式,和找你借钱有什么关系?难道我借了你的钱就只能喝粥吃咸菜?我也是要生活质量的。难道只许你们有钱的过快乐日子,我们穷人就要省吃俭用一辈子? 如果按照我表哥表嫂的逻辑,我只有还清了所有的债务才能享受生活,那要等到猴年马月?

等我老了,钱都还清了,我还有心思去玩去疯吗?我珍惜当下,有错吗?

从前总听人说"为富不仁",今天我算是领教了,区区 5万块,他竟然和我急赤白脸的。我这个表哥真是小气,都是亲戚,又都在一个单位工作,谁不知道谁呀?他在我们单位是中层领导,工资比我这个最底层员工多一倍不止,而且他还经常搞科研什么的,去年年底申请的项目获奖,公司一次性奖励他两万元。

他还好意思和我说他缺钱？明摆着说瞎话。

还有我那个表嫂,是中学老师,工资收入也不低。照理说,应该也算是有素质的人,怎么那么小心眼儿,总是怕我不还钱,每次见面都假惺惺地问这问那,好像我们过得不好才是不还钱的理由,如果我们衣食无忧的就该马上还钱。

我偏不还,看他们两口子怎么办。

其实我知道,欠账还钱是天经地义的事,可我就是这脾气,你让我不开心,我也不能让你舒服了。有什么大不了的,就算是我白要他五万块,他也不能一辈子骑在我头上吧？

是,我应该感恩,可这感恩的方式也并不是说,我借了他的钱就不能顶撞他,在他面前我永远要像个孙子似的吧？我也是个爷们儿,我也有我的脾气个性,我不能因为自己在外借了钱,就活得抬不起头。

谁规定借钱过日子就不能理直气壮的？

想想就来气,过年时亲戚们聚会,我老婆背了一个 LV 包,我表嫂翻来覆去地看,还说,这包假冒不伪劣,和真的一样。我当时就说,那就是真的,是一个朋友从法国老佛爷商场排队买的。她立马大呼小叫地说,真的呀？这包包几千块呢,你可真疼媳妇儿。

我知道她什么意思，不就是想说我穷得瑟吗？就因为她这一句话，惹得我妈很不高兴，埋怨我不会过日子，人前人后数叨我好多次。

看在她借给我钱的份儿上我才没和她计较，其实她算哪根葱？管得着吗？我给老婆买名牌包，我愿意。

这两口子，真行，还真把这五万块钱当事儿。别看我小贝手头不富裕，我还真没他们那么吝啬，人活着就要潇洒，为了钱委屈自己，那样的日子我才不要呢。

最烦我表哥刚刚在电话里说，看你过得那么滋润还钱应该不是问题。这是一回事吗？我反驳他之后，他竟然说，我背债去旅游相当于拿他的钱出去玩。

有这样说话的吗？他的钱我是会还的，我花的是自己的钱。行，既然他这么说，那我还真不还钱了，我旅游都花光了，没钱了，爱咋咋地。

婉约贴己话：

世情千姿百态归结于人与人的想法会差之千里。

人性是复杂的，价值取向是不同的，我们似乎不应该以批判的口吻评说任何一种生活方式。一位文人说，草有草的荣枯,花有花的开放与凋谢,每个独特的人,都有不被外人理解的独特悲喜。

　　然而,没有谁会把自己活成孤岛,比如小贝。那么有个性那么要脸面的人可不可以靠自己的能力改善生活质量,而不是去期望帮助自己的那个人再慷慨些,再包容些? 如果说你的日子你可以做主,那么旁人的钱也应该旁人做主。不借你,借了你催账,都不为过。而本应感恩却不知惜福,被帮助了还反咬一口才是最过分的。

　　"人"字就是相互支撑,良心是做人的根本。人情世故中,当遇到不值得的人和事时,学会拒绝是非常必要的。

嫁与娶,有事好商量

红色的五月,花团锦簇,春意盎然。欢天喜地的氛围里,身边的喜事也多起来。这家娶媳妇儿,那家嫁闺女,喜事喜办,图的是"吉利",也是家和万事兴。看上去的一派喜盈盈,需要嫁娶双方的真诚沟通和包容。尤其是身为父母者,如若心态调整不好,一场欢喜会变成两家人的堵心往事,甚至会拆散一桩好姻缘。

故事一:

婚期临近,新娘王玲的心却一点儿也高兴不起来。

王玲的妈妈下周要做一个手术,而且医生说,病人的恢复期会很长,需要静心调养。这几天病人的情绪一直不稳定,王玲知道,妈妈不单单是对手术的恐惧,主要是参加不了自己的婚礼产生了焦虑情绪。刚刚王玲的爸爸又和他们商量,想推迟一下婚期。

　　新郎李可有些不知所措,岳母治病重要,婚礼早晚举办都是可以的。不过,为了筹备即将来临的婚礼,自己的妈妈可谓是操碎了心,又是订酒店又是发请帖的,连餐桌上的喜糖她都亲自去超市买,并一包一包地包好放在冰箱里。婚期改日,她会同意吗?

　　推开家门,李可的妈妈正在地板上做被子。见儿子进来,她满心欢喜地说:"儿子,快来看看妈的手艺,这被面上的'百子图'可是有讲究的,不信你数一数,一共是 99 个,寓意你和玲玲婚后添丁,喜得贵子。"

　　"妈,人家现在都买被褥,您干吗非要自己做啊?"李可不解地说。

　　"傻儿子,商店里的铺盖再漂亮能比妈妈亲手做的温暖?妈知道你们年轻人喜欢那些花里胡哨的样子,你们不喜欢可以不用,但妈妈一定要亲手做两床被子给儿子,那是妈的心意和祝福。"

　　见妈妈喜上眉梢的样子,李可愈发开不了口了。

　　"对了。"妈妈像想起什么似的一边缝被子一边问,"玲玲妈病情好些了吗? 最近忙的也没去看她,上一次见面我还和她说着,她身体不好不必劳累,婚礼的事我全包了。"

　　半天没见回话,李可妈妈抬起头,见儿子很严肃地看着自己,一副欲言又止的样子。

"怎么了？是不是情况不太好？"

"妈，医生说下个星期做手术。"

"哦，是这样啊，还真挺严重的，明天我去看看她，给她拿两千块钱过去。"

看着妈妈低头做活的样子，李可想了想，说："妈，您歇会儿吧，别赶了，不着急的，反正玲玲她妈正病着，要不然我们的婚礼拖一拖，等她病好了，让她帮您一起忙活。"

"不用，妈不累。为了我儿子的婚礼，妈再累心也是甜的。"

沉默了一会儿，李可妈妈忽然反应过来，抬起头问："儿子，婚礼日子定好了是不能改的，这是你的想法还是玲玲他们家的主意？"

"还不都是一样的。"李可淡淡地说。

"不一样。"李可妈妈站直了身子，一字一句地对李可说："儿子，你听好了，咱天津卫有风俗，婚礼日子定了不能改，改日子死婆婆。要是你说改，那是你不懂，要是他们家说改，那就是诚心咒我。"

"妈，哪有那么严重？再说了，这些陋俗谁会信啊？"

"妈也不信，但妈图吉利，不信也信。"

"妈，这不是赶上玲玲妈有病吗，不然谁也不愿意改日子啊。"见妈妈不吭声了，李可接着说："我妈最通情达理了，这事就这么着吧,好吧?"

李可以为妈妈不说话就是默许同意了,谁知妈妈一抬头,已是满脸泪水。

"妈,您这是怎么了?您别哭啊,咱有事好商量。"

"儿子,你爸死得早,妈不说拉扯大你有多辛苦,妈只想告诉你,关于婚礼的其他细节都可以听女方的,什么事都好商量,唯独婚礼日子决不能改。"

"好好好,妈您别生气了,咱不改了不改了。"安抚着妈妈,李可心里很不是滋味,他没料到,这个问题如此棘手。

故事二:

"爸,这婚期也定了,房子也买了,就差这五万块钱了,您能不能帮忙垫上,算我借您的行吗?"

听女儿姗姗这般说,孟非的火一下子就冒上来了,真是女儿大了不能留啊,还没出嫁呢,她的心就外向了。

记得年初的时候和亲家见面商量婚事,说好了,婆家买房连负责装修,娘家给小两口陪嫁一辆车,算是双方父母送给孩子们婚姻的贺礼。如今,老岳父的车已经到位,公婆的房子倒是也买了,偏偏装修的时候说资金周转不过来了,还差五万块钱。这新房不到位,怎么结婚?眼见着公婆捉襟见肘,姗姗只得和老爸开口,不想惹恼了他。

"闺女,老爸有这五万块,但就是不能给。"

"为什么?"

"老爸这是给你撑腰,知道吗?明明说好的,临近结婚了才说差钱,这不是明摆着说瞎话吗?没钱去借呀,现在借钱不是什么丢脸的事。"

"爸,您别把话说得那么难听,他妈是说去借的,可是您也知道,他们家本来不富裕,买房首付几乎花空了积蓄,他家也大多是穷亲戚⋯⋯"

"现在知道了?我当初说什么来着,爸并不是嫌贫爱富之人,可是过日子也要讲究差不多。他家和咱家就不是一码事,这还没结婚呢,就当着你的面哭穷,要他们当父母的干吗?"

"爸,算我求您了,救救急呗,好吗?"姗姗开始软磨硬泡起来,她知道,爸爸最疼她,从来都是她要星星不摘月亮的。没成想,这一次没管用,老爸依然阴沉着脸。

"爸,不就五万块钱吗?您至于的吗?"姗姗也不高兴了。

"我说过了,不是钱的事。我是嫁闺女,不是娶儿媳妇,这钱不该我出。"

"什么该不该的?您不是说您的就是我的吗?现在是我的婚房装修,您怎么就不能帮一把?再说了,我们会还的。"

"我们?你和谁是'我们'?"孟非的气更大了。

"好了,老爸,您别和我较劲儿了。我知道您是对我好,您总不能看着我结婚没地方住吧?"

"没地方住也是你自己选择的。哼,还没出嫁呢,就和婆家一个心眼儿,合着伙要骗我出钱。"

"谁骗您了?不给拉倒,大不了这婚我不结了。"

"你还拿不结婚相要挟?不结更好,我正高兴家里有闺女呢。不过你要是不结婚了,着急的是他们家,你有本事和你公婆说去。"

"我说了呀,我公婆听了很着急,说是砸锅卖铁也要让我们把婚顺利结了。我公公还说,这事您要是帮着解决了,一辈子感谢您。"

听姗姗这么一说,孟非似乎是明白了其中原因,他强压住内心的不满,说:"姗姗,还是那句话,咱家是嫁不是娶,该陪嫁的爸一样不少给你,该他们家准备的就要他们去做,这个界限一定要清楚。而且,退一万步讲,就算是需要爸爸出钱帮忙,这话也要他父母和我提,不能让你和我说。"

"爸爸,您别矫情了,行吗?就您这脾气,我公婆和您说话都犯怵。"

"我脾气怎么了?该有的礼数一定要有。这是为你今后的婚姻打基础。这件事妥协了,以后的麻烦事还多着呢,就这样吧,想让我出钱,让你公婆和我说。"

见爸爸不松口,姗姗气得掉了泪,大声说:"我都答应他们了,您却这么不通融。结婚真是太麻烦了,我不结了还不行吗?"说完,转身跑开。

婉约贴己话:

谈婚论嫁,在中国的传统文化中是一种民俗,因地域不同内容和形式也会不同,而一样的是,婚姻大事需要嫁娶双方"谈"和"论"。

爱情是两个人的事,婚姻是两家人的事。

尤其是现代社会,独生子女谈婚论嫁,更是成为父母心头的重中之重。喜事喜办,锦上添花再好不过,如若出现小波折,能否最终求得圆满则取决于心境和态度。

推迟婚期,装修新房,嫁与娶,其实都是协商的过程。生活中有很多问题,不是没有办法,是不想按照旁人的思路去解决。生活中有很多烦恼,也是自己与自己的纠结。

不过,在婚姻大事的细枝末节上,双方父母应该面对面,这样才有诚意。凡事"情"字当先,"喜"字在心,才会有"一家人"的其乐融融。即便是某些地方不称心,站在成全孩子的角度想一想,也要学会妥协和容忍。

离了婚,爸还是爸,妈还是妈

最近,娱乐圈又传出高晓松离婚的消息,据说消息爆出时,他和前妻正在陪孩子旅行。他们还说,会共同抚养孩子成长。如此听来这样的娱乐新闻,似乎也不是什么坏事。爱情,总是易变的,而亲情是恒定的。在这个情感多元的世界里,血缘之亲还没有人能够改变。所以,离了婚还能一起陪孩子旅行是值得称赞的,毕竟,中国式离婚能够真正做到尽释前嫌、坦然面对的,还是少数。

家故事:

这个周末,又是接儿子的时间了,可以说,自从离婚后,王佳的日子就是按月来计算的。根据离婚协议的规定,儿子小雨归父亲齐鹏抚养,身为母亲的王佳除了支付抚养费以外,还可以每月陪孩子一天。

显然,这样的协议是人性化的,也是温暖的。然而在离婚近两年的时间里,她每个月末去接孩子的时候,都会遭遇公婆和齐鹏的冷脸,甚至还要当着孩子的面甩一些闲言碎语。一直以来,她都强忍着,就像当初的婚姻一样,他们看不惯她,她也看不惯这个家,不过她想,既然都已经分开了,就更不值得和他们计较了。

道理是这个道理,可每次去接小雨,王佳喜悦的心情总会夹杂着隐隐的不舒服。唉,想想儿子那一张天真可爱的笑脸,不舒服也要忍着。

站在楼下,王佳仰起头看了看那扇曾经属于自己的窗户,有些心酸。其实她和齐鹏的婚姻也没有什么硬伤。两个人相亲认识后,恋爱、结婚。婚后虽不是琴瑟和鸣吧,也还算过得去。重要的是,两个人都没有外心,谁也没出轨,没有第三者插足。现在回想起来,也就是一些鸡毛蒜皮的事儿,要不是齐鹏的父母严加干涉,或许他们的婚姻走不到这一步。

不管怎么说,已经走到了这一步,谁也不怨,怨只怨自己当初幼稚,不懂得经营婚姻和调理男人。其实齐鹏人不坏,就是有些小心眼儿,遇事没主见。即使是结了婚,还事事听妈的,妈说的对听,说的不对也要听。这是王佳最受不了的地方。不过话又说回来,在儿子的眼里,哪一个当妈的不是世界上最好的妈妈呢?

长长地呼出一口气,王佳摁响了门铃。

开门的是齐鹏，和每一次一样，没有任何表情。

"我来接儿子。"王佳也是淡淡地说。

"妈咪，你来了？我好想你。"小雨听到声音后跑出来，一把搂住王佳的脖子亲了又亲。王佳的脸上立即出现了笑容，她也亲了亲小雨的脸颊，说："走，妈妈带你去个好地方。"

娘俩拉着手，刚要出门，孩子的奶奶走出来："王佳，今天中午有个亲戚过生日，我们都去，想带着小雨一起，要不你下周再来接他吧。"

"谁过生日啊？"

"齐鹏他老姨。"

"哦，老姨过生日你们去就可以了，干吗非要带着小雨？"

"老姨特别喜欢小雨，再说了，过生日都是一家人一起去，少了孩子多不好。"

你这时候知道一家人要齐全了？当初是谁怂恿你儿子说，和她离，离了妈再给你找个更好的。话到嘴边，王佳还是没问出口，过去的都过去了，何必再动气呢。想了想，王佳说："我下周要出差的。"

"那就下下周再接呗。"婆婆说得很轻松。

那不是又半个月？王佳不高兴了，每次来接孩子就没痛快过。她一边帮孩子整理衣服，一边说："不行，我们娘俩每月就见一次面，希望您别占用这时间。"

"一个月见一次就够多了,现在知道想孩子了,当初怎么忘了自己还是个母亲?"婆婆的话很轻,却极其刺耳。

王佳忍了又忍,还是说:"我一直都是小雨的妈妈,而且永远是,这是改变不了的事实。所以,请您放正心态,不要百般刁难。"

"谁刁难你了?当初是你自己放弃抚养权的,你就是个自私的女人,只想着自己未来的日子,根本没有责任心。"

婆婆还和从前一样,刀子嘴,有理没理都是不饶人。王佳转头看了看齐鹏,他也还是从前的样子,不卑不亢,不多说一句话,似乎眼前这两个女人的争执与他不相干。记得离婚的时候,王佳是不舍得孩子的,可齐鹏说,他爸妈坚持要孙子,不然宁可耗着不离婚。没办法,她才舍弃了骨肉,并争取到了每月一次小聚的权利。

见齐鹏不言语,王佳也懒得旧事重提,她蹲下身,对小雨说:"儿子,妈妈带你去海洋馆,好不好?"

"好啊,好啊,我最喜欢海豚表演了。"

"小雨,奶奶带你去吃生日蛋糕,好不好?"婆婆也在极力拉拢孩子。

小雨看了看奶奶,又看了看妈妈,显得很为难的样子,似乎是想了想,他忽然笑着说:"我带着妈妈去吃生日蛋糕,然后爷爷奶奶、爸爸妈妈再一起去海洋馆,好不好?"

　　看着孩子清澈的眼神,王佳忽然眼睛湿了,她对齐鹏说:
"齐鹏,不管怎么说,咱俩夫妻一场,我每个月就和孩子在一
起一天,你们家能别为难孩子,为难我吗?"

　　"王佳,今天确实是老姨过生日。"

　　"齐鹏,老姨过不过生日已经和我没关系了,如果你们非
要带着小雨去,那也要好好和我商量吧?每次来接孩子,你们
都是冷冷的表情、淡淡的口气,就好像我王佳欠你们的一样。
离婚,不是我一个人造成的,即便是我的错,也都过去了,我
不奢求还能和你和你们家做朋友,但也也别把我当敌人。"

　　没等齐鹏再说什么,婆婆又搭腔了:"行了,你别欺负我
们家齐鹏老实,不会说话了,我还不了解你吗?我们哪敢把你
当敌人啊,我们好怕哦。"

　　王佳瞅了瞅婆婆,很想顶撞她几句,都一把年纪的人了,
一点儿包容心也没有,她怎么不想想,在儿子失败的婚姻里
她这个当妈的有多少责任?话到嘴边,王佳咽了回去,只是轻
轻一笑,对孩子说:"小雨,去拿书包,和妈妈走啦。"

　　"你这人怎么这么不通融呢?"婆婆严声厉色地说。

　　"谁不通融了?我不通融,那您大度一些也可以啊,您可
是吃的盐比我走的路都多呢。"说着,王佳拉起小雨的手要
出门。

　　"站住。"婆婆叫住了他们,然后缓和了口气低头对小雨

说："小雨，你不和奶奶去吃蛋糕啦？奶奶会不高兴哦。"

小雨抬起头看了看王佳，不知道怎么回答，王佳说："小雨，妈妈带你去海洋馆，吃蛋糕，吃披萨，想去哪儿就去哪儿，想吃什么就吃什么。"

婆婆瞪着眼还要说什么，这时齐鹏说话了："妈，算了，让他们走吧。"然后又对小雨说："晚上早回来，爸爸把生日蛋糕给你留着，好吗？"

"嗯，爸爸再见。爷爷奶奶再见。"

随着"砰"的一声关门声，齐鹏被母亲狠狠地戳了一下脑袋，似乎很是不满意他的退让和软弱。而另一边，王佳带着孩子出门后便拐进了一家西餐店，要了一小份蛋糕，说："儿子，你不是想吃蛋糕吗？慢慢吃，吃完了妈再带你去海洋馆。"

"妈咪，你不会问我问题吧？奶奶说，我们的事不能告诉你的。"

孩子无心的一句话，让王佳又气又无奈，她笑着点了点头，表示不问，然后看着孩子美美地吃着，心里的滋味却怎么也甜不起来。

婉约贴己话：

有人说，相爱的人分开了不能再做朋友，因为曾经伤害过。还有人说,相爱的人分开了也不能做敌人,因为曾经爱过。

其实,无论是爱和伤害,都是过去时了。尤其是两个人之间还有一条血脉相连时,所谓的曾经更不能成为不宽容、不妥协、不谅解的理由。

对于中国人来说,能够像很多西方人那样,离了婚还是朋友,偶尔还会一家人郊游、聚会,简直是一件不可思议的事儿。中国式离婚,总是伤筋动骨的,即便不是两败俱伤,也大多会从此老死不相往来。这种"怨愤"甚至会波及彼此的家族成员。

或许是因为太看重,所以才放不下。不过,给孩子一个温暖真诚的人生,是为人父母的责任,也是一个成年人的修为。

说到底,离了婚,爸还是爸,妈还是妈,父母不能在"争夺"孩子的过程中,忽视了教育,将人性的暗角展现在孩子面前,影响他的成长。

我爱你，却无法接受这样的日子

人生有很多事，看上去是旁人家的，其实也在我们的生活里。爱一个人，就要接受他的全部，嫁给一个人，就是嫁给他的家庭。如此现实的生活，是爱情不够完美，还是婚姻比想象的繁杂？屋檐下的故事中，情节或许不同，个中滋味却有着某种契合。日子深处，爱情不是一句"我爱你"，也不是"在一起"，而是在磕磕绊绊中懂得你的好和伤。

家故事：

一家人默默地吃饭，谁也不说话。自从嫂子带着爹娘和侄子来到这个家，孙强夫妻就没有真正开心过。

半年前，哥哥出了车祸，他急匆匆地赶回老家料理后事。很长一段时间里，他与肇事方谈判抚恤金，将哥哥的遗体入土为安，安抚极度悲伤的爹娘，照顾哭天喊地的嫂子还有哥哥留下的一双儿女。所有的一切，都是他一个人扛。他累极了,可他觉得自己责无旁贷。

　　临近回城的日子,嫂子找到他说:"你哥没了,这个家塌了, 我们不能再在这儿待下去了, 我们要和你一块儿去城里住。"

　　他无法拒绝。自从外出上大学,在遥远的城市工作、安家以后,他少有时间回家,这个家一直都是哥哥撑着。对父母、对这个家他是有愧疚的,看着爹娘一下子又老了很多,他的心痛上加痛。

　　别无选择。

　　于是,他生命中的五个亲人随他走进了他的小家,一个从前只有他和爱人的小家。爱人小红没说什么,家里出了那么大的事,他们需要换个环境调节一下心情,她不但善解人意地接纳,还给公婆给嫂子给孩子们买吃买穿,唯恐他们不适应,生怕他们感到陌生。

　　然而时间一长,小红发现,她的顾虑是多余的,他们才是这个家的主人。公婆年迈,自是干不了家务;两个孩子尽管都是初高中生了,似乎也不会干家务;而嫂子说不会用煤气灶,每天一副养尊处优的姿态。不管小红有多忙多累,他们从不插手家务事,每天坐着看电视闲聊,等着她下班回家买菜做饭。

　　在这个家里,她忽然成了外人,变成了保姆的角色。她觉得委屈,可是和谁说呢?话一出口就显得自己是如此矫情,不容人。如果不说,她真不知道自己到底能承受多久。

今天，单位里由她主负责的一项设计方案又被推翻了,交稿的时间迫在眉睫,她便把文件带回家想静下来再思考思考。一进屋,见到他们坐在沙发上看电视等她做饭的悠然样儿,她的心一下子就乱了,烦了。强忍着做好饭,一家人坐在一起吃,空气却有些沉闷。

吃罢饭,小红没有像以往那样收拾碗筷而是阴着脸对孙强说:"今儿我累了,你刷碗吧。"然后便进了书房。

公婆互相对视了一眼,没有说话,嫂子在一旁不愿意了:"这是给谁脸子看呢?嫌弃我们娘们了是不是?"

孙强赶忙说:"嫂子,不是的,她最近是忙了些。"

"忙了累了也不能拿我们撒气呀,我知道,这是她的地盘,我们可没敢招惹她。"嫂子不依不饶地说:"看来这寄人篱下的滋味真是不好受哦。"

这时,父亲说话了:"别说得那么难听,都是一家人,这段时间我们是给她添了不少麻烦,我们不能总想着自己,也要为她和老二想想,老家有房子有地,我们总住在这儿也不是个事儿,要不,我们还是回老家吧。"

嫂子马上接话说:"凭啥回老家?一回那个家我就想起孩子他爹,我受不了,我就待在这儿。"说着,声音又哽咽了。

孙强也接过话说:"是啊,爹,您要是这样走了,就好像是我们容不下你们一样。您就安心在这儿住吧,我们没事的,真的没事。"

母亲开始抹眼泪:"娘知道你们是好孩子,可一家子这样相处下去,不是日子啊,日子不能这样过。再说了,这两个孩子是要上学的,总这样耽误着不行。"

"老二,明儿你就去给孩子办户口,我要让他们在城里扎根,再也不回农村了。"

"嫂子, 这可不是那么简单的事……我, 我恐怕没那本事。"

见孙强支吾着,嫂子竟哭起来:"你是办不了还是不想办啊?你哥尸骨未寒,你就不想管我们了?"说着,嫂子还喊着哥哥的名字,一把鼻涕一把泪地数叨起来。

父亲皱了一下眉头, 咳嗽了一声说:"老大家的别嚎了,你既然把话说到这个份儿上,那我也说一句,老大没了,老二是该帮你,但没有义务养着你。你看看你自己,自打进了城啥也不做,你要是帮帮老二媳妇儿干些家务,她能累得不高兴吗? 人心换人心,别总想着别人的不对,你做得就没错吗?"

嫂子一听哭得更厉害了,索性撒起泼来:"你们一家子欺负我啊,你们过上好日子了,我孤儿寡母的没人管呀,我的命好苦啊……"

"嫂子、爹、娘，你们放心，哥没了，我就是你们的靠山，我不会不管你们的，你们就安心住在这儿，小红和我都没得说。有我在，你们放宽心。"

孙强劝了嫂子劝爹娘，好不容易嫂子不哭了，爹娘也睡了，他疲惫地推开书房的门，只见小红看着一堆图纸，泪水止不住地往下掉。

"你又怎么了？"孙强的口气有些不耐烦。

"你说我怎么了？"

"好了好了，老婆，我知道你委屈，都是我不好，以后我多干活，行了吧？"

"老公，这是多干少干的事吗？自从他们来了，我和你抱怨过吗？可是你自己想想，咱这个家还像个家吗？本来我们是打算今年要孩子的，现在的状况令我根本不敢想象。我考虑好了，他们不走，我就不要孩子。"

"老婆，这是两回事。"孙强有些着急。

小红看了看孙强，认真地说："老公，我们都不是小孩子了，你的能力有限，我的承受力也有限，这个问题解决不好，我们的生活会越来越糟。"

"哪有这么严重？你这不是逼着我赶爹娘走吗？别这样，难道你不爱我了吗？"

小红仰起脸，淡淡地说："我爱你和他们住在这儿没有必然联系,你自己好好想想吧,我还要修改图纸,需要静一静。"
说完,背过身,不再说话。

孙强一个人回到卧室,望着窗外,内心久久无法平静。一
边是爱人,一边是亲人,他到底该怎样抉择?

老家的亲戚说:

祖祖辈辈都在土里活,也没见谁家的日子过不下去。

他们老家的砖房是前年大儿子刚刚翻盖的, 宽敞明亮,
还有承包的十几亩稻田,每年收成都会不错。虽说是家里的
顶梁柱没了,可也不至于非要挤到城里去给自己找不自在。

听说去城里住的主意是大嫂出的,她肯定是有自己的小
算盘,不过老二媳妇儿也够娇气的,我就不信坐办公室能比
俺们干农活还累。

城里的同事说:

他嫂子的素质太差了,简直不可理喻。或许在农村人眼
里,进城生活是一种向往,可是,她想过没有,在城里住是需

要资本的,比如,工作能力、生活适应性等。什么都没有,就想赖在别人身上,岂不可笑?

我不是瞧不起农村人,也觉得孙强应该关照家人,可是关照不能以牺牲自己的生活为代价。如果爱小红,就要考虑她的感受,更要拿出两全的办法。

婉约贴己话:

不得不说一句滥俗的话:婚姻,只有爱情是不够的。我们总在说,接受他就意味着接受他的家庭和亲人,现实却会告诉我们,这个接受有时会超出我们的承受底线。

也不得不说一句老话:人各有命,富贵在天。人的幸福不是抢来的、要来的,更不是赖来的。在城里生活未必就是幸福,乡间的日子也有令都市人艳羡的快乐。其实每个人都是一粒种子,都有适宜自己生存的土壤。强行依附,换不来幸福。

我们承认城乡差异,我们也理解不同的生活背景和文化环境滋生的思维和行为方式有不同。即便如此,谁的生活谁做主,我的家不是你的日子。我们同情弱者,亦可伸出援助之手,但这并不代表,我会把自己的生活交给你。

亲人相亲不是一步一牵绊,亦不是盲目依从,去与留都应是善果。一个人,须找对生活的立足点,一段婚姻,学会经营才是最妥贴的方法。

俗世烟火里有饭香,饭香里有爱

关键词:

食为天:出自《汉书·郦食其传》,"王者以民为天,而民以食为天";天,比喻赖以生存的最重要的东西。中国人说"民以食为天",一来表现中华饮食文化的精深,二来也指吃是人生存的基本需求。

爱为纲:纲,是总纲、要领的意思。于丹曾说,以仁为本,以爱为纲,是指每个人都应感受到生活在今天是和谐的温暖、仁爱的火热。

家故事:

说来说去,她还是嫌他俗,嫌做饭俗,嫌他们一家子都俗。明白了这一点,姜鑫的火气便一个劲儿地往脑门儿上顶。

大年初一,家里来了很多客人,多是从农村老家赶来给爸妈拜年的。按照老家的辈分,很多人都唤姜鑫"小叔叔",这让三十刚过的他有些难为情,尤其是那个看上去五大三粗的远房侄子,年龄还要长他几岁,可一句一个"小叔叔",叫得他心里暖暖的。

家里一下子冒出这么多人,使得并不算小的三室两厅显得狭窄拥挤起来。临近吃饭的时间,姜鑫悄声对爱人说:"今儿在家吃吧,家里有那么多年货,而且在家里吃显得亲。"她压低了声音说:"这些人你都了解吗?都用家里的碗筷,是不是不卫生啊?"

"你别太干净了,等他们走了消毒就是。"

"那你做饭啊,反正我不会。"

望着她淡淡的样子,姜鑫的心开始堵得慌。结婚三年多了,她从来不下厨,说不喜欢油烟味。最初的时候,他也不太在意,觉得夫妻两人谁做饭都是一样的。直到那一次,他感冒发烧起不来床,想吃西红柿手擀面,她还是说,我不会做。他的心忽然就凉了一下,心想,正值壮年的两个人有了病都做不到互相关照,如果老了会是什么样子?

她似乎看出了他的心思,便煮了一碗方便面端到他跟前,还说:"我真的不喜欢做饭,你别那么老土,现在很多知识家庭都是请保姆或是叫外卖的。"

姜鑫知道,她瞧不起他的平民生活方式,可是他从小就是这样的，而且身边的亲人朋友也都是这样一衣一饭的过日子。

没办法，他把爸妈接来一起住，于是，她便享受起饭来张口的生活。尽管爸妈从没说过什么，偶尔看出他们的不高兴，姜鑫便自嘲地说："我娶的是读书人，不是俗人。"

老妈听了会嘟囔："读书人不吃饭吗？"

老爸则笑："万般皆下品，唯有读书高"。

做饭引起的矛盾一直都在，只是一家四口心照不宣罢了。没成想，暖融融的年把姜鑫心底的郁闷激发了。

看着爸妈和亲戚们喜悦地说着家常，他实在不好意思喊他们来做饭，便哄着爱人进了厨房，说："主要是我做，你给我做帮手就行。"

她很不情愿地一边帮他择菜一边说："你们家人怎么都这样？"

"怎样？"

"还能怎样？俗呗。"

"出去吃饭就是时尚，做饭就是俗气了？即使是出去吃，那饭也是人做出来的呀。要都是和你一样，岂不是都饿死了？"

"没错，饭总要有人做，但不是我。"

"你这话我不爱听，听你这口气，我们天生就是做饭的？

你天生是高雅脱俗?”

"这可是你自己说的。"

姜鑫压了压心底的不快:"别过分啊,还真把自己当公主了?"

"谁过分了?我说的是事实,把大把的时间用在做饭上,还亏你是名牌大学的毕业生呢,我真看不惯你浑身的世俗气。"

"是,我是俗,可是我不'俗',你能有大把的时间'雅'吗?"

"行了,别老王卖瓜了,会做饭是什么了不起的事啊?"

"那你做给我看看。"

一句话噎住了她,她"噌"的一下站起来,气呼呼地说:"我偏不做。"

正巧一位亲戚过来帮忙,听见了他们小夫妻的斗嘴,有些尴尬地说:"给你们添麻烦了。"他忙接过话:"没有的,没有的。"而她,一转身进了自己的书房,连吃饭的时候都不肯再出来。

姜鑫看出爸妈的不悦,也看出亲戚们的不解,等亲戚们一走,他便走进书房,和她大吵了一通,并心痛地问:"你爱过我吗?"

她也哭着说:"你竟然为了做饭这么芝麻大小的事和我

吵,你是不是不爱我了？"

旁观者：

做饭,确实是小事,也确实是大事。我觉着,要是做饭这等小事能让亲人感到幸福,那就是大事了。

或许生活本身就是从学做饭开始的。细想一想,谁能离得开吃啊？既然离不开,干吗把它看得那么世俗？

夫妻嘛,多为对方想想就没那么多矛盾了,她不愿意做饭就别强求,毕竟,过日子不单纯是吃吃喝喝,想想她的优点也就释然了。

婉约贴己话：

锅碗瓢盆、油盐酱醋,充满了人世的烟火气,紧贴着日子一点一滴的生动。怪不得有个作家说,一个厨房就是人生的所有,厨房是将生活之素材理论化的过程。

嗯,是这样的。食物是生命的根本,厨房里会滋生生命的原动力,会让生活越发绚丽和温暖。

　　"他(她)喜欢做饭""我不会做"。经常听到身边有人这样说。如果你说过,那么以后不要说了。因为,就做饭而言,没有不会做的只有不想做。并且,少有人天生喜欢做饭(不包括职业的喜好),即使是,饭香里也会有爱。

　　如果没有爱,"吃"的本身是乏味的,我相信,每家每户的饭香里,都有对世态炎凉的包容,对岁月的接纳。

　　正是有了爱,锅碗瓢盆才是一支幸福的交响曲,油盐酱醋才是对人生的诠释。

　　爱他(她),就不做单纯的食客,也试着做饭给他(她)吃。因为,有爱的饭香,必会调和出最温馨的人间欢宴。

我只是想让母亲安静地离开

人到中年,开始面对生老病死。没有哪一个儿女在父母离世时能够完全冷静淡定,只不过,伤痛的背后,若是存有私心杂念,并将人性的丑陋摆在桌面上,血浓于水的亲缘会变得不堪一击。树倒猢狲散,老人走了,兄弟姐妹开始各走各的路,甚至形同陌路,不能说不是尘世的一种悲凉。

家故事:

王老太已经一个星期不能进食了,三个女儿齐刷刷地围在床前,哭成了泪人儿。

大女儿说:"还是把妈送医院吧。"

二女儿也说:"是啊,给妈插胃管,输营养液。"

三女儿小蒙含着泪却依然冷静地说:"妈的病已经折腾快三年了,再送医院再治疗也就是这几天的事了,你们想好了,如果执意要送医院,我没意见。不过妈在清醒的时候曾说过,她不想再受罪了。"

见两个姐姐不说话了,小蒙又说:"我有一个同事,她妈妈临终前浑身插满了管子,想起这些,她总是很难受。"

大女儿哭出了声:"总不能眼睁睁地看着妈……"

二女儿也是泪流满面:"就是呀,妈这一辈子多不容易呀。"

小蒙哽咽着说:"我和你们的心情是一样的,可医生说咱妈的脏器衰竭已经很严重了,插管治疗意义不大,咱别让妈遭罪了,让她安静地走吧。"

就这样,不吃不喝不救治,王老太又喘了一天一夜。弥留之际,小蒙含着泪走过去,用手轻轻地托住她的下巴说:"妈,您放心吧,我们都会好好的。"

三天后,王老太的丧事料理妥当,三女儿小蒙拿出一个存折说:"这是妈生前的积蓄,除去丧葬费还有三万多。"

大女儿看了看说:"怎么这么少?我记得妈存了不少钱的。"

小蒙刚要说什么,二女儿接过话说:"妈是存了不少钱,不过这几年有病花了不少,还有前几年,三妹妹总领着她出去旅游,也是不小的开销。"

小蒙一听这话有些着急:"姐姐们,说话凭良心,当初是你们俩让我管着咱妈的钱的,说是我在银行工作存取方便。

而且,我用人格担保,我陪妈出去玩,给妈添置衣物,从来没花过折子上的钱。那都是我孝敬妈的。"

大女儿低低地说:"那谁知道啊,反正钱在你手里。"

小蒙"噌"的一下站起身,说:"你们是我亲姐啊,怎么这样讲话呢? 这么多年,你俩住得离妈远,我和妈在一个小区,大事小情都是我的,尤其是妈确诊癌症后,每次住院、化疗、报销药费,你们管过多少? 都是我操心,我又说过什么吗?"

"你是没说过。"大女儿话里有话地说:"可你为什么没说过呀?"

二女儿也插话:"三妹呀,姐知道妈最疼你,姐不和你说钱的事,可是在妈最后的时候你坚持不送医院,还托她的下巴,是不是想让妈尽快走呢?"

听到此,大女儿又放声哭起来:"妈呀,女儿不孝呀,我不应该听小蒙的呀……那样你就不会走得那么快了。"

两个姐姐如此不分青红皂白,小蒙的肺都要气炸了:"你们俩唱的是哪一出啊? 听你们这口气,我是谋财害命,我是有意不想让妈活了?"

"人心隔肚皮呀。"大女儿还是一把鼻涕一把泪地嘟囔着。

小蒙感觉自己要疯了,哭着喊道:"不送妈去医院是你们俩默认的,怎么怪罪到我一个人头上来了?"

"不怪你怪谁？"二女儿说:"你在家最小却事事做主,你还把我们两个姐姐放在眼里吗？"

"你们以为我愿意做主呀？家里有了事,你们从来都是不拿主意,不操心,可这事情摆在那儿总要有人管吧？"

"管也不是这样管法。"大女儿又说:"你是妈的亲闺女,竟然眼看着妈死,你的心让狗吃了？"

二女儿也不温不火地说:"就是呀,妈白疼你了。"

泪水再一次滑过小蒙的脸颊,她绝望地说:"和你们讲不了理,我找妈说去。"说着,一头撞向桌角。

顿时,家里乱成了一团。

"哎呀,三妹妹,你可别拿死吓唬我们,咱妈的事一直都是你管的,你要是死了,还真是说不清了。"二女儿不咸不淡地说。

"好,我的亲姐姐,今儿咱就把话说清楚,行吗？"

两个姐姐互相对看了一眼,大女儿说:"我想,我这个当大姐的有责任把妈的事情问清楚吧？"

"你现在知道你是老大了？ 妈需要你的时候你在哪儿呢？"小蒙流着泪回道。

"你这是什么话？ 你是不是觉得这个家里就你一个人孝顺？ 行了行了,这些鸡毛蒜皮我不和你计较了,我问你,妈有没有遗嘱？"

"我不知道,妈没和我说过。"

"如果妈没有遗嘱,那我这个当姐姐的说了算。妈活着的时候,你跟着妈得实惠,在妈最后的时候,你却坚持不给妈治病,你的所作所为很让我们伤心。我决定,妈的财产不能平均分,你要少得才行。"

小蒙似乎明白了,她擦了擦眼泪说:"大姐、二姐,妈的财产我不要都行,但是关于对妈放弃救治,不是我自己的主意,那是我们姐妹三个的共同决定。这一点必须说清楚。"

"我们同意了吗?空口无凭,你拿出证据来。"大女儿看了二女儿一眼说。

"你们……那咱们法院见吧。"小蒙口气坚定地说。

"打官司?好啊,反正我心里没鬼。"大女儿也不含糊。

"非要这样吗?"二女儿有些担心地问。

"对,就这样,关于妈的死,关于财产分割,都让法官说了算。"说完,大女儿扬长而去,小蒙哭得瘫坐在地上,二女儿一时迷茫,也无语了。

姐姐们说:

三妹肯定是从妈那儿得了很多好处,这么多年,她和妈楼前楼后地住着,妈帮她带孩子,给她们一家三口做饭吃,她从来没离开过妈。妈的钱也一直是她管着,她拿什么证明她没动过妈的钱?其实,我也不是太在意钱,我只是没想到她竟然在妈最后的时候不让送妈去医院。

这事,我们可没默认,当时我们都哭昏了,哪顾得上表态?都是她一手策划的,她一定是利欲熏心了,还在我们面前寻死觅活的,做给谁看呀?

小蒙说:

我真的是寒透心了。我只是想让妈安静地离开,这有错吗?她们不理解也就罢了,还误解我是图妈的钱。一奶同胞的姐妹呀,她们的心怎么是歪的呢?

我有个同学是医生,对我妈的病情很了解,妈去世前两个星期刚刚住过院,他告诉过我,已没有临床治疗的意义。而且妈在清醒的时候自己也要求最后的日子待在家里,不想再去住院了。这些,两个姐姐都是知道的。

真的不是不给治,是留不住了呀。

婉约贴己话：

这件家事让我想起有关"安乐死"的争议。

"安乐死"一词源于希腊文,意思是"幸福"的死亡,是指让无法救治的病人无痛苦地死去。从医学和法律的角度,各国对安乐死是否合法存在争论,持肯定态度的学者也认为必须采用社会伦理规范所承认的妥当方法。

当王老太的生命濒临结束,不以人工和药物的方式来延长生命和抢救,属于消极的安乐死。有资料称,消极的安乐死接近于自然死亡,在民间并不少见,但出于感情和医学伦理学的影响,还是会出现分歧和纠葛,由此而引起纷争的内在原因也比较复杂,但大多与利益相关。

就中国现状看,对于多子女家庭,关于老人的财产管理以及老人弥留之际某些事情的处理,必须达成一致意见并有据可依方可。再者,同一个屋檐下长大的姐妹,不管内心有着怎样的伤痛和疑惑,都应该以沟通达到彼此谅解。即便是无法宽容也不要将矛盾升级,这是逝去母亲最不愿看到的。

血缘相亲,是人的本能,也是对生命的尊重。让老人生前平静、身后安宁,是真正意义上的孝顺,也是姐妹情深的体现。

一套房子两家离散

老百姓的生活是什么?是孩子有爹娘,老人有儿女,每天睁开眼一家人在一起,哪怕是吃糠咽菜,哪怕是吵吵闹闹,心是欢喜的。只是一个刹那,以往的幸福就回不来了,这是生命不能承受之重,是一个家庭不可修复的重创。生命面前,再丰厚的财产,都比不得岁月静好、现世安稳。

家故事:

张婶做梦也没想到,自己的一个决定竟然搭进去两条性命,白发人送黑发人的凄凉里,隐含着太多太多的酸楚。

大前年,老伴儿病危时把她叫到床前,说:"儿子不争气,我走了以后你就和女儿女婿过吧。"张婶知道,儿子生性懒惰,游手好闲,三口之家的生活勉强支撑。女儿女婿都有正式的工作,虽然也不富裕但安安稳稳地过日子,像个人家。

老伴儿去世后,她便搬到女儿家与其一起生活,自己的两居室对外出租。张婶有固定的退休金，每月的房子租金也不算少，这些钱她都交给女儿打理。张婶觉得这是顺理成章的事，女儿给她养老，她把钱给女儿，没有什么不对。

可是儿子并不这么想，总觉得姐姐占了大便宜，自己吃了亏，所以隔三岔五地总来找张婶要钱。今儿交暖气费，明儿房子装修，偶尔给他个万八千的，张婶也觉得应该，毕竟是自己的亲生骨肉。要得多了，女儿却嘟囔起来："我弟简直把您当成银行了，您就不能拒绝他呀？从小您就偏心，您不能总这么惯着他，他都五十岁的人了。"

听了这话，张婶一笑了之，手心手背都是肉，五个手指咬哪个都疼。谁知，儿子的贪心越来越大，五月份孙子结婚，他又找到张婶狮子大开口："给我二十万。"还没等张婶回话，女儿在一旁就急了："妈哪有那么多钱？你真好意思开口。"

弟弟说："我不是要，是借，等我有钱了会还的。"

"你说得好听，你什么时候能有钱？你这辈子都还不上，你就是骗妈钱。"

"姐，你别过分啊，咱妈在你这儿，你跟着沾光沾大了，我不说就是，你反倒说起我来了。"

"我沾什么光了？你作为儿子伺候过妈一天吗？"

"是啊，你是伺候了，可妈的钱也进了你腰包了，拿了钱，你不伺候谁伺候？"

"当儿子的这样说话,你羞不羞?你知不知道养儿防老的老话,爸妈养了你,白养了。"

"哦,你也知道养儿防老啊?养儿防老说的是儿子的重要性,所以啊,你还别不服,你伺候也白伺候,咱妈还是向着我。是不是?妈。"

张婶看着一对儿女,皱了皱眉:"妈也没钱,你们就都别惦记着了。"

"妈,我可没惦记您的钱,我照顾您受多大的累都从不说的。"女儿赶紧解释。

儿子斜了姐姐一眼,不屑地说:"你这不是正在说吗?就你那小心眼儿,我还不知道,妈有多少退休金,房子月租多少,我心里有数,你呀,别想独吞。"

"我独吞?我倒是想独吞,你这么三天两头地找妈要钱,我不倒贴就不错了。"

"行了,别把自己标榜得那么好,你自己心里想什么自己清楚。"

女儿转过头对张婶说:"妈,您看他说的什么话,您在我这儿住着不是一天两天了,我对您怎么样您女婿对您怎么样,您倒是说句话啊。"

两个人越吵越厉害,话越说越难听,张婶在一旁掉了泪。

见状,女婿也过来帮腔数落小舅子:"有你这么当儿子的吗？就知道惦记妈的钱。妈爱吃什么你知道吗？妈去医院看病时你在哪儿呢？"

儿子当然不服，冲着姐夫喊道："你算老几呀？我家的事不用你管。"

"不用我管？不用我管你把你妈放在我家干吗？有本事你接走。"

"我接走？那你先把妈给你们的钱交出来。"

"妈，您告诉他，您没给过我们钱。"女儿在一旁嚷道。

没等张婶说什么，儿子接过话说："行了，姐，你们别逼妈，也别装好人了，钱在你这儿，妈就得在你这儿。我偏不接走，看你们到底能怎样？"

"我们不怎么样，妈在我这儿吃喝，妈的事我就做主了，什么钱呀房子的，你小子以后别想动一下。"姐夫在一旁恶狠狠地说。

"你少来这一套，我懂法律，我有财产继承权。"

姐夫一声冷笑："那你就等着继承吧，不过妈活一天，你就别想拿到钱。"

姐姐、姐夫咄咄逼人，又没拿到钱，儿子气得临走时扬言说："你们等着吧，等哪天我把妈的那套房偷偷卖了，我让你们一根毛也见不着。"

说者无心，听者有意，儿子走了以后，女儿女婿便找张婶谈,他们说,眼看着自己的孩子也要结婚了,总不能一家三代在一起挤吧,不如把那套出租房过户给外孙子,张婶便可以长期和女儿女婿住在一起。

见张婶有些犹豫,女儿又说:"您还想着我弟能给您养老啊?他要是心里有您早接您去他家了,可他说过一回吗?"

女婿也说:"是啊,您放心吧,孩子结婚搬出去住,我们两口子会全心全意伺候您到老的。"

张婶说:"不过户也可以去住我的房子呀。"

女儿说:"妈您怎么糊涂了?就我弟那浑劲儿,他要是知道了能让我们住吗?再说了,保不齐哪天他真把您的房子强行给卖了,您可就什么都没有了。过了户,房子就和他没关系了,他也就死心了。"

张婶仔细一想,自己这辈子儿子指定是指望不上了,要是不答应女儿女婿,以后想必也是不好相处。唉,人老了,有太多的时候身不由己啊。

这个月,房子顺利过了户,女儿一家欢天喜地,儿子知道后叫嚷着打上门来,闹翻了江,他指着女婿的鼻子说狠话:"都是你背后挑唆的,你等着,我弄死你。"

张婶以为儿子说说狠话出出气也就罢了,万万没想到吃晚饭的时候,他突然冲进来,进门就给毫无防备的女婿一棍子,吓得张婶和女儿赶紧打"120"和"110"。

邻居、警察、医生都来了,可是女婿失血过多终没抢救过来。第二天,人们又在小公园发现了儿子的尸体,他吞下了一大瓶安眠药。

两条性命,就这样没了,年近八十的张婶不哭不闹不说话,只傻呆呆发愣。

她的世界空了。

旁观者:

都是钱闹的,爹娘要是分文没有,儿女也就都消停了。不过这世界上谁和钱有仇啊?按照中国人的传统观念,父母的财产是儿子的,儿子惦记着也在情理之中。

那儿子还有赡养义务了,他怎么不说了?女儿女婿是很孝顺,可也不能以此作为条件找老人要房子啊,这样的做法就是掠夺,其实儿子完全可以走法律程序。钱难道比生命还重要吗?

张婶也真够可怜的,儿子没了,女儿的家也散了,本以为房子过户是给自己买了终身保险,却落了个白发人送黑发人的结果。早知道这样,谁也不跟过,自己一个人多心静。

婉约贴己话:

有一句话说,冰冻三尺非一日之寒。很多事情看上去的偶然性都有其内在的必然因素。

不忍心责怪一位白发老人,然而,失子之痛是她多年来的教育方式酿成的恶果。父母是孩子最重要的老师,在孩子成长的过程中,你没有教给他感恩、责任,等你老了的时候又怎么能要求他懂得回报和尽义务?

人都是有私心的,但不能混淆了赡养义务与继承财产的概念,两者不是绑在一起的。孝顺父母是没有条件的,与财产不相关。

在法律上,父母对自己的财产有赠与权,儿女无权干涉。然而,除非情不得已,老人最好也不要做出非此即彼的选择,人为地滋生不必要的矛盾。

钱不是打开幸福之门的钥匙,平安却是幸福的根本。所有的幸福都必须以尊重生命为前提,没有了生命,失去了安宁,一切都无从谈起。

钱不是凶手,利欲熏心才是。

在这个世界,我们谁都无法预料我们将要面对的纷争和困苦,学会耐受和懂得感恩却是我们自始至终的修行。因为,在利益面前,伤人伤己都是愚蠢的,就像在生命面前,钱多钱少都不重要一样。

你是我兄弟,你不帮我谁帮我

关于亲情,有人说:爱与不爱,下辈子都不会再相见。所以,珍视这一世的亲缘,要从尊重亲人、尊重自己做起。当兄弟姐妹各自成家以后,血缘亲情就扩大了。几个小家之间的情谊就像是一棵大树,光凭血缘的根基是不够的,还需要沟通与包容的滋润和养护。生活中亲人之间的往来,也要有尺度,也要量力而行。

家故事:

小弟来家里的时候,诸葛两口子正在吃饭。进得门来,小弟便避开嫂子,把他拉到一边说:"哥,我有个事儿和你商量,现在的房价降了不少,我和你弟妹寻思着给你大侄子买一套房,可是我们的首付不够,所以我想和你以集资的方式买房,等多年以后,按照当时的房价折算给你现金。这样一来,你既帮了我,自己也不吃亏。"

诸葛听了小弟的打算,半天没说话。记得前几年,小弟要买车,他坚决不同意,并帮他分析说,买车贬值,买房增值,而且房是必需品,车是消费品,物质条件没达到的时候,还是以先满足基本需要为主。可小弟说,我特别喜欢车,我要享受生活,不能为了孩子的未来搭上自己的现在。

小弟的话也不是没道理,而且各自成家后,亲哥哥也不便管太多。没想到的是,多年以后,小弟又开始想买房了,还想出了集资的办法。

见诸葛沉默着,小弟又说:"哥,这房子也不是完全给你侄子买,你想啊,现在孩子还小,买了房可以先给咱父母住着,这样一举两得,多好。"

诸葛明白小弟的聪明,他知道大哥孝顺,所以才打出了父母的牌。其实这些年,小弟没少借钱,从三五百到几千甚至上万,只要小弟有难处,诸葛是绝对会出手援助。然而,生活是琐碎的,日子如细水长流,诸葛也有犯难的时候。他的女儿在一所私立高中寄宿,每年的学费不菲,重要的是他去年刚刚贷款买了房,根本就不想再投资房地产。

正不知道该如何与小弟说,妻子走进来,开玩笑说:"你们兄弟搞什么阴谋诡计呢?"

小弟见大哥没吱声,便说:"嫂子,你来得正好,咱合计合计买哪儿的房好?"

"买房？谁要买房？"妻子满脸狐疑地看着诸葛问。

于是,小弟又把自己的计划说了一遍,妻子一听,脸便沉了下来,不高兴地对小弟说:"闹了半天是你想买房啊？"

"不是我想,是咱两家一起投资。"小弟还在打着自己的小算盘。

"投资也要愿意才行啊？我们家最近不想投资。"

听嫂子的话很冷,小弟看向诸葛:"哥,你倒是说句话呀。"

没等诸葛答言,妻子没好气地说:"有什么好说的？我家没有富余钱,再说了,一起投资会有很多问题,比如,房产证写谁的名字？"

"嫂子,你们只出首付的一部分,用我的名字贷款,当然是写我的了。咱们是亲兄弟,这一点还信不过我？几年后我以当时的房价折算给你们现金,保你不亏。"

妻子在鼻子里哼了一声:"你说得倒轻巧,几年以后的事谁说得准？你没见电视里演的那些纠纷吗？亲兄弟要是昧了良心,也是什么事都干得出来。"

小弟一听也不高兴了:"嫂子,你说这话什么意思？我是那种人吗？这些年,我一直都很尊敬你和大哥的。"

"是啊,你有理由不尊敬我们吗？你和你老婆的工作是我们帮忙找的,你孩子的学校是我们帮忙办的,包括你现在住的房子那也是我们赞助的。你细想想，你家的哪一件事不是你哥帮你的？"

"行了，别说了。"诸葛打断了妻子的话，对小弟说："这样吧，哥最近手头确实有些紧，而且这样联合出资容易财产不清，弄不好还会伤了和气。不如你先估算一下，大概需要多少钱，我尽己所能拿一部分，算是借给你，三年后你还给我本金就行。这样，也简单，也不耽误你侄女上大学用钱。"

"哥，我要是想借钱找谁都能借，还用和你张口？一起投资也是没办法的事，买了房，我又要还贷又要还你们的钱，压力太大了。"小弟小声嘟囔着。

诸葛和妻子都明白了，小弟借了钱短期内是没能力还的。原来是这样，妻子忍不住埋怨道："你这哪儿是一起投资啊？你分明是转嫁风险和压力嘛。你想买房，还不想压力大，所以拉上我们，你怎么就知道我们没压力？你以为我们家是开银行的？"

诸葛拽了拽妻子的胳膊，唯恐她的话说重了。谁知妻子甩开他的手，继续说："我知道你们是亲兄弟，应该互相帮助，可也不能凡事都指靠别人吧？帮人是帮一时不能帮一世，这日子还是要靠自己过的。"

"嫂子，你不用教育我，大道理我比你懂，这人啊，就是人穷志短，我没我哥有本事，过得不如你们好，所以才会张口求你们。看来啊,一个娘肠子爬出来的亲哥们结了婚也是两个心眼儿。"

听了弟弟的话,诸葛忙说:"你别这样想,能帮你的哥一定帮。你嫂子说话比较直,说得对不对的你别往心里去。"

"我哪句话说错了?"妻子不服气地看着诸葛兄弟俩说:"从我结婚那一天起,因为双方父母不在身边,小弟就一直跟着我这个嫂子过,吃的喝的少过你的吗?换季买衣服有时没你哥的也会有你的。你搞对象了,周末的时候你领着她也来我家吃,逢年过节我还会给她买小礼物。你们结婚,我忙里忙外,还把自己的房子以当时的最低价转让给你,如果房子不给你们,我父母会住进去……你以为我不知道房子会升值?你以为就你聪明就你把钱当钱?说实话,做这些不图你回报但求你有心……你还要我这个嫂子怎样?我欠你们的?"

诸葛拦话说:"都是陈芝麻烂谷子的事,还提它干吗。"

"我怎么不能提?我发现有些人特别健忘,别人为他做得再多都是应该的。"说着,妻子狠狠地瞪了小弟一眼说:"我算是明白了,这好人啊不能当,你帮他十件事有一件事没帮,所有的好也就都抹掉了。"

"行了,别说了,我不傻,你们的意思我知道了。"说完,小弟扬长而去,诸葛冲着他的背影喊着:"你吃了饭再走吧。"

"受不起。"

小弟的话远远地扔过来,像一把剑,又凉又冷,很伤人。诸葛回过头看了看妻子,叹了口气说:"你呀。"

"我怎么了?要我说呀,你就该学会拒绝他。他太自私,满脑子想的都是自己的事,从不关心别人。别说我这个嫂子了,他关心过亲哥哥的身体吗?他问过即将高考的侄女吗?"

诸葛低头点了一支烟,心里想,谁让他是我小弟呢?这样相处不会就此生分了吧?

婉约贴己话:

如果说这个世界上有一种情感属于相欠,那么,一定是父母和儿女的亲情。父母无怨无悔地抚育孩子,孩子责无旁贷地赡养父母,似乎是前世彼此相欠,所以今生要以亲缘的方式来偿还。

除此之外,兄弟姐妹也好,夫妻也好,人与人之间都是以相互的状态存在着。

哥哥帮助小弟,小弟应该懂得那是哥哥的情分,而不是本分,哥哥有权说"不"。或许在他眼里,哥哥是举手之劳,生活也比他富足,但这些并不意味着他可以无条件的依附。人都是感情动物,其实,在哥哥的潜意识里,也是需要回报的。只是这回报不一定是物质,更多的是情感上的回应和知懂。

　　我总是觉得,这个世上没有所谓的应该。即使哥哥无所求,即使弟弟能力弱,生活中也是需要一种方式来传递兄弟情谊的。每个家庭都有自己的相处方式,日子不同常理却是相同的。那就是:情感是一面回音壁,互相好才是真的好。

以祭拜的名义回乡,我的柔软你不懂

生活是一种习惯,而家庭,就是不同习惯的人在一起生活,彼此不断妥协的过程。至于谁是妥协者谁是坚持者,有时候不以对错来论。或许,他的坚持你不懂,但若心是软的,不妨温柔相对。世上有一种疼,不要等自己痛了才相信,世上有一种怀念,不曾经历也可以体会慈悲。有时候,成全旁人的心安与慰藉,也是自己的福德。

家故事:

明远是从农村走出来的大学生,在城里生活得时间越长,乡情便越发地厚重。尤其是前年母亲病逝后,他发现自己不但对养育自己的那片土地充满了情意,而且对一些乡俗竟然不再嗤之以鼻,反而敬重信奉起来。

每年清明节,他都会带着老婆孩子去给母亲扫墓,每年的农历七月十五和寒食节,他也会在路口烧纸,给远在老家的逝去亲人"寄钱"。

对此,妻子默默很是不理解,说他:"亏你还是受过高等教育的知识分子,这些都是迷信,你不懂吗？"

他并不反驳,只是笑笑。他知道,默默在城里长大,没有经历过失亲之痛,更没有乡土的概念,许多事情只有身在其中才会真正懂得。

默默的确不理解，明远家的很多规矩真是让她难以接受。记得在婆婆的葬礼上,当地的习俗要求儿媳妇拿着扫帚扫棺木上的尘土,曰"扫福",而且要一边扫一边念念有词,请逝去的人把福气留给儿女,保佑生者。这种说法,默默当然不信,福也好祸也好都是人为,哪里会是死者的托付。可是,看到披麻戴孝的明远哭红了双眼,她的心疼了,也便顺从了。事后,明远对她说:"谢谢老婆,妈在天有灵会护佑我们的。"

默默在心里摇了摇头,她想,或许两个人的认知差异是因为生长环境的不同吧。

转眼又是一年春天，好友丽对默默说:"清明节放假,我们两家一起开车去踏青吧。"当然好了,四月的原野春暖花开、万物复苏、天清地明,正是春游的好时节,默默当即答应下来,并与丽一起上网搜索行车路线,制定出行计划,甚至开始准备郊游的帐篷和野炊的用具。不过,默默一直没和明远提起,她想给他一个惊喜,送他一个浪漫的假期。

离清明的日子越来越近,默默正想着找个合适的时机告诉明远郊游的计划。不想,明远先发话了:"老婆,今年清明回老家,咱还得拿五百块钱。"

"拿钱干什么用?"

"老家的大哥打电话说,今年要续家谱,可能还要有一个祭拜仪式,修缮祠堂什么的。"

"你们农村人真能折腾。"默默的口气里满是看不惯。

他没再搭腔。他心里明白,在这方面,自己与妻子是说不到一起的,也学会了不解释。见他没有了下文,默默沉了沉说:"今年清明我不想回去了。"

他看了看她,有些不情愿地说:"你要是实在不想去那就算了,我知道你在老家不习惯,那我和儿子回去吧。"

"我想咱们一家三口都不回了。"

"那怎么行?每年我们都回去的。"明远的嗓门儿有些高。

"你别着急,听我说呀。"默默心平气和地说:"咱们每年都回老家,今年不回去一次没什么的,而且老家有大哥大嫂,不缺咱三口。如果你觉得不妥,那咱多给些钱,让他们替你尽孝道就是。"

"这不是钱的问题,听大哥说,今年还要给妈的坟培土,我是她儿子,不回去是说不通的。"

"可我想出去旅游,我和丽都策划好长时间了。"

"旅游什么时候去不行啊?非要赶清明假期。咱五一放假再去,清明还是回老家。"他的口气很坚决。

默默忽然觉得委屈:"你怎么这样倔啊?一沾你们老家的事,你就变得不通情理。我和丽都说好了,咱们两家一起出去,让两个孩子也交流交流。本想给你一个惊喜的,谁知你给我一个堵心。"

明远缓和了一下口气说:"农村很重视清明节,咱缺席不好,就算是为了我,好不好?"

"明远,我真的不明白你是怎么想的,其实你应该懂得,父母在世我们孝顺,父母没有了何必搞那些繁文缛节,难道你真的相信这世上有另一个世界?"

"从前我不信,可自从妈走了以后,我愿意相信。"

"你这是封建迷信,是迂腐。"默默的语调也上扬了。

"就算是吧。"明远说:"总有一天你会理解的。"

"我才不会像你那样,多年以后,如果我的父母没有了,我也不会给他们烧纸,我只在心里怀念。"

明远摇了摇头,忽然感觉两人相距如此遥远,他想了想说:"人是不能忘本的。清明节我是一定要带儿子回家的,我们老家就这规矩。"

"你这个人怎么这样?"

无论默默说什么,明远也不再说话,默默真是不明白,祭拜有那么重要吗？或者说，缅怀故人，外在的形式有那么重要吗？

　　她也下定决心，这一次非要治治明远不可，决不陪他回家祭祖。好好的清明节干嘛过得那么沉重，自己要与朋友一起享受踏青的愉悦。

老年人说：

　　有些事，年轻人可以不懂但不可狂妄，那些在路口烧纸，到坟前磕头的人都是心里有怀念的。只有薄情的人才会看淡祭拜和缅怀。

　　人，是有感情的，感情是需要尊敬和寄托的。对于逝去亲人的怀念方式，祖祖辈辈就是这么传下来的。别以为你们念了些书，就可以摒弃传统。不要忘了，清明祭祖是中国的一种文化，清明节是国家级非物质文化遗产。

年轻人说：

　　都什么年代了，还烧纸磕头的？一年中总有那么几天，也不知道是什么节，总能看见一些人在路边烧纸，弄得城市特鬼魅,而且也不利于环保啊。

　　如果有一天,我没了,我会嘱咐儿女选择海葬,既环保又高雅,个人简单,也不给社会添负担。你们没听说吗?现在墓地的行情比咱活人的房地产市场还紧张呢。

　　怀念的方式,网上祭奠就很好嘛。

婉约贴己话:

　　中国传统的清明节大约始于周代,距今已有二千五百多年历史。提到清明,人们总会有祭拜扫墓的感怀,也有着踏青赏春的心情。

　　在诗人的笔下,对家乡的眷顾和依恋被称之为"乡愁"。似乎,那片遥远的土地所蕴含的记忆总是关乎淡淡的惆怅和感念。走在清明的原野上,想起那首耳熟能详的"少小离家老大回,乡音未改鬓毛衰。儿童相见不相识,笑问客从何处来",怎能不让心情蘸了"清明时节雨纷纷"的薄凉。

　　每年清明前后, 总是有大量远在异国的华侨游子归乡,寻根问祖,慎终追远,敦亲睦族。谁能说这不是中国人的一种情结,一种文化传统?

所以,我们需要祭拜和缅怀。

当然,我们也必须承认,某些形式与文明相距尚远。因而,我们也需要辩证地继承。

想起在寺院,有很多人不烧香,也不许愿,并不信佛的人们却也很少大声喧哗,我想,这是心存敬畏。同样,怀念也是"思时之敬",走在故土的原野上,清明的风涤荡的不只是一草一木,还有归乡人绵长的心绪。

后记:每一种生活都可以是芬芳的

　　在我的农村老家，村庄的周围有很多大大小小的麦场。芒种一过,每家每户都会忙着把收割的麦子堆到麦场上,选一个阳光暖暖的好日子,用碾子碾压麦穗,使麦粒和麦皮儿分离。碾好的麦粒晾晒在骄阳下,饱满而亮泽,泛着金色的香气。

　　每到这个时节，乡亲们总是穿着棉布汗衫来到麦场,将麦子高高地扬起来,叫作"扬场"。风过处,轻飘飘的麦子皮儿被吹到一边,成熟的麦粒则自然地汇拢到一起。"扬场"的时候,乡亲们的脸上、脖颈上沾满了脆脆的麦皮儿,棉汗衫贴着流淌的汗水,洋溢着沉甸甸的幸福。

　　整理这本家事的时候,窗外的夏天正酣。热浪拂面的空气里,我忽然想到了夏日的麦场。如果说麦场是尘世最生动的烟火,那么,每一篇家事都充溢着麦香的纯粹,粒粒饱满而真实。而"婉约贴己话"仿若一件棉布衫,每一个文字都是纯棉布衣上细柔的棉线或精致的盘扣,暖心且妥帖。

　　都说生活在别处,我也曾以为,繁花落尽是"零落成泥碾作尘"的无奈,直到我遇见了"家园周刊"。

　　那是 2010 年的某一天,《每日新报》的月莉老师对我说,写写家事分析吧。于是,我开始了另一种方式的文字写作,于是我在那些纠结的生活小事里思考着:原来,每一种生活都包含了酸甜苦辣,没有谁的日子会是完全幸福的,那些不为人知的糟糕细碎如尘,飘浮在人心的深处,需要出口。

　　正如月莉老师所说,在婆婆妈妈的叨念里开解那些为此烦恼的人,有意义。

　　是啊,生活中有一些被我们记恨或忽略的章节,换个角度,换个方式,转身时会发现日子"香如故"。烦扰是日子躲不开的功课, 内心的伤痛也是人生必经的路口。在繁复的琐碎里,寻求做人做事的真诚与善美,是我们对生活的应答和期许。

　　我相信,每一种生活都可以是芬芳的,只要我们学会经营。

　　其实,没有谁比谁过得容易,真实地来过,才是生活的原意。生活中,我们总会遇见一些人,或喜欢或厌烦,也总会碰到一些事,或喜悦或郁闷。这些人和事,就像是窗外的艳阳或阴霾,不以我们的意愿而存在着。

　　我想,多年以后,当一些人一些事越过老光阴,你能在我的字里行间读出百事图、千人谱,我亦能在自己的叙述里依稀记起他或她,无论故事是悲是喜,都将会是一种温暖。

隔着流年,文字其实不是写给故事里的人,也不是写给庸常的日子,而是写给成长的自己。家长里短的那些事儿,进退之间也不过是乡村的一场麦事,在最本土的气息里陪着季节云卷云舒。

就像王小柔老师在序中所言:"安心生活才是最好的功德……走着走着,花儿就在心里开了。"花开有香时,日子便于沧桑无序间修成了静好与安稳。